云中人

路内 著

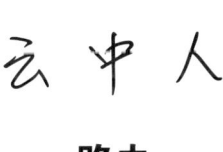

UP
IN
THE CLOUD

图书在版编目(CIP)数据

云中人/路内著.—北京:人民文学出版社,2017
ISBN 978-7-02-013215-7

Ⅰ.①云… Ⅱ.①路… Ⅲ.①长篇小说—中国—当代 Ⅳ.①I247.5

中国版本图书馆 CIP 数据核字(2017)第 202861 号

责任编辑	樊晓哲
装帧设计	陶　雷
责任印制	王重艺

出版发行　人民文学出版社
社　　址　北京市朝内大街 166 号
邮政编码　100705
网　　址　http://www.rw-cn.com

印　　刷　三河市鑫金马印装有限公司
经　　销　全国新华书店等

字　　数　300 千字
开　　本　880 毫米×1230 毫米　1/32
印　　张　11.75　插页 5
印　　数　1—10000
版　　次　2018 年 3 月北京第 1 版
印　　次　2018 年 3 月第 1 次印刷

书　　号　978-7-02-013215-7
定　　价　48.00 元

如有印装质量问题,请与本社图书销售中心调换。电话:010-65233595

But I'm a creep, I'm a weirdo.
What the hell am I doing here?
I don't belong here.

Radiohead "creep"

1.

我们只是在梦中颤抖。

某一天,我梦到自己拎着一把锤子,徒步穿过学校操场,向看台后面的小夹弄走去。那应该是秋天,T市的秋季多雨,操场上日复一日积着水,别的学校都是塑胶跑道,围着一个绿色的球场,工学院的操场依旧是铺着煤渣,黑得发亮,且凹凸不平,小小的水潭遍布其中,站近些能看到倒映着的云。一撮撮被踩得扁平的野草像海星一样贴在地面,暑假里它们疯长,开学了就成为煤渣操场上聊以自嘲的草皮,到了秋天的某个时候它们会自动消失。

我们管它叫中世纪的操场。

空无一人,白天近似于夜晚,远处的房子只是一些明信片搭成的幕墙,雨也只是人工的景观,我走向操场,穿过它,手里的锤子沾着黑色的血迹和一缕长发。

这只是梦。

那座看台近似于废弃,水泥剥落,栏杆生锈,即使天气晴朗的日子也很少有人走上去。看台后面是一条小夹弄,种着些水杉,再往外就是学校围墙了。看台本身大概有五米高,在背面形成一个峭壁,有一个拱形门洞,深度大约一米，门洞尽头是一扇铁门，用生锈的大铁锁锁住，从来没有人知道这扇门里面是什么。

门洞形成天然的遮雨场所，又是视觉死角，钻进去就像是个迷你窑洞。那并不是个有趣的场所，为什么要钻进去，答案在那排水杉树上。就在那里，高高的树枝上挂满透明橡胶的小套子，乍一看以为是琳琅满目的圣诞树，那是全校男生的小蝌蚪，在门洞里做完事，把套子摘下来打个结，抛向夜空，坠落于树枝。水杉带着它们年复一年向天空生长，无数男生的蝌蚪寂寞地死在半空中。

某一年某一天，有个女孩带我来到这里，那时我才刚考进工学院。她打着手电筒，穿着当时最浪漫的黑裙子白球鞋。我穿着高中时代的校服，活像某种史前动物。她用手电筒指着树上的套子，我看得目瞪口呆，女孩说这就是我们学校著名的淫乱场所，每个大学都有这么个淫乱场所，供新生做性启蒙教育。

老师不管吗？我问。

她说我们学校没老师。

那显然是夏末秋初沉闷而躁动的夜晚，那晚上附近工厂的车间里有摇滚演出，几支拼凑而成的末流乐队，有个粗口乐队的长发歌手在台上一个劲地骂脏话，动用了无数关于性交的同义词。很多人在台下喝啤酒，跟着骂。我也在现场，听得头晕脑涨。女孩就是我从场子里认识来的，她长什么样，叫什么名字，说了什么话，我已经记不太清，只记得喝了很多啤酒，可是并没有广告里所说的透心凉的感觉，一部分水分沉积在下半身，一部分酒精在血管里左突右冲，大脑像吱呀呀即将关上的城门。我和她一起走出工厂，随后就来到了这里。

她柔软而温暖，头发像丝一样，她走进门洞里，对我说，来不来。我说怎么来。她说得这样。她背过身去，自己将黑裙子撩起来，发出簌簌的声音。我在她的大腿位置摸到温热的内裤，被她的双腿绷成了一条直线。

很多很多头发，很多很多，当我贴着她的后背以及脖颈时，那些占据了全世界的头发将我埋葬在她身上。她问我感觉怎么样，我说这样很好，我们做爱吧，我爱你。

套子是她带的，我肯定不会随身带一个套子，其实我也很难想象一个女孩随身带着套子。我忘记套子是怎么戴上的，也许是她给我戴上的，但她并没有回过头来。这以后很久我都在想，女孩要是不回头，反背着手是不是能给男的戴上套子。

事情结束之后，她让我把套子打结，扔上去。我照做了。她说，欧洲的新娘在婚礼时都会扔一束鲜花，你这个野合新郎得在事毕之后扔套子，多好玩，扔得越高越好，像一个仪式。

她问我，以前没做过吗？我说没做过，第一次。她很高兴，说，姐姐给你个小红包。

我问她，你叫什么名字。她说，名字不能告诉你，你以后出去乱说可不好，记住我是校花就可以了，是美女，不是恐龙。

我就揣着一张十元面值的人民币独自走回了宿舍。

那以后我再也没有遇到过她。在同样沉闷而躁动的周末，我还是会去工厂里听摇滚乐，一个人靠在墙上喝十块钱一瓶的啤酒，看那些黑暗中起起落落的人头，耳朵里塞满了声音近似失聪。哪一个是她呢？我甚至想不起她的样子，只记得很多很多的头发，而我身上的某一部分就留在了她的头发之中。事实上，我失去了那天晚上的好运，不管我喝得多醉，再也没有带着任何一个女孩去操场后面扔套子。

我非常想念她。

秋天时，工厂被封了，说是要改造成创意园区。摇滚乐演出搬到了学校西边的铁道边，一个废弃仓库里，去那里得走上半个小时。有个女生夜里从现场回来，遇到了敲头杀手，用锤子敲了她的后脑勺，后面散场出来的人看见她横卧在街头，凶手早就跑到不知哪里去了。她也是工学院的校花，比我高两届，长得很美，听说一头长发像黑色的孔雀开屏，铺散在地上，血顺着路面上破碎的缝隙，慢慢流进阴沟里。

长而又长的头发，人们描述着校花。我想到那个在看台后面的女孩。但愿不是，但愿她只是消失在漫长而又清醒的午后，像血管里的酒精一样释放掉，而不是死去。

偶尔我会走到看台后面，在众多树杈之间寻找我的蝌蚪，那个被我抛向夜空的套子和无数个套子在一起。冰冷的天空将所有蝌蚪和所有时间冷藏起来，二十世纪的精子库，属于下个世纪的我在此为之默哀。

时至二〇〇一年，我在工学院读到三年级，计算机专科，还有六个月就可以毕业。这一年万事太平，敲头党消失了，女孩也消失了，所思所想就是在浪潮般的新时代找一份工作。大专生像废纸一样论斤称，不管你什么专业的，送到外资工厂稍微培训一下直接上流水线，有点像二战时期的苏联前线。满世界都是为工作发狂的孩子，GDP的尾巴翘得那么高，如不能攀上那根阳线，则必然跌入万丈深渊。僵尸电影里也是这个套路。

我也在找工作，计算机当然是热门专业，计算机是我们时代唯一的荣光，但我找到的实习工作却是在电脑城里给菜鸟用户装机杀毒，永无休止地干这个，像不像鞋匠？

不想做鞋匠。

于是，在距离毕业还有半年之际，我又回到了学校，一部分同学已经消失了，一部分像一群嗡嗡乱飞的马蜂，我无事可干，是其中唯一发呆的那一个。

大部分时间都泡在网吧里，在聊天室里面向各种各样的人打字，扮演着喝咖啡的孤独男子，或者是刚到T市流落街头的帅气民工，或者是百无聊赖的SOHO族，有时狂妄，有时啰唆，有时多情，有时又完全相反。总而言之，什么性格都可以沾点边，一个连我自己都不知何去何从的角色。

毫无成就感，即使闭上眼睛做梦也是如此，我蜷缩在全世界最破的黑网吧里，位于学校附近新村一处六楼的民宅，一排几近淘汰的旧电脑，显示器都是十四吋球面的，硬盘发出嘎嘎的呻吟，键盘比鞋底还脏。一抬眼看到的都是些民工、高中生和社会青年。"不要沉溺于虚拟的互联网啊"，想起某个老师的教诲。是的，网瘾很可怕，当你从虚拟世界中抬起头来，打量着现实的世界，如我所描述的黑网吧，唯一的念头就是低下头去——万恶的资本主义快来侵蚀我幼小的心灵吧！

某一天头上的吊扇坨子忽然掉了下来，砸在显示器上。网络那一端，聊天室里的女孩正在问我什么时候可以见面，忽然之间就变成了一堆冒烟的碎片，差点把我的眼睛给崩瞎了。我呆坐在原地，好久才反应过来。女孩像中了符咒的鬼魂一样消失了，砸烂的显示器是空虚到连黑暗都不能概括的现实。

二〇〇一年有过一些奇遇式的经历，得一件件说。事情像散落的珍珠项链，或者说是一个人在路途上拍到的照片，还得是数码相机，以完全不考虑胶片成本的方式对线性风景做出的无意识的散乱的乃至最终冲印出来被遴选并打乱了次序无法恢复其线性状态的记录。

一次发烧，一次被城管执法队抓进了收容所，两次喝醉了倒在草坪上睡到天亮，一次在学校澡堂洗澡被人偷走了所有的衣裤，包括内裤，六次吃食堂吃出蟑螂，两次散步时被足球飞袭于后脑，十次求职被踢出局，无数次买香烟多找了三块五块的……基本上都是被动语态。这是第一季度的记录。做爱次数为零。

某一天，巨大的恐怖像吊扇坨子砸下来，奇遇正如显示器，奇遇中的世界一下子灰飞烟灭。

2.

　　小白给我讲了一个斜眼男孩的故事。小白是一个 D 罩杯的姑娘，我知道这么描述别人是非常失礼的，小白很漂亮，小白很懂事，但小白无论拥有什么优点和缺点，她首先会被描述为 D 罩杯的姑娘。这就是命。反过来，她说起那个男孩，首先将他描述成斜眼。这有什么办法呢？人们对世界的认知常常是基于极为表象的东西。

　　斜眼男孩是个高中生，他的左眼有问题，当他平视你的时候，左边的瞳仁依旧会古怪地翘向外侧向上的地方。我对斜眼不太了解，以为就是斗鸡眼，小白便告诉我："斜眼分为内斜和外斜，他这是外斜，和斗鸡眼正好相反。"

　　"斜眼男孩怎么样了呢？"

　　"住的地方很差，几十年前造的筒子楼，煤卫合用，我去做家教都不敢喝水，卫生间没人收拾，满处都是很小的蟑螂，至少有几百个，等到夏天就是同样数量的大蟑螂，我实在受不了，喷了点雷达，不得了，成千上万个蟑螂都扑了出来，像打翻了蟑螂的地狱。那男孩就在这个环境里成长。"小白说，"你会觉得他挺可惜的，长得蛮帅气，偏偏是个斜眼。"

　　我喝着手里的罐装啤酒，问她："喜欢他了？"

　　"不，听我说完。他虽然帅气，但他看你的眼神，因为那个瞳孔是斜的，会令人不寒而栗。他目光飘移的位置，有时候像在瞥着你，有时候又像是没有瞥着,说不清道不明的。"小白说,"眼神古怪的人都很可疑,对不对?"

"理论上是这样。斜眼除外,斜眼是病理性因素作祟,生病的人没办法的。"

"但你可曾被斜眼的人瞥过胸部?"

"没有,"我继续喝啤酒,"任何时候都没有这种经验。"

"那小孩的父母总不在家。我头一次遇到这种情况,上门做家教从头到尾就是和小孩在打交道。听他说,他父亲是保安,母亲在一家超市做营业员,都没什么文化,每天很晚才回家。这小孩对我特别有礼貌,一口一个白老师的。"

"嗯,其实你就是挣工分的。后来呢?"

"小孩乍一看很懂道理,闲聊过几次以后,发现他什么国际时事啊、社会热点啊,都能说出些道道,比一般的高中生成熟。成绩嘛,严重的偏科。数理化好得不得了,高三的学生,就能做微积分的题目了,语文也马马虎虎可以,就是英语差了点。"

"你是给他补英语的。"

"是的。"

我开玩笑说:"一个生理正常的高中男生,又没有父母在旁边,深更半夜地瞥你几眼也算是人之常情。下回穿得正式一点,千万不要喷什么香水。"

"胡说八道嘛你,我哪有喷香水的,穿得也很厚实。"小白说,"你不要打岔,让我说完。有一天晚上我在他书桌上随手翻一本课本,发现里面夹着一张我的照片。"

"爱上你了。等等，他怎么会有你的照片？"

"是他从我包里偷的，有一阵子了，我还以为是我自己弄丢了。我问他怎么回事，他竟然对我动手动脚的。"

"后来呢？"

"后来我说，你别动歪脑筋，我但凡有一点差错，学校的同学就会报警。他想了想就放我走了，我打定主意再也不去这户人家。"小白吁了口气说，"可怕的事情在后面，那天晚上我回学校，坐上公共汽车，车上也没有什么人，我坐在那儿老觉得背后有人在盯我，一回头发现他就坐在我后面，用他的斜眼死死地盯着我看。车一到站，我没命地逃，逃出去几步又回头去看，发现他的脸贴在车窗上对我笑。你知道人脸贴在玻璃上的那种样子吧？"

"知道，跟猪头一样。"

"那小孩太可怕了。"

"你别老是小孩小孩的，他根本不是小孩了。"

"被你一说我更发毛了，幸亏我胆子小、忘性大，什么坏事儿过几天就想不起来了。"

"哪个中介给你介绍的业务啊，太不靠谱了。"

"小广东那里的，出事以后我特地去骂了他一顿，让他请我吃饭。"

"这个人的饭你都敢吃。"我悻悻地说。

小白和我是同乡，念大二。工学院里有相当一部分学生来自我的故乡，T市下面的县级市麦乡。麦乡的大学生自然而然凑成一堆，近似同乡会，认干哥哥干妹妹的比比皆是，也不乏上了床的。我和小白关系很单纯，既不上床也不罩着她。我认识她已经好多年了，曾经是同一所中学的校友，曾经住得很近，曾经一起玩过……考上大学以后有一年时间没见到她，以为见不到了，不料第二年她也出现在了这里。这就算再续前缘了。偶尔我会请她吃顿饭聊天，她长得漂亮，话多，对饭菜也不挑别，是聊天的好对象。

D罩杯的女生在学校里是珍稀动物，小白就是其中之一。学校当然也有E罩杯的，但私下里都认为E罩杯有点过分了，喜欢E的人可能都是色情狂，因此D是最合适的。

拥有D罩杯，人生经历便会有超乎常理的一面。这是小白自己说的。

比如招惹了斜眼式的变态，比如招惹了各种既非斜眼也非散光的其他变态。这件事说过也就忘记了。

那是三月多雨的天气，气温不是很高，却总是感到冷。工学院应届毕业生正陆续打铺盖离开学校，剩下那些找不到工作的都在混日子。黄昏时我头晕脑涨地从网吧里出来，沿着下雨的小路往学校走，在一家名为杞人便利的小烟杂店门口停下，店主是我所熟识的一个孩子，大概十六七岁，我叫他杞杞。我趴在柜台上，要了一听冰可乐，喝了几口觉得稍微舒服了点，坐在小马扎上看风景，和杞杞聊天。杞杞问我找到工作没有，我说我辞职了，正打算在杞人便利旁边开一个叶公超市，把他的生意全抢走。杞杞想了半天，大概听懂了叶公是为了和杞人对仗，不过他并不觉得有趣。

我坐着看雨景，天色一点点暗下来。

这条路是学校向东的必由之路，东边是一大片职工新村，网吧都在那儿。西边就是工学院的边门。道路两侧，一侧是学校的围墙，另一侧是低矮的平房以及两家小工厂的围墙。杞人便利就嵌在这中间。下雨的日子看到的都是灰蒙蒙的景色,没有什么行人。

后来我看见小白打着伞从对面走过,她由东向西,很快走进了学校的边门,消失在拐角处。我没喊她。那天我浑身无力,既不太想说话,也不太想听人说话。

大约半分钟后,有一个少年走进便利店,在石棉瓦搭起的蓝色雨棚下要了一包香烟,他打着保健品促销赠送的雨伞,有一根伞骨已经断了。买了烟之后,他并没有离去,而是背靠着柜台点了一根,看着工学院的边门,吐出了白色的烟气。

吸烟的姿势很潇洒。他时不时地瞄一眼货架,我顺着他的目光看过去,明白了,他不是在看货品,杞杞的货架上都嵌着镜子,他是在看他自己。

促销雨伞收起来,弯曲的伞柄挂住柜台,忽然滑了下来,啪的摔在地上。他弯下腰捡起伞,将伞柄挎在自己的手肘上继续抽烟。他捡伞的动作很慢,好像那不是伞,而是一枚炮弹。

他捡伞的时候斜眼看了我一眼,我也在看他,我坐在小马扎上。

这是一个斜眼的少年,即使他站直了身体,继续望向学校边门的时候,他的左眼仍然瞄着蓝色雨棚的一角。

我不动声色继续喝可乐,直到他抽完那根烟,把烟蒂弹在一个小水潭里。他打起伞,没有走进工学院,而是沿着道路向东返回,往大马路的方向走去。

3.

关于我的大学并无太多可说之处，多少年来学校就是在一片工厂区之中，以显示出工学院的本色。早在八十年代，学生毕业后大多都分配到附近厂里，那时候的专业没那么多，去工厂恰是专业对口，到了厂里便等着分配房子，房子也在这一带。也就是说，当你考上这所学校之后，你的一生差不多就被圈定在这片区域中。

九十年代迅猛扑来，宇宙能量爆发，物质重组，等这个十年过去之后，一切无可挽回地成为记忆，整个工厂区在时代的加速度之下被甩到不知哪里去了，浪潮退去，倏忽露出海滩的本来面目，这当然不是最终的结果，因为浪潮还会再来。

非线性变化是世界的常态，而线性变化只不过是学者们用来欺骗大众的，线性变化使事物具备了预测的可能，学者们正是靠预测来谋生的，一如印第安营地的巫师。

第二股浪潮挟带着教改、转制、地价暴涨以及远在互联网一端的IT业兴起，滚滚而来，不可阻挡。二十一世纪劈头盖脸出现在眼前。在一片破败的厂房和职工新村之中，工学院生意兴隆，蒸蒸日上，尽管还是改革开放初期的教学楼，"文革"之前的老师，中世纪的操场，原始社会的学生，但不得不承认，每一个年代都拥有它独特的咒语，其魔法所呈现出的效果也大相径庭。我们的校长被称为成功企业家，开一辆别克出入于校园，显示出本校具备的超强竞争力。这都是非线性变化的结果，后面还有更绝的，到二〇〇〇年，校长因贪污而被抓，直接判了个无期徒刑，在监狱里迎接了新世纪的曙光。

入校的时候讲过校史，糗事自然不谈，光荣事迹还是有不少的。虽然是大专院校，大概连全国三千强都排不进去，但在T市尚能唬人，出过三个厅局级的干部，出过好几个国家专利发明者，劳模若干，大款若干，高管若干，中层干部无数，总之是个很实用的学校，就像精心制造拖把的工厂，别的拖把可以用三年，这里的拖把可以用五年，而且可以拆开了当裙子穿、当棍子使。区别仅此而已。

不幸的是，毕业就失业的既定法则并无多大改善，无论开多少热门专业，无论把学校描绘得多么壮丽，毕业，就是失业，这是一种命运，一如某种程序背后隐藏的意志力。

学校不大，被四周的厂房和老新村挤压在一个很小的空间里，二〇〇一年，附近的工厂已悄然无声，厂房被改造成建材市场、大超市、Loft，或者干脆推平，清场之后为未来的CBD腾出空间。有一座高架桥已经造到学校南侧，像巨大的雷龙伸出来长长的脖子，所过之处，一片废墟。

学校的东侧，向着市区方向，是一片有着悠久历史的住宅区，十来个新村里住着几万号人，数年前经历了下岗大潮的职工们，并未成为空气蒸发在世间，他们还住在这里，犹如一群玩着孤岛余生游戏的人，得在弹丸之地生存下去，他们是碎片中的尘埃，无声地掉在某个不起眼的地方。我相信总有一天，某种程序背后隐藏的意志力会将他们扫一扫，归拢起来，打包送到某个更遥远的地方。自从雷龙出现以后，这一天似乎不再遥远了。

　　学校的西边是郊区，有厂房，有仓库，日落时景色凄迷，血色残阳像一枚打碎的鸡蛋，散黄之后正洒在那儿。有一条铁道穿过其中，它呈现出一种锃亮的灰黑色，令人恐惧而心碎，在调色板上永无可能找到的颜色。穿过铁道再向西，是一片新兴的开发区，以前是农田，如今都填平了，正努力转型为剩余价值大卖场，国际品牌和OEM流水线像真菌一样扩散蔓延。

　　我在这里生活了两年半，这段时间不算长，但枯燥无味，唯一可以排遣时间的事情，就是在东边新村的黑网吧里泡着，抽廉价烟，喝啤酒，半醉着晃回宿舍。周末稍微好过一点，去西边铁道旁的仓库里听摇滚，反正总是那几个拼凑型的乐队，听了两年多，吉他手什么时候会做出高潮般的表情，主唱什么时候会跳下舞台，一清二楚。在场子里喝的依然是啤酒，但不敢喝多，怕被人一锤子敲翻在街道上。那一带到了晚上没什么人。

　　我属于扩招之后的那一批学生，赶上了一个波峰，既可额首庆幸，也无所谓大学生的自豪感了。如此这般，虚度时光，有一天发现好日子过完了，得去找工作，跑到开发区应聘无数次，皆无功而返。最后通过熟人的关系，在市区电脑城的一家公司里给各种各样的顾客安装软件，一排坐着二十个技术员，穿着同样的工作服，佩戴着印有公司Logo和姓名的胸牌，每天装机十个小时。办公地点在地下室里，环境马马虎虎，不能抽烟也不能喝酒，半夜干完了活，和几十个电脑专业的师兄一起回到员工宿舍睡觉，和学校一样的铁架子床，分上下铺，睡醒了继续上工。我开始怀念学校，辞了工作又回来，每天躺在寝室的铁架子床上，世界开启，合拢，开启，合拢。我给自己的大脑按下了 Sleep 键。

对我来说,这与其说是回归,毋宁说是一次非线性变化,失去理智的结果。我一再地徘徊于摇滚仓库和操场看台之间,试图证实两年前和我做爱的长发女孩的存在,试图清晰地看到她和死去的校花,她们或者是同一个人,或者毫无关系,这都可以。但我收获到的只能是无穷无尽的迷惘,记忆已经风化,事件已经凝固。

非线性变化的世界总是企图抹平一切,在抹平的基础上拔地而起,雄伟固然雄伟,有时有点超现实。相比之下,虚拟的互联网世界其实是线性的,带有强烈的记忆能力,即使被抹平,仍然能利用技术手段找回记忆。当然,吊扇坨子砸下来的情况除外。

曾经有个女孩对我说过,我们生活在一个乳沟时代,乳之风光必然依赖于乳沟,但乳沟之存在则没有任何实际效用,乳沟甚至连器官都算不上,它其实是个负数,是一道阴影而已。从切面来看,乳沟正是典型的非线性变化。

二〇〇一年是个衰败与繁荣交相存在的年份,乳沟时代是否存在,我不敢确定,乳沟困境倒是的的确确缠绕着我。

我一直没有女朋友。

倒不是因为长发女孩的缘故,我还没有点儿到为了一个鸡蛋就放弃所有母鸡的地步,纯粹是因为没有人来追我,而让我去追别人又觉得有点多余。

大学一年级的深秋,近乎谈过一次恋爱,近乎。女孩是我同班同学,长得很一般，瘦高个子，剪一个很温驯的短头发，碎碎的很好看，但经不起风吹，一吹就变成男人。这和长发女孩不能比。

女孩的脾气和她的发型颇相似，看着温驯，其实是个很有洞察力的家伙，平时话不多，更不活跃，开学头三个月她基本被忽略掉。她是T市人，家在市区，走读生，平时不在学校里，唯有上课的时候才露个脸。似乎是挺有钱的，听说家里有房有车，不过我和她混在一起的时候，大部分时间还是靠走路。

她研究一点植物学，确切说是植物方面的奇谈怪论，比如颠茄在性爱方面的药用功效，天麻是如何置人于死地的，梧桐与悬铃木的区别，猫薄荷又是一种什么东西。记得最清楚的是她说世界上最好吃的苹果叫麦金托什苹果，这么一说我才理解了苹果电脑和麦金托什系统之间的关系。

没有确认男女关系，没上床，没接吻，没去过看台后面。那年深秋，因为空虚，跟着她在T市到处晃悠，实指望她能做我的导游，结果遭遇了一个又一个的雨天，像两个湿淋淋的旧皮箱被放置于不同的场所。

我们在雨中参观了T市的商业中心，在雨中蹲在铁道荒凉而杂乱的货场上，在雨中徘徊于植物园、动物园，就连一年一度的菊花展似乎也受了她的感召，明明是选了个晴天去参观，到公园里居然下起雨来。

面对着雨中的景物，心情当然好不到哪里去，作为从小在T市长大的女孩，她当导游的话基本上可以使这个城市的旅游业破产，说出来的话比雨还烦人。我跟着她东跑西颠的似乎只是为了让她有机会多抱怨几句。

"步行街容易使人产生消费欲望，与他人近距离并行的嫉妒感，不满足，疲倦导致的思维能力下降。"在商业街上，她这么说。

"货场不为城市所容,欲望未赋予它应有的概念。"在铁道边。

"T市的植物园只是一群花匠在经营,但比动物园好一点,动物园看上去就像虐待狂的仓库。"

"菊花得以专门展览,全因其命贱、品种多,又正好开在适合观光的季节。"

类似的话不胜枚举,我认为其具备一定的洞察力而又没有任何意义,正如她高高的个子却没有身材。但是,她仍然让我略微地动心,说不清道不明。

某一天,记得是冬天,我们在五块钱一小时的网吧里泡着,泡了足足一个通宵,她埋单,出来的时候彼此都是一张隔夜脸孔。冬天的早晨,四周起了浓雾,路灯还没灭。她忽然提议去附近的宾馆睡一觉。那是在市中心,我说我来付账,去提款机上提了两千块钱带她走进一家皇冠假日。她看到提款机上的余额,八万元,毕竟是有钱人家的小姐,也没表示诧异,也没问我的钱怎么来的,只是很安静地看着罢了。

在酒店里开了个标房,两张床,我们各自洗了澡之后,挑一张床睡了下去。电视机一直开着,处于静音状态。直到下午,我们同时醒了过来,觉得很饿,她从背包里拿出夹心饼干,吃了个精光。然后她问我能不能做爱。

在静音的电视画面中看到很多汽车追尾,场面壮观,联想到我们当时的姿势也像是一次次的追尾。

"喂,说说你自己。"她说。从宾馆出来以后,她带我去了一家咖啡馆,很有兴趣地望着我。"你是有钱人家的小孩。"

"就为存折上那八万?"

"你用 IBM 的手提电脑，Discman 是索尼的，耳机是铁三角的，非常暴发户的样子。"

"无可奉告。"

她只是和我一起巡游城市的人，但无法成为倾诉对象，在所有的电影里，这一对人儿都是默默地蹲着、站着，看着风景而不会相互倾诉。即使说出来，听到的大概都是类似回声的东西。

她似乎看懂了我的心思，笑笑不说话了。

两个阀门在一起，没有谁是扳手。我心想。

"你不简单。"她说。

做爱之后，她消失了一阵子，再出现时已经是寒假之前。那会儿我的存折上已经只剩下六万元了。她告诉我，家里出了一点事。

"我爸爸查出来肝癌三期，可能救不回来了。我得回去照顾他。请你吃顿饭吧。"

她开着一辆福特，把我带到市中心一家十分雅致的西餐厅，整个餐厅就我们两个人，安安静静的，连音乐都没有，服务员像是忍者一样无声地穿行在铺着雪白桌布的座位间。我极为中意的餐前面包，吃了一份不够又加一份。她在一边笑眯眯地看我吃，从来也没见她这么得意过。

"这么说，你就不来上学了？"我问。

"对啊。"

"辍学太可惜了。"

"也无所谓，我爸爸要是真救不回来，我就得去继承他的产业了，哪个大学都去不了，弄张 MBA 的文凭倒是有可能。"

"你爸爸什么产业啊？"

"开公司的。"她无所谓地说，其实是示意我不必再问下去。

"噢，恭喜你。"

"恭喜我爸爸生癌？"她手肘撑在桌上，手掌托腮，近乎妩媚地说。

我举杯和她庆祝。

"你最近过得怎么样？"她问。

"很倒霉，手提电脑被人偷了，买了一台二手的结果是坏的，也不想再买了。Discman 和铁三角耳机被人借走了，结果那个人打架被打伤了就再也没出现过。"我叹气说，"所谓每况愈下。"

"都可以再买嘛。"

"买不起啦，我要做的事情就是在读大学的三年里，把存折上的钱细水长流地花光，而不是一会儿做大款，一会儿做乞丐。"

"钱是身外之物。"

"也不能那么说，爱情还是身外之物呢。"

她笑笑说："最近我在研究佛法。"

"佛法好，但佛法只是菩萨口袋里的零钱。"

"受用不小。等我爸爸死了，可以用这个来超度他，坏事干得太多了，不知道能不能给他减免一点惩罚。"她依旧是笑眯眯地说。

"别想那么多，要活得通俗一点。"我说。

"你也是哦。"

"祝你顺利。"我举起酒杯和她碰了一下。

"以后还联系吗？"

"你说呢？"

"总觉得没有这个必要了。"她说，"没别的意思，只是就事论事地觉得，没有这个必要了。我也说不清。"

我说："可能是因为我们度过了太有意义的一段时间吧，再继续下去的话，打个比方我娶了你，后半生反而会显得没有意义。"

"这么说差不多。"她想了想，又说，"不过还是留个手机号给你，如果有特别困难的时候可以来找我。"

"好的，我没有手机，你要是有事就发邮件给我。"

"好的。"

她把手机号抄在一张餐巾纸上，我揣在口袋里，吃完饭，她开着福特离开，我坐上拥挤的公交车独自回学校。餐巾纸很快就找不到了，她也从来没有给我发过邮件。按照阀门的生存方式，一切都是必然的，但是阀门也会感到虚无，在很久都没有扳手的情况下，我还是会偶尔地想念她这个阀门。

直到同寝室的老星告诉我，植物学的女孩是一个建筑承包商的女儿，家产大概有几千万吧，那辆福特对她而言已经是很低调了。我有点诧异，不知道她为什么要挑中我。

"和她睡过吗？"老星问。

"没有。"我撒谎。

"可以少奋斗几十年呢。"

"几百年。"

"太可惜了,"老星说,"要是个美女就更可惜了。幸好不是。"

不知道她继承了家产没有,是不是已经变成了一个女富婆,像她这么年轻的女富婆一定已经找到新的玩伴了。

她退学以后,我再也没有去T市游荡过,生活范围立即缩小到学校方圆三公里以内,这反而是一件好事,初读大学时的不适感渐渐消退。对我来说,偌大的城市是封闭而干燥的,只有退缩到小小的工学院里,才会有一种如鱼得水的感觉。

我已经忘记了货场,忘记了植物园和动物园。这段生活像拔牙一样从我的记忆中强行摘除,留了一个空位置在那里,有一段时间空荡荡的,虽说并不妨碍什么,但被空出的位置无法用其他东西填补。一直到那个冬天过去,旧的事物变成陨石坑,它终于和周遭的一切完美地融合在一起,成为记忆,真实意义上的从前。当然,她和长发女孩不同,她成为抽象的历史,而长发女孩是非常具体地埋葬在我心里了。

4.

有那么一段日子，我固执地寻找 Lush 乐队的唱片。记得这个乐队的人并不多，名字不够响亮，音乐也只是一般的时髦，在他们很红的时候就已经过气，让人联想到某种好吃但易腐的热带水果。

乐队成立于一九八八年的伦敦，两个匈牙利与日本的混血女孩 Miki Berenyi 和 Emma Anderson 遇到了鼓手 Chris Acland，贝司手 Steve Rippon，组建乐队，起名为 Lush。出道时很红，可运气似乎不那么好，并没有大厂牌抢着要签他们的场面出现。之后签在独立唱片公司 4AD 旗下，一九九一年换了贝司手，由 Philip King 担当。

现在归纳他们的风格，不外乎缥缈美声，以及 Shoegazing，意为"自赏"，Shoegazing 的音乐内涵暂且不提，有一个特征是在现场表现出极度的低调，眼睛看着脚下，如低垂的花朵，除了唱歌与演奏之外仿佛一切都与他们没有关系。Shoegazing 在九十年代初的英国颇为流行，等到 Lush 乐队引领这股风潮时，它却迅速过气了。

据说这两对俊男靓女是情侣，Miki Berenyi 和 Chris Acland，Emma Anderson 和 Philip King，颇有偶像组合的潜质。乐队从一九九一年至一九九八年出了若干唱片和 EP，卖得不怎么样，评论界也未给予好评，《Love life》是其中最棒的一张大碟，也没能让人对他们高看一眼，一九九六年 Emma Anderson 宣布离队，同年十月，鼓手 Chris Acland 由于抑郁症在家中悬梁自尽。

乐队解散，再也没有听到过其他三个人的名字。

时至二〇〇一年，Chris Acland 死后五年，我在地球另一端的 T 市寻找他们的唱片，Dream Pop 也好，迷幻噪音也好，在网上问了很多人都说不知道。我独自跑了 T 市的各个碟片市场，正版的，盗版的，打口的，都翻了过来，踪影杳然。他们在哪里呢？在网上我搜到了很多他们的介绍，乐队概况，评论，以及四个人在一起的照片，我找人刻录了他们早期的两张唱片，唯独《Love life》像尘埃落入荒漠一样消失了。

找唱片的心情，通常人很难体会。是一种渴。你需要它就像在吃了毒蘑菇以后需要一杯水，仅有的水，无可替代的水。那阵子只要路过唱片店就会从脑子里跳出《Love life》的名字，无可救药地钻进去翻弄唱片，十足的变态猎杀者，只纠结在那一个点上。我要她我要她，非她莫属，死而无憾。

最后是在一个摇滚论坛上，有个南京师范大学的女孩告诉我，她们学校附近的唱片店就有《Love life》。一月里我跟着春运大军坐火车到南京，在火车上遇到了一个读大学的女孩，从摇滚一直聊到诗歌，她熟知 Radiohead 碎瓜绿洲山羊皮等等，我问她知道 Lush 吗，她也摇头。我把乐队的故事告诉了她，她说我在追溯过往，事实上，哪有什么过往？那个过往是在九十年代的伦敦，而同一时间我在家乡所听到的无非是满街的肯尼·G。

下车之后，她向我指点了某一年南京火车站起大火的灾难遗址，非常快乐地向我描述了火灾的情景。春运期间的火车站，本身就形同一场灾难。我正打算去找公交车，被她叫进了出租车里，说是也要去南师大淘唱片。我就在那里找到了《Love life》，可以用欣喜若狂来形容，一次买了两张。

女孩买的唱片几乎塞满了背包。

那天的天气真是好，干任何坏事都很惬意，绝无负罪感也绝无犹豫。后来她把我带到一个咖啡馆，很宽敞，半透明的天棚将日光均匀地洒下，周围都是一人多高的盆栽植物，几个和我差不多大的男孩招呼那女孩，我跟着一起坐了过去。他们开始谈论地下摇滚、诗歌，南京的某个牛逼作家最近在干什么，以及某某谁是个呆逼。这些显然与我无关，我对南京不熟，只是凑在一边听着，既然插不上话，我就从包里掏出 Discman，撕开唱片塑封，塞上耳塞，在沙发上听我的《Love life》。第一首歌，"Ladykillers"，电吉他和女声轰然而起，我便被它们包围住了。

不久闻到异样的味道，知道他们在抽叶子。女孩拍拍我，我摘下耳塞，只听她说，也来一口。我并不抽叶子，知道它很贵，不好搞，如果拒绝就像别人请吃大餐我还偏要拿谱，很不识抬举，就凑上去吸了一点。第一茬下去根本没有反应，男孩们一点不吝啬，说，你可能反应有点迟钝，再来一口。第二茬下去之后我立刻晕了，继续塞上耳塞听歌，随后一头栽倒在沙发上。

鲍勃迪伦金斯堡凯鲁亚克大卫鲍伊吉姆莫里森柯特柯本……

醒来发现天黑了，耳塞里静静的，音乐早已停止，透明顶棚之上已不再有温暖的阳光，咖啡店里亮着橙色的灯，有一盏就在我头上。幸亏是开着空调，否则我会冻死。周遭的人已经消失，连同那女孩。我勉强坐起来，胸口滑落一张纸条：我跟他们去听演唱会，你睡醒了来找我，已经结过账了。落款是女孩的名字及演唱会的地址，在某个仓库，和T市的垃圾摇滚一样。

我没有去找她，天色已晚，在附近找了一个小旅馆躺下，没有空调，洗澡有如冬泳，二十秒钟之内冻得我大脑充血，只得跳回床上，把自己塞进被窝，身体像停转的马达重新启动，努力制造热能把被窝焐暖。随后，在墙角找了一个插座，插上变压器，在黑暗中继续听我的《Love life》。

我终于找到了你，人海茫茫，道路纷乱，神经迷幻，哪儿都不去，听你一遍遍地歌唱，你这失败的隐秘天使，总会带我去想去的地方。

5.

二〇〇一年春天,我回到学校。看台后面的四棵水杉树在一夜之间被人锯倒,无条件宣告死亡。对我而言,寻找记忆的漫游结束,用一种很矫情的说法,意味着一个时代彻底收场。

事情是我们寝室的锅仔干的,他不想活了,早晨五点拿了一把锯子,独自穿过操场,来到看台后面的夹弄里。他的套子也在树上,但他已然不记得是哪棵树,对一个妄想症患者而言,把所有的树都锯掉,也许不是一件特别费劲的事。他干成了,四棵水杉树哗啦啦倒下,鱼鳔似的套子洒了一地。天亮后,他来到看台上,将一根绳子做了个圈套,一头扎在最高的栏杆上,另一头垂挂在迷你窑洞之上,他又跑回夹弄,踩在倒下的水杉上,将脖子伸进圈套里,往下一蹦。

这一下子本该将他的颈骨拉断的,但却没有,他太瘦了,自重达不到这个要求。他只能挂在半空,等着绳子将他慢慢勒死,但还是没有。那天早上有个清洁工阿姨听见了动静,扛着扫帚过来看究竟,不得不承认,锅仔遇到了全世界最冷静也最有行动力的清洁工阿姨。她扑过去抱住他的腿,使劲把他往上抬,并且大声喊救命。隔着操场,没有人听到她的呼救声,但围墙之外是一个废品收购站,那儿的一群阿姨都听见了,她们绕到学校边门,冲开门房大叔的拦截,忍受着巨大的恶心,站在满地的套子中合力摘下了锅仔。他已经休克过去,清洁工阿姨不知道怎么做人工呼吸,就拼命掐他的人中,这耽误了一阵子时间,直到保卫科的人赶来,叫了救护车把他拖走。

当天清晨我们都还在睡觉,只听有人大喊:"快去看有人上吊死了。"各个寝室的人披挂而出,踩着清晨的阳光向操场跑去,那里早已拦起警戒线,什么都看不到,几个警察向里面走去。老星叹息说:"我们全校男生的 DNA 都在那儿啊。"

齐娜问:"谁死了?"

旁边有人说:"锅仔,不过他没死成。"这句话说完,周围所有人的目光都射向齐娜。

齐娜说:"人没死就好。"

"但他把所有的水杉都锯掉了。"

我们寝室一共六个人,到二〇〇一年春天时,有两个去了外地找工作,剩下我、老星、亮亮,还有一个就是锅仔。大学两年半,锅仔一直睡在我的斜上方,我只要平躺在床上,用右眼的余光越过一张桌子,看到的必然是他。同寝室的人通常处不好关系,打破头的事情常有,我们几个倒是相安无事,尽管锅仔沉闷、分裂、缺乏逻辑,但我们还是将他视为一个有着若干缺点的人,而不是严重的缺陷。

他有一个别致的绰号叫风投王子。那几年,风投这两个字比一切格言警句更让人头皮发麻,尤其对我们学计算机的。人人都希望能得到一笔风投,至于该如何得到,以及得到以后该去干些什么就没有人关心了。一些去大城市发展的学长回校，说 IT 行业火得不行，全球风投像捅了马蜂窝一样到处飞，美刀砍得 IT 人都快晕了，IT 人将其兑换成人民币把全国人民砍倒。回来的学长俨然如衣锦还乡，报出自己的月薪年薪或者股份，让鞋匠们集体自卑。与这个词相关的还有硅谷、软银、上市、纳斯达克、第一桶金等等。

根据锅仔自己的吹嘘，他首先是个黑客天才，十六岁就会编程，十七岁就攻击过 FBI 的网站——当然没得手。这点水平在国际黑客之中也不过就是个修鞋的，但他至少敢于修鞋。后来说不能再攻击 FBI 了，一旦攻破，FBI 就会请他去美国上班，但他对联邦调查局这份工作不是很 care。

说这些话的时候，他非常严肃，一点都没有开玩笑的样子，以至于我们都认为他是在开一个大玩笑，后来看着又不像。他睡在我的上铺，我虽然对他有成见，但只要不影响到我的日常起居，便可以视之为空气。那几年经常听说有哪个大学的男生把室友给弄死的，不想惹上这种麻烦。

有一次隔壁寝室的人过来打牌，揶揄地说："锅仔，风投拉得怎么样了？软银谈过了吗？"

锅仔说："我正在准备和软银谈，最近很忙，我的每一秒钟都是在为第一桶金做准备。"

"不就是等发财吗？我们也在等发财。"那个人一针见血地说。

"第一桶金非常重要，人生最难挣的就是第一个一百万。"锅仔说，"等是等不来的。"

"我已经有一百万了，我爸爸是大款。"

锅仔看那人的眼神就像黄继光看见了美国鬼子的碉堡和机枪。

只能说这孩子的思路和我们不太一样，充满理想又高度紧张，听到别人天生百万以后，一度很沮丧，问我："夏小凡，世界从一开始就是不公平的，对吧？"我说："世界只是偶尔不公平。"他问我，偶尔不公平是什么意思。我说，偶尔不公平，就像你在拉斯维加斯玩老虎机，那里有几千台老虎机，每一秒钟都有人赢钱，而你却赢不到，这就是偶尔不公平。他说："归根结底还是不公平。"

"万一你第一把就赢到了呢？"

"正解。"锅仔说，"我要提前我的创业计划。"

我心想，你这个心理素质，赢到钱大概也会输进去。这我没对他说。那是大二，周围的人都在忙着谈恋爱，像我这样不谈恋爱的，平时看看书也能消磨时光，大家都是躺在床上想发财，真正动手去创业的人实在少而又少。过了没多久，锅仔说他接了一个项目，给一家营销公司设计数据库，据说要把全中国年入三万元以上的人口全部收罗在内，包括这些人的年龄性别住址体重身高性取向及品牌忠诚度，绝对宏大的工程。这个数据库即使只完工 1%，都可以卖给 FBI。我们被他唬了一下，以为他很快就会捞到第一桶金，但他却被这个软件搞疯了，因为数据老是出错，要不就干脆弄丢，最麻烦的是他设计的数据库软件无法用 Excel 导入，全靠手工输入。数据丢了三次之后，营销公司负责数据输入的女孩合伙在他脸上挠了四十多根血杠，脸像布满公路线的地图一样。再后来那公司倒闭了，他一分钱工资没拿到，带着四十多根血杠回来了。

这是他人生的重大挫折，经历了一个不算漫长的调整期，跟着我们几个人混吃混喝，打牌、听摇滚、蹦迪，伤口愈合了，大三上学期他开始梦想成为媒体大亨，到处集资要开一家传媒公司，在T市的大街小巷发送DM，手下有1000个员工（把本校的学生都算进去了），12个分部，4大支撑产业。这很唬人，电视台都来采访他，把他当成是T市大学生创业的典范来报道。按照当时的分配，老星、亮亮和我可以各管一个分公司，将DM事业做到全国各地去，低成本运作，掌握地区性的核心资源，建立一个可复制的盈利模式，然后等着美国公司来买我们，然后纳斯达克，吃完了风投吃股民，于是我们就成了天天开着宝马在大街上撞美女的大亨。这个流程有点混乱，但却打动了我们，问他："给多少股权？"锅仔说："股权现在不能给，股权太混乱的话，风投就不来了。给期权吧。"

传媒公司开了两个多月，他最终拉到的客户只是我们学校附近的大排档，印了几千张传单，居然将菜价印错了，老板拒不付款，同时还有两个发送传单的学生被城管部门生擒在马路上，打得鼻梁骨都险些窜到脑子里。如此，他的公司倒闭了，欠了不知道多少债，大多数都是百十来元的小债务，别人看他可怜也就算了。我们几个有期权的比较惨，几个月的生活费都被他骗走了，也休想再还给我们。亮亮有点心疼，想找他讨债，被我和老星劝住了：

"看锅仔那样子，马上就要精神崩溃了，别再去刺激他了。"

第二轮调整期到来，还没来得及带他出去散心，有一天他告诉我们，他爱上了齐娜。我们都吓了一跳，首先是时间出现了偏差，大二时我们谈恋爱，大三时找工作，锅仔却像倒时差一样，大二搞创业，大三快毕业了追女孩。其次是搞错了人，他爱谁不好，偏偏爱上了齐娜。

本校最厉害的斗地主女皇，花边新闻超级数据库，全世界最聪明也最不靠谱的鬼怪故事爱好者，齐娜，她绝不会接受一个欠一屁股债的男人的爱。

那以后锅仔变得不太正常了，一不谈创业，二不再沉思，醒过来就上牌桌，不赌钱（也没钱），赌的是谁输了谁去女生宿舍楼下大喊"齐娜，我爱你"。我们都很寒，谁都不敢输，最后是他输了，跑到女生宿舍楼下刚喊了一嗓子，上面伸出很多可爱的脑袋，对着他喊："风投王子，喊个屁啊，还我的钱！"

有一天，锅仔说齐娜和他一起在夹弄里做过爱，套子也扔到了树上。说得非常认真，连细节都说，酷似我们不久前观赏过的一部色情电影。我们都知道他脑子出大问题了。还没商量妥当，到底是送他去福利院呢还是再凑钱给他找个心理医生，却被齐娜知道了，冲到我们寝室里，当着很多人的面劈头大骂道："老处男，你自己打手枪扔的套子吧？"

我们都知道锅仔并不是一个道德败坏的人，他仅仅是有点妄想症，而且运气很糟糕。在妄想症患者的眼中，不存在的事件可以如此具体地刺激他的神经，而存在的世界却钝化消弭。但是，即使你是一个妄想症患者，你也不能在大庭广众之下把自己的性幻想和某个具体的女孩对接起来并且说出来。究竟是爱护一个精神病人，还是爱护一个被精神病人伤害了的女孩，我们还没想清这件事，锅仔就把自己吊在了看台的栏杆上。

出事以后，齐娜很后悔骂了锅仔（尤其是骂人家老处男），说："其实他也是个可怜人。"是的，他不但可怜，而且让我们预知到了泡沫经济的后果，如果他能坚强地活下去，我们每个人都会觉得自己很幸福。过了几天，医院里传来消息，说他被救活了，但是他出现了严重的精神分裂倾向，他把医生当成是骗子，把护士当成是齐娜，最后，他把自己当成是比尔·盖茨。

他又上了本地新闻。T市的晚报将他作为大学生心理问题的典型进行了报道，这样，他就被传媒再次吊上了看台。报社记者还特地来采访我们班的学生。每个人都说，是的是的，风投王子应该及时得到心理辅导，是的是的，大学生应该树立健康良好的人生观，经常参加体育锻炼，戒除网瘾，回到现实中来。

三天之后才发现了锅仔的遗书，贴在寝室门背后，打印在A4纸上，如一张逃生地图，文字功底令人折服。

我决定尝试着去死，我的死于任何人也没有关系，即便冒险也好，结束也好，甚或什么都不是也好。这样的死，于任何人来说委实没有意义，因此伤害不到任何人，希望如此，最好如此。

大概会真的死去吧，这样的死，是齐娜投向天空的小石子。无论以什么轨迹落下，去六月的荒草里，去夏天的某一条河里，还是索性掉在暗无天日的深井里。齐娜是不是爱过我？只有这件事会让我悲哀。答案或许就在小石子最终坠落的地方罢。

遗书被某个缺德鬼扫描下来，打印了二十份贴在学校宣传栏上。整整二十份。这封遗书让齐娜彻底崩溃，后面半个月都成了狂躁抑郁症患者，好像是遭了诅咒，对我们说："等锅仔来上学了，你们给我打他一顿。"

她没能等到这一天，锅仔休学了。

之后不久，有一对校园情人在看台后面幽会，也是那个迷你窑洞，激情到半途时，忽然听见有人狂笑，那笑声与挨了烙铁的惨叫相似。女生吓蒙了，顿时瘫倒在地，男生提了裤子，壮着胆子出去看，周遭是令人恐惧的静谧，黑漆漆的夜晚百物难辨，唯有水杉树留下了白色的树桩，亮得吓人，像是什么东西的眼睛。

某一天，学校在看台后面装了两盏射灯，照得明晃晃的。无神论者仍然在那里野合，射灯被一砖头砸得稀烂，性爱中的男女犹如固执的驯鹿，每到迁徙季节总要渡海去阿拉斯加交配。但是，再怎么无神论的女孩都受不了有人在那种时候狂笑，那并不是幻觉，而是实实在在出现的东西，无神论在狂笑面前是不顶用的。吓昏过去好几个女生，看台后面再也没有人敢去了。

有一天我们坐在一起聊起锅仔，老星说锅仔现在不知道怎么样了，还被关在精神病医院里？竟然也没有人去看望过他。

齐娜说："其实我是受不了他的固执，幸亏他是个精神病，要是个正常人的话一定更可怕。"

"努力把锅仔定义为精神病，以此反衬我们的胜利。"我说。

老星说："锅仔的悲剧不在于他的性格，而在于他程序出错，严格来说这不是悲剧。"

对于老星来说，一切问题都是程序出错造成的，正如一切成功都是程序合理的结果。但我不相信这个，我相信在程序背后有一个意志力存在，否则无法解释它为什么会出错。

"每一个自杀的人都是上帝，"我说，"由此而言，毁灭和疯狂都应该受到尊重。"

"你这句话很警句。"

"前半句是陀思妥耶夫斯基说的。"

"后半句呢?"

"我说的。"

6.

　　凡读大学的，都能听到一大堆的变态故事，这些故事未付诸文字，而是通过每一届的学生口口相传下来，有点像旧社会讲评书的。故事无限演绎，在不能预知的某个地方被修改，原始的文档被永久覆盖掉，既不是现实世界，也不是虚拟网路。

　　说说三号楼的故事，以及由此衍生出的奇谈异闻。三号楼是工学院著名的凶楼，在T市高校界颇有名气。

　　故事是齐娜告诉我们的，在所有讲鬼故事的人之中，我们最钟爱的就是齐娜，博闻强识，有数据做论据，并且时不时地会被自己的鬼故事吓着。我劝她："齐娜，你很有恐怖小说家的潜质啊，快去读斯蒂芬·金。"她说："我对写小说没有兴趣，我要做马尔克斯的外祖母。"

　　"最凶的是位于四楼的一间空屋子，"齐娜说，"一九八八年有个女生因为失恋在那间屋子里上吊，挂在吊扇上，过了好几天才被人发现。楼下是实验室，后来的人在实验室里，每到半夜都会听见楼上'砰'的一声。"

　　"那是什么声音？"

　　"凳子被踢倒的声音啊。"齐娜说，"后来那屋子就关上了，贴了封条，到了一九九四年，又有个女生因为失恋，在那间屋子里上吊了。她自杀的那天，封条和锁都莫名其妙地自动开了。"

　　"从此以后，是不是就变成'砰砰'两声？"老星哈哈大笑。

"根据统计,大学生最热衷的自杀方式就是跳楼,失恋的,失学的,压力过大的,生活贫困的。总之,不幸的人生各不相同,选择的结束方式却惊人的一致。但是在我们学校,上吊似乎是一个独特的传统。到一九九六年,第三个人也在那间屋子上吊,但他选择的方式更为特别,他把绳索套在脖子上,一头系在钢窗上,然后往楼下跳,绳子大概有三米长,一秒钟之内他的颈骨被拉断。死得很痛快,只是吓坏了路过的人,尸体像广告牌一样挂在那里,连学校外面的人都看见了。"

"影响很坏。"我说。

"有一个在实验室里的女生被吓到退学,半截尸体就挂在她窗口。"齐娜说,"至于这个人为什么要自杀,无人知晓,永远成了个谜。"

"后来呢?"

"后来?没有后来了——后来就把门给锁了,听说那屋子里空荡荡的什么都没有,连吊扇都被拆掉了。你们去过那里吗?"

"挺害怕的,不去。"老星说。

锅仔退学后不久,齐娜在三号楼的实验室里着了道。当时她得到了一家德国公司的面试机会,在实验室里补外语,那儿清静。夕阳穿过窗户斜照在她和她的书本上,像某一部恐怖电影即将开场前的宁静,忽然之间,窗外拉拉杂杂的声音消失了,齐娜抬起头,听到楼板上方发出沉闷的一声"砰",吓得一激灵。她坐在那儿,屏息良久,没有第二声"砰",也没有尸体从窗外飘下,但夕阳的光线在某一瞬间忽然消失了,屋子里立刻从橘黄变为黯蓝,一天之中最后的暖意迅速转换成阴冷感。齐娜放下书,思想斗争了好一会儿,决定到楼上去看看。

她是狂奔出三号楼的，虽然她是一个热衷于奇谈异闻的女孩，但仅限于面对文本，真遇到鬼，她跑得比谁都快。我们正端着饭盆去食堂，她揪住我们，结结巴巴说："有人上吊了。"按说不应该有那么多人去看热闹，但那阵子我们过于无聊，巴不得找点事情来闹一闹，或者根本就是想弥补一下没有看到锅仔上吊的遗憾，男男女女几十个人直扑三号楼，先在楼下看了看，并没有谁挂在钢窗上，再闯进实验室。天已经快黑了，窗外只见黯蓝的夜色和灯光稀疏的二号楼。齐娜说："就在楼上，我看见有个人挂在天花板上。"

有女生尖叫起来。我说："别上去了，报警吧。"不料尖叫的女生拽着我的胳膊说："我想看！"

到了四楼那间屋子门口，一阵阴风吹来，我全身的汗毛都竖了起来，仗着人多，一起走上前去，门是虚掩着的，锁坏了，似乎是被人一脚踢开的。老星走在最前面，也觉得有点害怕，一手推开房门，里面黑漆漆的什么都看不清，摸到了电灯开关，吧嗒一声按亮了唯一的那盏日光灯，所有的人屏息三秒钟，发出鬼哭狼嚎一样的惨叫——有一个人正吊在天花板凸出的吊扇挂钩上。前排的人吓得往后倒退，后排看不见的人还在问："谁又上吊了？"前排的人说："是个女的！哇！"后排的人跟着一起喊："哇！"

老星喊道："嘿，真好玩！"

那吊在半空中的人，是一个穿着空姐制服、面容姣好、嘴角含笑的姑娘，但她不是立体的，而是个二维图像。她脖子上挂着绳子仍然保持着职业的微笑，比《法医学图鉴》上的死者更为恐怖——这是航空票务处门口常见的广告牌，和真人等大，专业说法叫作"人形模板"。在她的下方有一张踢翻了的凳子。

老星把凳子搬好，爬上去，解救了这个二维空姐。立刻有人想起来，她是机械系一个男生的宠物，当年那男生把她从航空票务处偷来的时候，我们都曾经看到过，问他偷这玩意干什么用，他说这是他的充气娃娃，晚上放在被窝里抱着，睡得更香。这话有点像开玩笑，但是经证实，该男生确实这么干了，所以他成了全校闻名的变态。

齐娜大怒，扛着二维空姐去男生宿舍找碴儿，冲到那人的寝室，那儿冷冷清清的，被子铺盖基本都消失了，隔壁寝室的人说，这个变态刚走，买了火车票去广州了，下次再见到他应该是拿毕业证书的时候了，然后又问："哎？你们扛着莉莉卡干吗呢？"

"谁是莉莉卡？"

那人指着二维空姐说，她的名字叫莉莉卡，是那个变态给取的，但是建议齐娜赶紧去洗手，莉莉卡太脏了，沾了很多变态的DNA，如果不洗手的话，搞不好会怀上那个家伙的后代。说完哈哈大笑地逃掉了。

恐怖本身是有逻辑可循的，讨厌的是不按常理出牌。

齐娜说，那天下午在实验室里，听到楼上"砰"的一声，大概是机械系的变态踢翻了凳子的声音，但为什么天色就在那一瞬间暗了下来？而她在数分钟后跑到楼上，看到的绝不是一个身穿制服面带微笑的空姐，而是一具长发如柳枝般飘摇的女尸。说完这个，她又说："我真不该讲三号楼的故事，这是报应。包括锅仔选择用上吊的方式自杀，应该也是受了我的暗示。"

"如果用其他方式，比如跳楼什么的，锅仔现在就不是在精神病医院了，而是在火葬场。"我只能用这种方式安慰齐娜。

几天后，我又独自去了三号楼，在四楼的那间屋子里抽了一根烟，空荡荡的屋子里什么都没有，窗户上都加了铝合金的栅栏，我在里面吹口哨，选了 Lush 乐队的"Ladykillers"，有低低的回声像什么乐器在伴奏，轻轻泛开，轻轻合拢。并不恐怖，只是有一点冷，有一点在时间中悬浮的哀愁，被我身体的某个部位无意中触摸到了。

唯独人形模板莉莉卡无处安放。

最初几天，她就放在我们寝室门口，我花了点时间，打了一盆清水将她擦洗干净，毕竟是塑膜贴面的，焕然一新地成为我们寝室的前台小姐。凡从过道走过的人，无不啧啧称赞，说我给莉莉卡带来了重生。我也有点得意，没顾及到老星和亮亮已经在私下里将我归类为潜在的变态。过了几天，同一楼面上有个男生半夜里上厕所，厕所在走廊的尽头，三月里的夜晚还很冷，他穿着汗衫短裤急速地穿过走廊，忽然觉得有冰凉的东西摸了他的屁股，顿时毛骨悚然，回头一看，灯光昏暗的走廊里，只有莉莉卡站在那里对他微笑。

这人忍着尿，踢开我们寝室的门，对着我的床头大喊道："老夏，把你的女妖精藏被窝里不行吗！"

我把莉莉卡放回寝室里，由于没搞清状况，懵懵懂懂继续睡觉。翌日清晨被亮亮推醒了，亮亮说："老夏，把你的莉莉卡挪走，行不行？今天早上我梦见她了，而且我遗精了。"我说遗精是正常的生理现象。亮亮便大吼道:"我梦见莉莉卡所以遗精了,这个因果关系请你搞清楚!"这时听见老星在磨牙,梦里嘀咕道:"莉莉卡——"我和亮亮一起打了个寒战。

不知是谁告的密,中午我被保卫科请去了。三个保卫科的干部像面试一样坐在办公桌后面,我坐在一张凳子上。

"为什么要这么干?"问话的是科长,他很严肃,他平时坐在保卫科的窗前,除了透过窗户看着校区,基本上无事可干。我将那六片窗玻璃视为六个十二吋的监视器。其人在问话时不停地抓挠自己的两侧肘弯,根据一般常识,他患有湿疹,我就叫他湿疹同志。

"因为无聊啊。"我说。

"无聊你就用这种方式来吓人?"

"不想吓人的,"我说,"当然,我不否认确实有人被吓着。"

"这种色情玩具必须没收。"湿疹同志说。

"如果是色情玩具,它就不是用来吓人的。"我说。

"能不能不要做这么无稽的事情?"湿疹同志愁眉苦脸地说,"你是毕业生,你不想背着一个处分出校门吧?这样的处分是入档案的。"

"不想。"

"那就把它交给我们吧。"

"你们要那玩意干吗?"

"我们是没收它,并不是要它有什么用。"

我想了一下,莉莉卡就留给他吧,其实我也想扔掉她,但她过于的美丽,又始终在向我微笑,把她扔垃圾桶边未免太残酷了,而交给保卫科,确实有一种监禁之美。湿疹同志及他的同事们,常年值班,免不了空虚寂寞，莉莉卡的存在或许可以缓解他们的压力。或许我可以去电信局门口偷一个类似的回来，或许可以给她取名字叫海伦?

7.

　　大概没有人能算清楚，工学院到底有多少只野猫存在，也许二十个，也许五十个。随着季节的变化，老猫会死去，小猫会出生，数量不定，难以计算。

　　说它们是流浪猫，稍嫌不够准确。这些猫并不流浪，它们生活在这里，其行动方式是以某一点为圆心，在固定半径之内做无序运动。真正的流浪应该是线性运动。齐娜将它们称为"非豢养猫"，如同人们将私生子称为非婚生子，将莫名其妙称为非主流。

　　事情得说到一九九九年去。

　　那年猫多，春天里我们听到四面八方的惨叫，伴随着淅淅沥沥的春雨，有些叫声近得就在窗台之上，持久，绵延，突兀。猫在交配时所迸发出的能量惊人，相比之下，在《动物世界》中看到狮子的交配，简直是敷衍了事，毫无激情。

　　夜里我们全都缩在被窝里，熄灯之后，在猫的淫声浪语中发抖。想起有个老和尚写诗，说猫儿叫春搞得老衲也思春，也许古代的猫是喊着yamete交配的？反正在一九九九年，世纪末的猫儿所带来的是一个又一个的噩梦。

　　这些猫平庸而神秘，在比较正常的日子里，它们伏在墙角打盹，或沿墙而行，也有从树枝飞行到屋顶的。平庸而神秘是猫的天然气质，T型台上走猫步的女模特绝非猫的比喻，将猫比作一个走着猫步上夜班的纺织厂女工可能更恰当一些。

一般来说，野猫和人类处于绝对的相安无事状态，野猫的数量和学生一样都处于一个常数，后来学校扩招，学生的数量往上猛翻，野猫的数量也跟着有所增长。据说是因为泔水和垃圾的增长导致的食物过剩，有点像中古时期的土豆和玉米导致了人口猛增。

人和猫生活在不同的世界里，行为准则不同，出没时间也基本错开，人类抛弃的正是野猫所需求的，野猫猎杀的正是人类所躲避的。如果猫也泡女生，或者人也吃垃圾，那可能会爆发一场人猫大战。

认识的人中间，对猫抱有特殊感情的也有，比如小白就极讨厌猫，她对一切带毛的动物都敏感，又比如在家教中介所的小广东，他有吃猫的癖好。至于我一再提到的齐娜，她对猫的感情古怪到了极点，既曾贪恋过一只傻猫，后来又对一切猫退避三舍，居然还因为一只猫把我们的校长送进了监狱。

一九九九年春天，齐娜经常到我们寝室来看打牌，手里挟着一只猫。那猫的长相和加菲猫一模一样，只是脸色阴沉，好像有严重的心理疾病。猫的名字就叫"加菲"，念顺了变成"钾肥"。钾肥不是野猫，正经家养的还被骟过一刀，性格嘛，谈不上温驯，而是人工制造的虚弱，倒也配得上它那张阴谋脸。

没人搞得清钾肥是怎么来的，照齐娜的说法也是一个人的罗生门，一会儿是捡来的，一会儿是某个大排档的老板送的，一会儿又说是自己从家里带过来的，最离谱的一次说这猫是初恋男友中了魔法。我们一边打牌一边看看钾肥，钾肥被齐娜挟在腋下，它也在看我们，带着厌倦和轻蔑的表情，好像还是中魔法的初恋男友比较可信。老星问："齐娜，你男朋友是先骗了再变身的呢，还是先变身然后被你骗了？"

后来齐娜上了牌桌。这姑娘牌技惊人，记性好，胆子大，斗地主每每都揣着一把零钱回去。打牌自然不能挟着猫，钾肥就被放在齐娜的脚跟，像挨了麻醉枪一样，长时间一动不动。等到齐娜打完牌，赢够了钱（通常不需要多久），一手把钱塞口袋里，一手挟住猫，施施然离开。我们在寝室里青着脸一起摇头。

赢得多了，齐娜便说，钾肥是她的幸运星，带着它逢赌必赢。我们信这个，但更多地认为钾肥是我们的霉星，有了它逢赌必输。

钾肥养在齐娜寝室里，那个寝室的女孩都养宠物，有人养兔子，有人养乌龟，有人养金花鼠。有一天出事了，据说是金花鼠的笼子门没关，钾肥把金花鼠夫妇全都干掉了，剩了两个鼠头，像纪念品一样放在齐娜的枕边。养金花鼠的女孩对金花鼠的感情之深，也到了匪夷所思的程度，看到这个场面挟了钾肥就送到小广东那儿，想来个以其人之道治其人之身。亏得有人报信，齐娜把钾肥解救下来时，小广东正抱着钾肥在中介公司里吃方便面，那样子似乎很爱它，也似乎随时都会把它宰了做浇头。

养金花鼠的女孩并不就此罢休，等齐娜和钾肥回到寝室里，她抢过钾肥，一抬手就把它从窗口扔了出去。寝室位于二楼，正下方就是宿舍的大门，钾肥在空中飞行了几米，一头扎进一个洗澡回来的女生的脸盆里，居然毫发无损。命大如此，令人赞叹。

猫被扔下去的瞬间,齐娜的样子就像一个麻风病患者,脸都扭曲了,容貌之动人处消失殆尽,难看之处以几何倍速扩张,而金花鼠的主人是一个本来就很难看的女生,她们扭打在一起,观者无不心惊胆寒。后来保卫科的人来了,别的不说,先把女生宿舍抄了一遍,抄出来几十只宠物,猫猫狗狗,兔子乌龟,蜥蜴螳螂,以及赤裸男生两名。好多女孩子都喊:"我们这儿养蟑螂呢,来抄啊,来抄啊。"

钾肥从此离开了齐娜,被送到一家很小的旅馆里抓老鼠。那里靠近铁路,是我陪着齐娜一起去的,那阵子我和齐娜的关系比较热火。我们穿过七零八落的工厂区,又经过仓库区,走了半个多小时,绕得我都有点迷糊了,估计钾肥也不可能这么有灵性,还能找到回家的路。齐娜照旧是挟着猫,吹着轻软的口哨。我问她:"心情真有那么好吗?"她说:"反正我也想通了,钾肥要还留在学校里,会被她们药死的。送走拉倒。"我再次端详钾肥,这个脸色阴沉不怀好意的猫,它确实是个霉星,坑害了女生宿舍所有的宠物们。

灰黑色的旅馆与铁路仅隔着一道铁丝网,左右都是相似高度的平房,门前的道路上飘着一些雪白的泡沫塑料盒子,屋里弥漫着方便面的味道。齐娜认识一个朋友在这家旅馆坐账台。把猫放下之后,她摸了摸它,说:"记得别去铁路上乱跑。"猫一动不动,她又轻轻踢了它一脚说:"滚吧。"

回学校的路上,齐娜说:"夏小凡,你想要女朋友吗?"

我说:"不想。"

"为什么?"

"我怕被人变成阉猫。"

她听了大笑起来。我赶紧严肃地说:"真的不想。没有什么理由。"

"蠢货。"她说。

在萧条的街道上,隔着栅栏和树木,列车轰轰地开过。再也没有猫可挟的齐娜哗啦啦地倒塌了。那以后,她的牌也打臭了,算得照样很精,但牌运不再,其打法也被我们摸透了,逐渐地把她赢走的毛票又赢了回来。看来钾肥确实有点魔法,有些事情说不清。

有一天,是下雨的早晨,我在校门口遇见齐娜,她说:"钾肥死了。"

既不是被火车撞死的,也不是吃了什么中毒的老鼠,也不是因年老力衰而死,反正就是死了,尸体被人发现在街道旁的一根电线杆后面,湿淋淋的不成样子。我再次陪同齐娜来到旅馆。旅馆那个人说,钾肥吃得香睡得好,平时也很安静,一点看不出有病的样子,忽然有一天就死了,死前的晚上还吃着剩饭在电视机前面看了一集动画片。

齐娜给钾肥收尸,装进一个马夹袋里。淋湿的猫都有点像魔鬼,不过钾肥已经死了,至多像块墩布而已。我告诉她马夹袋可不能打结,钾肥会没法托生。她便又去旅馆里要了一个瓦楞纸盒,装了钾肥,跨过一片潮湿的灌木,在铁路沿线的树林里给钾肥挖了个浅坑,埋了。草地上隆起一个很小的土丘,鞋盒那么大。自始至终没有一列火车开过。

"毕竟没有像故事里说的,死了以后就恢复原形啊。"齐娜说。

"变回初恋男友?"

"要真那样就好了。"

"照古代的做法,太监死后得把割掉的宝贝东西缝回去,钾肥的宝贝在哪儿呢?"

"还真不知道。从认识它的那天起，就是个阉猫。下辈子投胎做个母猫吧，阿弥陀佛。"齐娜双手合十，在钾肥的坟前嘀嘀咕咕地祈祷着。

据说猫的死亡特别地干脆利落，既不会流露出不甘，也不会对主人有什么交代，猫很清楚，只要自己死掉，随时都会有另一只猫来取代它的位置。死亡于猫而言就像是一次简单的跳槽。

钾肥死后，齐娜对猫的热爱稍稍减退，从此再也没有看见她挟过一只猫。有一次在杞人便利店里遇见一只不那么纯种的蓝短，按市场价没有几千也得值几百，我们问杞杞这猫从哪儿弄来的，杞杞说搞不清哪儿来的，自己跑来了就不肯走了，在店里负责捉老鼠吧。

"搞错没有，蓝短捉老鼠。"齐娜嘀咕了一声，和那只智商不太高的蓝短玩了一会儿，杞杞说如果喜欢可以送给她，齐娜摇摇头，"再也不养猫了。"

野猫的出生与死亡都是非线性状态的变化。九九年的春天过去，学校各处有很小的野猫钻出来，娇滴滴的泛着傻气，令人惊喜。这些小猫被各类爱猫人士用各类猫粮喂养，剩饭居多，其次是饮料，也有人会去一站路以外的超市买正宗的伟嘉猫粮。

这些小猫也稍稍抚平了齐娜的哀恸，经常看见她在校园的小道上喂猫，和小猫混熟了，好几只都被她起了名字。有一只小猫和钾肥长得几乎一样，简直就是钾肥的童年版，或疑似钾肥的私生子（这当然不可能）。我们叫它"小钾肥"，齐娜却说钾肥这个名字独一无二，于是改叫二肥。

没到暑假二肥就死了。

才几个月大的猫，爱躲在汽车的底盘下面，不知道汽车会开动，只顾着享受阴凉，结果被碾得稀烂。此后陆陆续续还死掉几只，尸体粘在停车位上，非常残酷。齐娜在道路边贴了很多 A4 纸，打印了一只猫在轮胎底下的图案，形同交通警示牌，还说要提请政协把这条列到交规考试中去。清洁工阿姨受命将 A4 纸全部撕掉，猫继续死。

压死猫的汽车之中，有一辆是我们校长的别克，正是它将二肥压成了一张血淋淋的猫皮。一九九九年，这位校长马上就要因为经济犯罪而被抓进去，当时还坐着别克进进出出。有一天我和齐娜走过别克，齐娜正在嚼着口香糖，唾的一声就把口香糖吐在了车顶上。

我说："听说有人给车子放气。"

齐娜满不在乎地说："那也是我干的。"

"离你这种危险分子得远点儿，"我说，"逮住肯定开除。"

"一辆车而已嘛。"

"你不知道吗，汽车代表着男性生殖器，你这是在破坏校长的生殖器。"

齐娜听了，停下脚步，对我看了半天，好像是要看清我到底是不是个精神病。过了一会儿她走回去，照着别克保险杠猛踢一脚。校长的生殖器立刻发出尖锐的报警声，不远处办公楼里伸出一个脑袋对我们喊道："嗨！干什么呢！"我拉着齐娜拔腿就跑。

和猫有关的日子结束在那年夏天，连同校长的黄金时代。

那天齐娜和我们一起闲晃，在已经启动的别克下面捞起了一只小猫，不过，只差了十公分，或者说只差了一秒钟。汽车后轮从齐娜的左手和小猫的身体上碾过，天日昭昭，众目睽睽，猫的身体很有层次感地卷入死亡，在生命的最后的一瞬间它努力昂起头颅，眼睛逐渐凸出，嘴张开，露出粉红色的舌头和小小的尖牙。她被这表情震慑了，巨大的恐怖甚至盖过了疼痛，她整个人被车轮压得扭转过来，好像挨了大擒拿手，这一瞬间她甚至都没有叫喊。

齐娜跪在地上，手掌上粘着猫的血和内脏。别克车没打算停下，我和亮亮一起扑上去拍打着车顶，而老星索性趴在车头上，当车停下的时候，看上去就像是老星用大力金刚掌阻挡住了轿车的去路。

车窗摇下来，长着一张猫脸的校长极具喜感地手握方向盘，面无表情地扭过头看着我们。

老星说："快送医院，轧了人了。"

校长说："你们送她去医院。"

老星大吼道："有点儿人性好不好！"

跪在地上的齐娜发出非人的嚎叫。

齐娜说她做了梦，无数猫在别克轿车上飞过，像鸟群一样拉下臭臭的猫屎。猫的身影遮蔽了阴沉的天空，在一望无垠的草原上，黑色的别克轿车长出了四条腿，缓慢地爬行着，从车盖里伸出舌头，像蜥蜴般舔噬着天空中的猫，每吞下一只，从后备箱那儿就会滚出一个血肉模糊的猫尸。猫们惊叫着，向高处飞去，散开。别克轿车拖着衰老残破的身体，踏过长草，沉默地走向深渊般的远方。

老星拍拍她的肩膀说："以后别再去玩猫了。"

"真是个诡谲的梦啊……"

"告诉你一个好消息，"老星指着烈日下晒得滚烫的别克说，"咱们校长被抓起来了。"

当然不是因为轧了齐娜的手，而是贪污，校长被有关部门请去喝茶了，一口茶喝出了近五百万的涉案金额，再一口茶喝出了两个情妇。坊间有个笑话，说校长那天开着别克是想外逃出去的（平时有司机），结果被老星给拦住了，与此同时，有关部门也赶到了。听起来很有启发性。

猫还在校园里进进出出的。那年暑假军训，我们都住在学校，白天走正步，晚上傻头傻脑躺在宿舍，哪儿都不想去，就想熬过这个夏天。猫在夏天长得飞快，小猫变中猫，中猫变大猫，某一天，猫的数量忽然又恢复到了正常水平。齐娜说，老猫发飙了，把新生的猫都赶走了。

"我决定再也不玩猫了。"齐娜说。

有时我会怀念钾肥，尽管他们已经不记得它。我记得这只阉猫，如同我记得小学时音乐老师脸上的粉刺，顽固而又无意义的东西。在我的梦里，我和齐娜走过凌乱的工厂区，来到铁路边，路程遥远，我累得不行。钾肥孤坐在破旧旅馆的凳子上，齐娜伸手去抚摸它，但它溜走了。作为一只阉猫，搞不清它的孤独来自何处。孤独这东西，总是与荷尔蒙激素有关，如果连荷尔蒙都没有，孤独又有什么价值？在齐娜梦中飞翔于天空的猫，集群轰炸巨大的别克轿车，在那样酷烈的场景中，钾肥一定还是坐在某一块石头上，舔舔爪子，一言不发。

8.

"你好。想请你给我办一件事,破解一个邮箱的密码。"

"犯法的事情偶不做。"

"是我老公的邮箱,不算犯法。"

"偶向来不参与夫妻之间的隐私战争。如果偶帮你做了这件事,偶会怀疑偶和你有一腿什么的。"

"你太绝情了,上次我还在聊天室里公开喊你老公呢,那个'北大评论家'都吃醋了。"

"偶不管,偶也不会破解邮箱,偶不是黑客。"

"你说过你学计算机的,你还会编程呢。"

"偶计算机学得很烂,没办法,函数没学好,编程编得跟草鞋一样。目前只会装装 Windows。"

"你这个骗子!"

"好吧,偶承认偶其实不是学计算机的,偶是你老公雇佣的侦探。"

"那你告诉我老公,混蛋,我明天就去找'北大评论家'上床!"

"偶认为,你的这句话,其实是想告诉偶这个混蛋。"

"滚蛋!"

我关了聊天室的窗口,站起来舒展了一下胳膊,把香烟揣进口袋里,离开座位。黑网吧的账台里坐着面色苍白的女孩,对我一笑,说:"过阵子这里要拆迁啦。"

"正好,我也快毕业了。"

"这两年一直劳驾你帮忙修电脑,以后见不到了。"

"哪里的话,我只是偶尔帮忙,应该的。"

"上次吊扇砸了下来……"

"够吓人的。"

"吓人。"

这家黑网吧位于新村的一幢房子里,六楼,爬上来很累,晚上也没有感应灯,很容易踏空楼梯。当初有一个老奶奶在楼下负责拉客,因为长得面善,我就爬到了六楼,久而久之也习惯了。其实我不太爱爬楼,万一客满的话,就意味着我得再跑下去找另一家网吧。女孩的奶奶特别好,刮风下雨都站在楼下的过道里,一则拉客,二则告诉熟客楼上还有没有空位置,有时还会提醒我多穿点衣服什么的,很有人情味。去得久了,偶尔的我也会给她们看一看电脑故障,并不是每次都能修好。

一直以来就是老奶奶和这女孩打理网吧,女孩在楼上负责收账,老奶奶在楼下负责拉人,有个网管偶尔来这里看看,不过此人很不靠谱,经常找不到人,以至于我要客串着顶替他的职务。老奶奶说,我来上网一律免费,被我拒绝了。我毕竟是个有钱人。

有一天老奶奶消失了,女孩说是在楼下站着,冻成了感冒,接着就并发肺炎,送到医院。没过一个礼拜,女孩的手臂上戴上了黑臂章。

老奶奶去世以后，剩下女孩一个人守在网吧里。每每爬到六楼，看到客满，我还得再下楼去。逢到这时，女孩就一脸的抱歉。我说没关系，每次还是坚持着爬上来，这家网吧始终是我的首选。

我付了账，女孩说："等你毕业的时候，差不多我也该搬走了。"

"找个好一点的门面，换一套设备，再去弄张正规的营业执照。"

"很难的。"女孩笑笑，找给我零钱。我对她说再见。

那已经是夜里十点，我独自下楼，楼道里一片漆黑。我掏出打火机，点亮了，凭着微弱的火光和脚下的感觉，从六楼走下去。下到一楼时，忽然觉得脚底下发飘，打火机被风吹熄了，最后两个台阶我一脚踏空，往后仰倒，一屁股坐在台阶上。

我站起来，黑暗的楼道里好像有人影，一动不动地站在靠墙的地方。我手里的打火机已经弄丢了，凑过去细看，但实在看不清。我忽然想起来，那个靠墙的位置就是老奶奶惯常搬一把凳子坐着的地方，这时觉得头皮发麻，喂，老奶奶，你不能这么吓唬我啊。

我从口袋里掏出一枚硬币，照着黑暗中的方位扔过去，硬币砸在墙上，又落回在水泥地上，发出叮叮的声音，弹落在某个角落。什么人都没有，冷风再次吹过，发出叹息一样的声音。我心想，不知道老奶奶找我有什么事，答谢我？和我告别？如果是想把脸色苍白的女孩托付给我，那恐怕只能说抱歉了。无论如何，您不至于来掐我的脖子吧？

从网吧出来，出了新村得走过三条街，可以到达学校的边门。边门不远处就是杞人便利。

外面下着细密的雨，T市的春夏天各有一次雨季，春天的雨季从三月中旬开始，大约会持续一个月，雨下得异常的冷，没日没夜地下，中间几乎没有停顿，每次探头望向窗外都是灰蒙蒙湿漉漉的一片，耳朵里听到的总是雨水的滴滴答答声，令人失去希望。

夜间的雨反射在路灯的光晕中，细密而难以捉摸。走过的三条街都是冷冷清清的，毫无内容却又充满了内容。一直走到杞人便利店门口，看到暗淡的灯光，小店还没有打烊。

"杞人便利"是个牛逼名字，笆斗大的红字四仰八叉地刷在墙上，有一种无可置疑的傲慢。而事实上，它只是一个门面不到两米宽的小烟杂店，地基比街面还矮一截，打通了墙壁，装了卷帘门，放两截粗制滥造的铝合金柜台就自称是便利店，其实只是个很可怜的烟杂店。店里的货品少得可怜：几种香烟，几种碳酸饮料和啤酒，还有一种口香糖、一种打火机、一种蚊香、一种低档白酒、一种小包装的餐巾纸，以及十来种卫生护垫。为什么要搞那么多卫生护垫，不得而知，但就算有卫生护垫凑热闹，这里仍然可称是世界上最寒酸的烟杂店。

杞杞裹着一件深蓝色的棉大衣蜷缩在柜台后面。

这孩子一年三百六十五天都守着他的店，和黑网吧的女孩有得一拼。小店开张以来他就是这副样子，我很佩服这些守店的人，有时感觉他们像是生长在某一根朽木上的蘑菇。

我趴在柜台上，对杞杞说："一包福牌，一个打火机。"杞杞侧对着我，面前有一台九吋黑白电视机正在播放足球比赛，屏幕上有两组人围着一个小白点在跑来跑去，穿条纹衫的球员惨遭飞铲，像可乐罐头一样在边线附近蹦蹦地翻滚，随后切到中镜，反复重播。杞杞注视着电视机，我把钱放在柜面上，他面无表情转头看我一眼，从屁股后面的纸箱里拿出一包福牌香烟。打火机就在柜台上放着，我自己挑了一个。紧跟着一把硬币叮叮当当被他扔在柜台上，一串动作像是被程序设计好了的。

挨了飞铲的球员在地上痛苦地呻吟，裁判挺胸而上，掏牌。

"你说说看，谁会赢？"杞杞问我。杞杞有着非常好听的中性的嗓音，其人也是瘦瘦白白的，有时还戴一副宽边的黑框眼镜。其实我觉得，黑网吧的女孩和杞杞倒是很般配。

"穿条纹衫的。"我说。

"那是尤文图斯。"杞杞淡淡地说。

"噢，尤文图斯。"我揣了烟和打火机打算走。

杞杞说："这里就要拆迁了。"

"正好，我也快毕业了。"

"以后见不到了。"

我摸摸脑门，这些话和刚才黑网吧里的女孩所说的如出一辙。我重又回到柜台前面，给自己点了根烟，问他："以后打算怎么办呢？"

"不知道啊。"杞杞说，"店肯定是要关掉了。"

"可惜。"

"算了，至少不用担心被人抢了。"

他的店被人抢过，是春节之前的事，有三个歹徒，半夜撬他的卷帘门，不料这孩子平时是睡在店里的，守着他那一堆不值钱的货品和一把毛票。歹徒所配备的武器并不高级，一根撬棒，两把菜刀，对付杞人便利却是绰绰有余，只哐当一下就把卷帘门给撬开了，菜刀勒在他脖子上，抢走了所有的零钱和几包红塔山（店里最贵的香烟），合计不超过两百元。卫生护垫倒是不少，歹徒抢回去糊墙都够了，这太羞辱歹徒了，歹徒用菜刀柄在杞杞额头上蹾了一下，将其砸开花之后遁入茫茫夜色。翌日我去买烟，这孩子头上缠着纱布，淡淡地告诉我，卷帘门给弄坏了，这扇门修一下得三百块钱。

"想做碟片生意。"杞杞说，"碟片生意很好的。"

"做碟片可以，像你这样不挪窝的做不来。至少工商局来冲摊的时候你得抱着碟片狂奔。"

他看看我，眨了眨眼，大概在揣摸自己究竟能跑多远。很久以来，我甚至连他站起来的样子都不曾看到过。

我故意说："你要是腿脚利索呢，可以做毛片生意，那个利润最高，但是需要你跑得很快很快。"

"什么是毛片？"

"……就是黄色碟片。"

他又看我一眼，虽然面无表情，但明显是在暗骂我。我决定浪费一点口舌，便继续开导他："你不要觉得毛片有什么不好的，毛片在大学边上卖，就像草纸在厕所边上卖一样。一张唱片挣三块钱，一张毛片可以挣十块钱，而且不用大批量进货，卖掉多少进多少，不占用资金。一年卖一万张毛片你就净赚十万，不用交房租，不用交税……"

杞杞说："警察会抓我的。"

"警察哪有工夫来抓你啊？上次抢劫你的那几个坏人都还没抓到呢。"

杞杞说:"你才是个坏人。"

我哈哈大笑起来。我很喜欢杞杞闷头生气的样子。因为有了这一出,刚才在新村里看见老奶奶的恐惧感也消失了,雨季也不那么忧烦了,说再见的日子也不那么迫在眉睫了。

"点球。"杞杞指着电视机说。条纹衫的球员站在十二码罚球点上,一脚把球踢到了守门员的怀里。

"软脚蟹啊!"我大骂起来。

9.

乐观者分为理性和不理性两种,对于生活的灾难,不理性的乐观者总是会采取一种旁观的态度,即使这灾难发生在自己身上。大多数时候他们看起来就像是一群幸灾乐祸的人,并且,在某种极端的情况下,不理性的乐观者比悲观者更加不可救药。

而悲观者是不存在理性或不理性的。

吊诡的是,尽管不理性的乐观者显得盲目、无知、粗鲁,有时还会做出种种非人的举动,看上去很容易被淘汰掉,世界却恰是由他们来统治的。

悲观者厌弃同类,理性者怀疑同类,中性者不认识同类,只有不理性的乐观者才会团结在一起,尽管他们并不是大多数,却因为团结而显得像是大多数。由此推论,想要在这个混账的世界上如鱼得水,那就扮演一个不理性的乐观者吧,同类们会来找你的。荒诞世界像巨大的单细胞生物,吞噬一切并自我繁殖,没有容貌和躯体,只是一堆扭来扭去的黏液而已。

莉莉卡被没收以后一直放置在保卫科的墙角,有一次我路过那儿,探头进去张望,觉得挺有意思的,冷不丁一看以为学校聘用了女保安,再细看又觉得莉莉卡的笑容中隐藏着什么意思,具体不明,有点像勾引,又有点像嘲笑。我问湿疹同志:"你们现在把她当宠物养起来了?"湿疹同志很郁闷地告诉我:"我想扔掉,他们不让。"

"谁是他们?"

"保卫科的其他人。"

"理解,他们爱上她了。"我说。

雨季来了。

某一天看到莉莉卡被扔在垃圾桶边,雨水打在她身上,竟然还是那种微笑,怎么看都觉得诡异。我打着伞,远远地站在雨中端详她,过了一会儿从办公楼里出来一个人,是保卫科的老秦,肆无忌惮扛着莉莉卡走回了办公室。看得我目瞪口呆。

广播台的大喇叭里正好在播放 Radiohead 的 "Creep",轻快而破碎,老秦的脚步也沾上了那样的节奏,一跳一跳的,还带着点心悸。"个老变态。"我低声说。

在电信营业大厅门口,很多伞拥挤着,人形模板的女郎站在玻璃门后面,穿套装,面带微笑,看着来来往往的人。她长得和莉莉卡很像,大概作为人形模板都应该是这个类型的,干净明快没烦恼,身高适中,优良的小腿曲线,适合大众审美的要求。对了,我想起来我打算叫她海伦。我走进去,坐在连排塑料椅子上,连连打量海伦。

和莉莉卡相比,海伦稍微胖一些,这情有可原,毕竟作为空姐的莉莉卡比电信女郎的海伦更需要注重身材。笑容方面来说呢,莉莉卡更严肃一些,而海伦相对妩媚,也相对的有点不自然。两个人的化妆都是没得说的,姿势都很绷,小腿并拢,牙签都插不进一根。当然,以这个姿势放倒在地,横着,效果应该是惊人的。

我再看大厅里的营业员,和海伦相比还是有差距的,更比不上莉莉卡,难怪那个变态狂会把莉莉卡藏在被窝里。绝了。

我想我是不是也应该把海伦偷回去呢。旁边站着一个虎视眈眈的保安,让我打消了这个念头。究竟会被定义为窃贼还是色情狂呢?看来,即使理性的乐观者也不是那么坚定的。

几天后的一个深夜,我们在宿舍里抓到个贼,是个民工。几十个人揪住他送往保卫科。学校保卫科晚上有人值班,搭一张钢丝床睡在办公室里。一路上,贼不停地告饶,说自己上有老下有小,外出打工盘缠用尽出此下策,烦得我们直想堵他的嘴。

到了保卫科门口,看见气窗上映出昏黄的灯光。我们一伙人敲门,动静大得翻天,其间还夹杂着贼的惨叫,但保卫科始终没有人来开门。有人从走廊里搬了把凳子,站在凳子上朝气窗里面张望,发出一声怪叫,倒栽下来,嚷道:"太可怕了!"后面的人一脚踹开保卫科的大门,老秦赤身裸体仅穿着一条内裤暴露在我们眼前,并且,即便是那条内裤,也是五秒钟前刚套上去的。莉莉卡脸朝天,平躺在钢丝床上,作为一个实际上的平面摄影,她在任何角度向着任何人微笑。在场的都是男生,所以没有人捂眼尖叫,都看傻了。

几十个人和老秦对峙着,谁都不敢走进去,老秦在几十双眼睛的注视下手忙脚乱地套衣服。倒是那个贼最先反应过来,对我们说:"今天算是开了眼界了。"

我不想说老秦的下场,免得难过。二〇〇一年的春天有很多不如意的事情,雨季并没有那么快地过去。

我只说莉莉卡。某一天她又出现在垃圾桶边,收垃圾的清洁工阿姨还没来得及赶来,她又被挪到了操场看台顶上,继而出现在传达室门口、食堂里、天台上……她出现在任何可能的场所,后来,她不知所踪。

齐娜说:"上个礼拜我又看见莉莉卡了,在马路边,好吓人,眼珠被谁抠掉了,剩下白色的两块。"

"谁去把她找回来啊,免得到处害人。"老星说。

"真吓人,你肯定不敢碰她。"齐娜说,"就像这样。"她忽然转过头来,对着我们翻了一个巨大的白眼。"哇!"我和老星毛骨悚然,从椅子上跳了起来。

失去了眼睛的莉莉卡在黑暗的走廊里行走,她走得很慢,黑暗对她来说已经不再重要,失去了眼睛就不会再担心黑暗。她只是一个偶人,甚至连偶人都算不上,失去了眼睛的莉莉卡不会想知道自己是谁。从哪里传来一点声音,她手扶着墙壁,慢慢地向前走去。墙可以是障碍,同时也指明了道路。莉莉卡沉默着,带着微笑与惨白的眼珠走向某一扇门,她只是一张厚纸板,从侧面来看完全没有体积。门虚掩着,不需要推开门,她就能从那道狭窄的门缝里穿过。

她走进屋子。她已经是个盲人,但她知道我坐在屋子里,只有我一个人。

"想我吗?"她说。

我屏住呼吸,努力克制着颤抖和勃起。

她慢慢地向我走来,空洞的眼珠,残破的身体,每一步都像是走在积雪上。

我没有醒来,这个梦会继续下去。

10.

某一天下雨，我独自去了咖啡店。咖啡店离学校不远，在一条破旧失色的商业街上，两旁都是建造于八十年代初期的老新村，一楼沿街的住户把墙砸开了，做成店面出租出去，理论上讲都是违章建筑。

这片商业区庞大而肮脏，污水横流，油烟弥漫，鼠患猖獗，老鼠们不仅从下水道里钻出来，还会从行道树上掉下来。由于紧贴居民区，客流量倒是完全不成问题，尽管平均消费能力不高，但绝对人数之众也造成了强大的局部内需。所经营的都是些需求弹性特别小的商品，米店、小吃店、廉价服装店、杂牌超市，间或有亮着红色灯光低徊黯淡的洗头店。

雨中的商业街略显凄惨，行人稀少，万物残破。从远处看，咖啡店像是穷街陋巷中的小庙，香火惨淡，雨中的招牌像一件忘记收回来的衣服，孤悬在半空怪可怜的。

很破旧的咖啡店给人留下的不是历史感，而是历史毁灭的感觉。在一片破落的店面之间，盛开又萎谢的花朵低垂在树丛中，记忆中的水分都蒸干了，乃至开裂，乃至嘶哑。某种意义上像是一个寓言。

走进店里，灰色的水泥地坪，被硬物砸出星星点点的坑，原木吧台已经发黑发亮，咖啡座无序地聚在一起，像一群遭遇枪击后失去了主张的人，那是几张破得连旧货店都不肯收的人造革沙发，铺一条花纹莫名其妙的床单，坐着居然还很舒服，令人气恼。一个架子上垒着些旧书，其中有列宁选集，托洛茨基自传。所有摆设都歪歪斜斜的，不敢造次。这套家什放在高尚地段还有点情趣可言，放在这条街上，就像脱衣舞女跑进了女澡堂的感觉，非常糟糕。

我到这里来找咖啡女孩。

从一九九八年到二〇〇一年，咖啡店里经历过不下十五个女招待，绝大部分都是我们学校的学生，鼎盛期竟同时雇用了四个女孩，虽然是个破店，看上去非常有气势。可惜好日子没能持续多久，莫名其妙就走上了下坡路，生意日趋萧条，店面更显破旧。说起来，宏观经济蒸蒸日上，股票起起落落，地产进入爆炸期，这些竟然和咖啡店没有任何关系，它按照自身的生命周期无法避免地走向死亡。做招待的女孩们一个个来了又走，回到学校里，就像盐溶化在了海水中。一旦她们离开了这里，我就一个都认不出来了。

我经常来这里，两年多来喝掉了不下一百瓶啤酒，每次都是啤酒，永远不喝咖啡。大部分时间我都是闲坐着，听店里放着各种各样的音乐，有一阵子是比莉·霍莉黛，有一阵子是小野丽莎，有一阵子是陈绮贞，视吧台后面的女孩的爱好而定。那些女孩都知道我是个有钱人，只有有钱人才会去咖啡店里喝十元一瓶的啤酒，傻坐着听音乐。

如今咖啡店里只剩下一个女孩，另外有个打杂的阿姨。阿姨丑陋而能干，从做咖啡到扫地，甚至炸春卷都会。我经常到这里来要一份春卷，非常好吃，就着啤酒，完全把咖啡店当成小吃店。

女孩不是我们学校的。

十五个咖啡女孩消失后,仅剩下她一个还在这里,好像哪儿都去不了的样子,经常看见她百无聊赖地站在店门口抽烟。只要她在,咖啡店里播放的永远是Radiohead,《OK Computer》循环播放一百遍都不够。我承认这是一张永不起腻的唱片,但音乐都是被听旧的,听了整整一季,那个节奏已经融化在我身体里。

人少的日子里,我陪着她听《OK Computer》。店里没什么事情,可以时不时和她聊天,端着啤酒似乎更适合坐在吧台前面。她似听非听,音乐也好,我说话也好。屋子里弥漫着微醉的气氛。说累了,或者她不再理会我了,我便回到沙发上,看看风景,读一会儿托洛茨基。

"很久没见你了。"她说。

"开学以后来过一次,你不在。"

"寒假回家了?"

"别提了。"

我挑了一张沙发坐下,整个咖啡店就只有我和她,会炸春卷的阿姨不知道去了哪里,也没有音乐。

她隔着吧台问我:"啤酒?"

"嗯。"

"下了一星期的雨,你是今天的第一个顾客。"

雨水彻底击溃了咖啡店,想想也很悲惨。我记得前年圣诞节,老板请了一支民谣乐队来表演,唱得固然不怎么样,但气氛非常棒,沙发里都填满了人,更多的人站着,进门的地方有一棵半人高的塑料圣诞树,挂着五颜六色的饰物。四个女招待在人堆里穿梭,戴着红红的圣诞帽。歌声像一块破旧的丝绒擦拭着我的心。那样的场面恐怕不复存在了。

她换了发型，过去一直是剪得齐肩的头发，像幼儿园的滑梯一样顺溜，从头顶到太阳穴是一个弧度，从太阳穴到肩膀又是一个反过来的弧度，那样子要多乖有多乖的。取而代之的是染成枯草色的卷发，这使得她的五官有点模糊。头发可以是荆棘，是海浪，是火焰，而她的发型则是大风吹过的潘帕斯草原的一隅。我猜想她一定也是换了心情。

总得说点什么。我记得她寒假之前说过要去看海，便问："看到海了吗？"

"看到了。"

"风景不错吧？"

"哪有什么风景，你以为我去了哪里？"

"海南？"

"不，我是坐上长途汽车，渡江以后到了一个小镇上，小镇靠海。不过既没有白沙滩也没有礁石，是一片灰色的滩涂，海也是灰色的。风吹得厉害，根本没法靠近海，只能站在远处看看。"她说完，总结性地说了一句，"我是去看冬天的海。"

"好情调。"我说。

寒假之前我曾经找过她，我请她喝咖啡。她说店员不能坐那儿喝咖啡，态度温和地拒绝了。我很无趣地回到沙发上翻看托洛茨基自传，她又说，喝一杯，就一杯。她给自己弄了杯清咖。

减肥？

她说她爱喝清咖，在清咖之中可以感觉出微酸的单宁味，果香味，收口时的回甘，高原地区阳光的苦涩味，是非常纯粹又复杂的味道。说得头头是道。

为了那杯咖啡她回请我看电影。当天晚上，两个人跑了很远的路，坐上公共汽车到T市的一个商厦，顶楼是影院。坐在光线昏暗且变幻不定的小影院里，周围影影绰绰有很多情侣，很多女的手里都捧着一个装满爆米花的纸盒子。我想是不是也应该给她买一盒爆米花，但是看她那个样子似乎是什么都不需要。我闻了两个小时的爆米花味道，始终担心着外面的天气，那天下雪珠，一场大雪似乎就要来临。

散场时，商厦已然打烊，从一道消防楼梯走下去，外面的雪果然下了起来。我们在公共汽车站头上等了很久，来了一辆塞满乘客的夜车，半小时后将我们连同半车人抛在夜晚映着雪光的道路上。她住在附近的新村，我送她回去，脚底踩着雪，感觉软绵绵的，其实积雪很薄，软绵绵的可能是我的心理暗示。

那段路有点长，气温很低，在路灯的弱光中可以看到她嘴里呼出的白气。也就是那时，她说她春节要去海边，我当时误以为是海南岛，也就没有接茬。海南岛并不是我想去的地方。在黑漆漆的门洞口，她按亮了照明灯，沉默地走上楼梯。

此刻透过咖啡店的大玻璃，看到细雨落在空无一人的街上。她问我："找到工作了吗？"

"还没有，找工作难。过了'五一'想去上海碰碰运气。"我问她，"你呢？"

"就是这样啊。"她略微摊手,仿佛自己的一切都呈现在我眼前。

"换了发型。"

"换了很多东西呢。"

"接下来怎么打算呢?"

"继续这样啊。"

"再请你喝一杯咖啡吧。"

"可以。"

"放点音乐吧,怎么不放音乐呢?"我在沙发上伸了个懒腰。

她将《OK Computer》放入 CD 机,选了一首"Let Down",最初的吉他声与外面的雨声融合得很好,随后,鼓声,歌声,起子"砰"的一声打开瓶盖。我喝了一口啤酒。她从衣兜里掏出一包七星烟,抽出一根点上,我抽我自己的烟,两块五一包的福牌。她抽烟的姿势很特别,有一种十分生硬的东西横亘在她和香烟之间。

她拿起我的烟盒看了看:"抽这么差的烟?"

这烟确实没话说,一口下去,吸出来的既不是一氧化碳也不是尼古丁,而是滋滋的焦油,抽完了嘴巴就像久未清洗的油烟机。这也是一种类似清咖的癖好。

"发型好看吗?"

"好看,但是有点说不清道不明,不太像你了。"

"要的就是这个感觉。"

"试图改变自己?"

"是扭转,而不是改变。改变这个词太容易了。"

我笑笑，我知道一个和我计较词语的女孩一定不简单。每一个在咖啡店打工的女孩都有她们自己的道理。

"为了扭转，再请你喝杯咖啡吧，"我说，"反正今天也只有我和你，看这样子不会再有人来了。"

她想了想说："我也喝啤酒吧。"说罢给自己也开了一瓶。

我说："以后来这里喝啤酒的机会不多了，五月份去外地找工作，要是情况好，也就不会回来了。在这里混了三年，唯一觉得美好的就是这家咖啡店。"

她笑笑说："其实好多人都这么说过，可是生意就是好不起来，都像你这么慷慨就好了。"

"会好起来的。"

"以后没春卷吃了，阿姨辞工回家了。"

我扶着啤酒罐，看着雨中的景色长叹一声。"今天就是想过来吃春卷的，可惜了。"

"以后这个咖啡店就剩我一个人了。"她用指甲弹了弹酒瓶子，另一只捏着七星烟，注视着烟头。

想起来有一天在T市的市区，某个商厦后面的垃圾桶边，看到有一个和她差不多装束的女孩，腰里束着咖啡店的围裙，头发梳得整整齐齐地在那里抽烟。女孩的神态和姿势就像她一样，目光同样注视着烟头，那里有什么东西值得一看再看？

喝光了啤酒，两个空瓶子很孤独地立在柜台上。我不知道该说什么好，她忽然说："既然那么想吃春卷，我去给你炸。"

"你也会？"

"炸春卷而已嘛。"说完走进吧台后面的库房里，十分钟不到，端着一碟香喷喷的春卷走了出来。我痛痛快快地吃了个干净，仿佛是把为数不多的记忆都消灭掉，义无反顾，绝无留恋。

吃完了，我站起来埋单，穿上我的棉夹克。她伸手替我把一个塞在里面的领子翻了出来，掖好，说："衣服没穿好。"

11.

　　遇见咖啡女孩并非幸运之事。那次去看电影,和她告别之后我便迷了路,在三个新村里绕来绕去,走了半个小时,到宿舍差点冻死,第二天重感冒直到寒假。而这次回到宿舍,起先没什么异常感觉,看见齐娜他们在打牌,我把亮亮撵了下来,上手打了几副,连续拿到三对红桃Q,诡异得不得了,打牌的手都在抖。一个喷嚏之后,我顿觉头痛欲裂,关节深处隐隐犯酸,知道自己受了凉,情形恐怕不妙。我扔下牌,把自己裹一裹,爬到床铺上倒头就睡。熄灯以后他们点着蜡烛继续打牌,每一张纸牌扔下去都像是砸在我的神经上,我意识不到自己在发热,神经像灯泡中的钨丝一样被烧得灼热发亮。后半夜我可能是做梦了,梦见自己走向操场,梦见女孩在门洞里等我,身体像快镜头里的花朵一样打开,高高的水杉树上有很多蝌蚪在游动,这时脑子里应该是一片乱码,而女孩是某种病毒。

　　在很远的地方,有什么声音。半夜里我忽然从床上坐起来,浑身是汗,老星说:"老夏,做春梦了?听见你在呻吟啊。"他们还在打牌,我像水泥柱子一样倒下,继续睡。

　　梦见父亲和母亲了。那是一辆开往黑夜的公共汽车,窗外没有景色,只有无穷无尽的黑。父亲和母亲坐在前排的位置上,背对着我,车内微暗的灯光正照在他们的头顶,他们一动不动,仿佛黑夜已注入血管。梦中的我坐在公共汽车的最后一排,车身摇晃,告知我正在前行。我距离他们仅有那么一点距离,却站不起身,无能为力。童年的夏小凡正趴在母亲的肩头,他抬起头看我,我看不清他的眼神,我只是一个被他注视的对象。我想我身后的黑夜正在流逝。渐渐地,他们的身体变软,扭曲,像被加热过的巧克力,融化并坍塌,静静地沉入椅背。

　　灯灭了,再也看不见什么。无穷的孤独感像真空一样抽走我身体的某一部分,另一个梦接踵而来。

　　这样颠三倒四过了不知多少天,每次清醒一点了,睁开眼睛,总是看见那伙人在打牌,好像这牌局天荒地老,穿越了时空。某人来找我,他们就对别人说:"老夏蓝屏了。"某人走到我床前,一摸额头,啧啧赞叹道:"这都可以做电热炉了,烧个荷包蛋应该没问题吧?你们怎么不送他去医院?"那伙人说:"真有那么烫吗?"也凑上来摸了一把,终于决定送我去附近的诊所。

　　这一把救了我的命。

　　吊针扎进我手背时,感觉自己像沸腾的油锅里扔进了一勺冰块。

　　蓝屏之后的某一天,我处于重启阶段,也没有人来管我,打牌的那伙人不知去向。外面的雨停了,空气中还带着湿意,冷风从北窗吹进来,寝室里长久积攒的异味一扫而空。我从蚊帐里探出头去,只见一屋子的扑克牌,像某种巨大的飞蛾,吹得到外都是。

　　我起床,裹着被子给自己倒了杯水,一口气喝光,觉得还不够,但热水瓶已经全空了,即便刚才喝下去的水也不知是隔了多少天的。重启阶段,烧空了的脑子只能指挥身体做一些最简单的动作,有点像一个人被吓呆了的感觉，只是没那么突然，而是缓慢的、挥之不去的呆。

我在裤兜里找烟，口袋里竟然还有半包福牌，我点起烟抽了一口，轻微的寒意透过棉被披上全身。我穿上衣服，手臂酸痛，膝盖发飘，还是坚持着走出寝室，在静悄悄的楼道口用力跳了几下，全身的关节咯吱咯吱作响。抬头看见隔壁寝室的人走过，我揪住他问："今天为什么人烟稀少的？"那人告诉我，市里在开人才招聘大会，针对应届生的，提供两千多个岗位，四楼的人全都跑去凑热闹了。我问他："你怎么不去？"那人说："我爸爸是公务员，我直接就能去税务局上班，我混张文凭就可以了，我怕个屁啊。"

懂了。

我一个人沿着小道往操场方向走，道路冷清，树木正在苏醒，冷而阴沉的天气里，鸟叫声，猫叫声，远处某个锅炉房的低频轰鸣听得真切起来。

一直走到操场看台后面。三五个新生模样的人在不远处踢足球。我拖着虚弱的腿沿着那堵峭壁走进去，看见四根树桩死在围墙下，迷你窑洞还是和以前一样，里面那扇铁门锁得紧紧的。

空荡荡一无所获，没有我梦里的女孩。

我想哪天得去看看锅仔，我想看看这家伙到底是死了呢还是已经治好了精神病。于我而言，此事似乎意义重大。

翌日是齐娜的生日。在人才市场，这几个人除了被挤掉鞋子之外，还填了十来张招聘表，填完之后这些表格就汇入成千上万的表格中，像彩票一样等待着某公司的人事部将其抽取出来。老星说，这件事无所谓，还是齐娜的生日要紧，张罗着买蛋糕，带她出去血拼。

我独自去火车站，母亲给我寄来一个邮包，本应直接寄到学校，阴差阳错地滞留在了火车站货运处，得我自己去提。那是阴霾死寂的下午，正适合发生阴霾死寂的事，我在货运处等了很久，抽着烟，不时地有人插队，穿黄色背心的工人在阴影浓重的地方穿梭而行。

母亲打电话给我说，这是父亲的一些遗物，她那儿不能放了，只能寄给我保存。考虑到我快要毕业了，找工作租房子，一个小小的邮包放在我这儿应该不是很麻烦的事。

可以，就这样。

邮包到手时，发现用封箱带绑得严严实实，抱在怀里并不重。纸箱顶着我的锁骨，想起十六岁那年抱着父亲的骨灰盒去墓地的情景，骨灰盒也是顶着我的锁骨，也是有很多人在阴影浓重的地方站立着。一路上我用口哨吹着碎瓜乐队的"With Every Light"，歌很好听，吹出来的曲子却总是不成调。

回到寝室里，老星和亮亮还没回来。我用一把锋利的美工刀剖开纸箱，熟练简洁如屠夫。"嚓"的一声，往日岁月浓缩于一堆物件并以碎片的形式袒呈在我眼前。

父亲的眼镜盒子，一张带有镜框的全家合影，老式打火机，烟嘴，钢笔，一本已经遗落了很多藏品的集邮册，一张公交月票，父亲的各类奖状……最后是一本薄薄的影集。影集像是一群乌合之众的首脑，埋伏在箱底，在故事高潮时忽然出现。我点起一根烟，伸手将影集取出来，一如从河中捞起片片浮萍。在这本影集中，三口之家所有的过往都容纳于此，活生生的日子崩解为图片，锁定在当时的某一个场景下。忘记是谁说过的，"唯有通过碎片,我才能无限地接近于死者"。正是这样。

我一边抽烟一边回忆往事,不料十分钟后,没等我看完影集,亮亮和老星开门进来。亮亮扛着两箱啤酒,老星抱着一个白色的泡沫塑料盒子,扎着粉红色的丝带,我知道这是要给齐娜过生日了,匆匆地将手里的物件收拢,放回纸箱里,又把纸箱放到床上。

齐娜穿着一件红色大衣,笑吟吟走进来。

"这就是你们去血拼的结果?"我歪在床上,指着大衣问老星。

老星说:"花了九百块!我已经破产啦。"

"红色大衣,照亮雨季。"齐娜说。

"面朝大海,春暖花开。"我说。

这时是五点半,天还没黑,齐娜嚷饿,并且迫不及待想看看生日蛋糕的款式。外面寝室也涌进来好多人,都嚷着要吃蛋糕。我说天黑了蛋糕上点蜡烛更浪漫一些,齐娜没这个耐心,从我床上拿起美工刀,把蛋糕盒上的粉红色丝带割断了。十几个男的围着齐娜一个女的,这种待遇绝非每个女生都能享受到的,大概只有齐娜才那么招人喜欢。盒子打开,齐娜看着蛋糕上裱着的字,彻底傻眼,剩下老星一个人在旁边诡笑,片刻之后是哄堂大笑。

那个提拉米苏六吋蛋糕上裱着:天上人间,金碧辉煌。

齐娜揪住老星的领子问:"这他妈的什么意思?"

亮亮说:"他恭祝你毕业之前的最后一个生日快乐,从此你小姐荣升妈妈桑,又大了一岁,就是这个意思……"一群人七手八脚给她点蜡烛,外面还有人挤进来说要吃蛋糕,并且听见刺刺的开啤酒瓶的声音。齐娜叉住老星的脖子一通乱打，他们开始唱生日歌："猪你生日快乐——"

齐娜招呼我们："吃蛋糕。"反手拿起塑料刀子，一刀插在蛋糕的正中央。

"蜡烛还没吹呢！"一群人大喊起来。

由于人太多，分到手里的蛋糕，其角度比埃菲尔铁塔的塔尖强不了多少。我偷偷挤开人群，拎着饭盆去食堂打饭，临走前让亮亮留几瓶啤酒给我。

外面竟然又下雨了。

一楼的宿管处排起长队，都是在等用电话的。仅有的那台电话机牵着一溜男生，个个都叼着烟，其中有几个都拿着手机在皱眉头。我问他们出了什么事，他们说也没什么，下午开始移动信号全都没了，通话也好，短信也好，全都发不出去。问我怎么样，我说我没有手机。这世界上需要随时随地与我通话的人已经不存在了。

外面的雨下得人的心都凉了，这是周末，好不容易等到一个晴天，晚上又下雨，雨似乎下不完的样子。有人提议，为了公平起见，每个人通话时间不超过一分钟。排在后面的人都表示同意，靠前的那几个自然只能委屈一下了。轮到我时，捏着那个八十年代生产的电话听筒，黑沉沉像一个哑铃，沾着手汗和唾沫，拨通了母亲家里的电话。

是录音电话。母亲的声音略带疲惫，这么多年来她一直是如此调门，值班医生的生活颠倒了她的白天与黑夜，某一部分的神经永远沉睡，另一部分又永远清醒到过敏。

"嘟"的一声之后，我说："寄来的东西都收到了。"挂下电话，付钱。我思忖着母亲可能是上白班，也可能是夜班回来睡着，或许她就坐在电话机旁?

这无疑是充满困惑的一天。

下雨天的食堂照样人满为患,天气和饭菜的双重恶劣也挡不住汹涌的饥饿感。这一带没有什么可供吃饭的地方,除了食堂以外,想吃东西就只能去附近的小饭馆,或是在职工新村里,或是沿街的,或干脆是露天大排档,一个比一个脏,好像卫生局这个单位根本不存在似的。当然,唯其因为脏,我们才吃得起。下雨天是食堂的吉日,跑出去吃饭嫌麻烦。

各处窗口都排着长队,不断有人端着饭菜离开,又有人填补上去,队伍越来越长,如果俯瞰的话肯定很像某个接龙游戏。某个热心的男生手里捧着六个盆子,装着至少够十个人吃的饭菜,屁颠颠地跑到一群女生的座位旁。某个常年孤单的女生独自端着盘子,凄凄恻恻地由我身边走过。某教师带着新任老婆也来凑热闹,这仿佛是他的第三次婚姻。各处听到的话题都是关于移动信号突然消失的事件,这一天最大的事件。已有人证实是一座重要的信号塔出了故障,接下来便发现今天晚上的饭菜特别难吃,饭都是夹生的,鸡蛋煳了,红烧肉像学校里的仙人掌,薄而无味,还带着很下流的硬毛,为数不多的几块大排骨被具有历史感的学生认出是昨天的货色。上帝保佑,还有黄豆芽,尽管连根都没有摘掉。问大师傅到底为什么会差到这个程度,大师傅嬉皮笑脸地说:"因为手机打不通了。"就是想破头也想不出,手机信号和饭菜质量究竟有什么关系,也许大师傅自有他的蝴蝶效应。

我独自在角落里坐着,尽管毫无食欲还是勉强吃了几口。小白从对面走来和我打招呼。

"好久不见。"

"你心情不错嘛，"我说，"斜眼男生没把你怎么样吧？"

"你这个人真是不说好话，什么时候学会的这一套？"小白坐下，盘子里只有一点青菜和两片豆腐干，看上去很好养活的样子。"找到工作了吗？"她问我。

"没有。"我说，"前几天有个同学让我去跟他合伙做生意，你猜什么生意？"

"猜不出来，直接说嘛。"

"花鸟市场摆摊卖金花鼠。"我忍着笑说。

"你去了吗？"

"我不想天天看着金花鼠交配。那玩意儿一年能交配出好几十个。"

小白翻了个白眼说："我在吃饭呐！说这个！"

每回我和她开玩笑的时候，心里都不好受，但我仍必须坚持着将玩笑开完，她也一样。我再次想到了斜眼男生，想提醒小白当心点，那天在杞人便利店前面遇到的男孩给我留下了很不好的印象。但我最终还是打消了这个念头，真说出来怕是会吓坏了她，下雨天的周末说些什么不好呢，哪怕虚情假意呢？

我说："小白，晚上有空吗？"

小白说："干吗？想约我？"

"空虚啊。"

"现在才想起我也迟了，我要出去了。"

"还在打工？做家教？"

"我去看电影。"

"带我吧,我一个人无聊死了。"

"你没诚意。"小白摇头说。

本来想给她讲一个马尔克斯的短篇,两个小孩图谋杀死他们的家庭教师,不料家庭教师被另一个人杀掉了,死状之惨冠绝马尔克斯的所有小说。不过还是算了吧。小白吃完了,站起来说:"我走了啊,你自己去找伴儿吧,夏大哥。"

"小心遇到变态啊。"

"呸啊。"

小白走了以后,我在食堂里了无生趣地吃饭,一直吃到阿姨打扫卫生,人都走得差不多了。我犹豫着到底是回宿舍跟老星他们胡闹呢,还是独自去咖啡店坐一会儿。天已经黑了,我难得有这种想找人说话的时候,不管是什么话题,讲什么都可以。但这一天显然不会有人搭理我了。

我顶着饭盆上路,在杞人便利买了一包烟,去新村网吧里上网,直到九点才离开。道路漆黑,经过杞人便利时发现杞杞很早就打烊了。天气糟透了,路上一个人也没有。

回到宿舍,在走廊里看见亮亮,他坐在一张凳子上,凳角翘起,背靠在寝室门上,两根凳脚支撑在地上前后摇晃,手里拎着啤酒瓶。远处有人在弹吉他,忧伤地唱着:"毕业的那天,你泪流满面……"一派萧条。

寝室门关着,我还没来得及怀疑,亮亮便说:"两个都喝多了,在里面办事。把我赶出来了。"

"干多久了？这都快熄灯啦。"

"干很久，很久，很久，"亮亮说，"现在大概睡着了。"

"妈的，赌友上床，以后没得玩了。"我说。

"原谅他们吧，想睡在一起也不是一天两天了，再过几个月就各奔东西了，也是最后的疯狂。"

"不知道锅仔会怎么想。"

"锅仔要是知道了，肯定这辈子都得关在医院里，天天挨电击。"亮亮说，"我们还是不要说锅仔了，我一想起他就寒。喝点啤酒吧，我还给你留了点。他们大概就快醒了。"

我从他身旁的纸箱里拎出啤酒，在凳子上拍掉了瓶盖，过去我可以用臼齿把瓶盖撬下来，但自从去年我不慎把臼齿撬下来半个之后就再也不肯这么干了。

我蹲着，靠在墙上，和亮亮用深情长吻的速度各自喝完了一瓶啤酒，老星和齐娜还是没动静。亮亮说老星会不会是得马上风死了，我说要是这样的话，齐娜不会没反应，这妞懂得可多呢，她会做人工呼吸，用拳头砸心脏，急了说不定拉根火线给老星做电击。亮亮有点喝糊涂了，思维跳跃，他继续翘在板凳上，说："老夏，那天你发烧了，知道是谁救了你吗？"

"不记得了，只记得有人说要拉我去医院。"

"是那个小白。"

我有点发愣，猛拍自己额头。

亮亮说："那姑娘胸真大。"

我敷衍道："是的。"

"她要是腿长点就完美了。"亮亮说,"对啦,老星说你小时候长得挺漂亮的。你那影集我们都看了。"

我跳起来一脚踢开房门,踢在亮亮的脑袋边上,要是我也喝多了的话,这一脚大概会把亮亮的脸给踢烂。哐当一声巨响,门锁断开,亮亮连人带凳子仰天倒下。屋子里,老星和齐娜赤身裸体躺在我的娇梦床单上,被子盖在肚脐那儿,枕头在齐娜腰下——我那套卧具确实是整个宿舍里最舒服的,相比之下老星的被褥散发着垃圾桶一样的恶臭,装着腐烂尸体的垃圾桶。我能理解齐娜,我要是她,也会选择在娇梦床单上做爱,但是你们不可以让我撞见,你们更不可以打开我的邮包。

事情全乱了,事情像一手不成对子也不成顺子的扑克牌。老星和齐娜以一种缠绕着的姿势同时扭起头来向我看,如同交配时的眼镜蛇,齐娜半个乳房在老星的胳肢窝里,还有一个半暴露在我眼底。老星的一条腿架在床边的凳子上,另一条腿在被子里,正由齐娜的双腿紧紧地夹住。可恨的是,他的右手还夹着一根香烟,烟灰像斩落的人头般掉在我的床单上。

"Fuck!Fuck!"我跳过一张凳子,像捉奸的丈夫一样扑向老星,一瞬间看见他在笑。结果我一脚踩进了邮包里。那个邮包,本来在我床上,现在到了地上,封口敞开着。我听见了父亲的眼镜碎裂、钢笔折断的惨叫声。

"哇!"齐娜尖叫。

"啊!"亮亮在门口打滚。

"这不是真的,是你在做春梦!"老星嘻嘻哈哈地说,用力挡住我掐向他脖子的双手。

我扑在赤裸着的齐娜身上,发出一阵狂笑。齐娜也在大笑,她来不及躲开，哦，我忘记我的手放在哪里了，也许正放在她的乳房上，否则她为何拼命地打我的手？我顺势翻转身子，睡在老星和齐娜之中，他们两个一个在床头一个在床尾。外面有人喊道："快来看啊，群P啊！"

我想我不但毁了齐娜的生日，也毁了我自己的某一天，但是，恰到好处，恰到好处，既然他们躺在我床上做爱，就得忍受着做一次殉葬品。

12.

星期天到星期二我们继续打牌。整个四楼的人都走得差不多了,该找工作的找工作,该实习的实习,剩下几个像死猪一样躺床上的可以忽略不计。这中间有几次我想去咖啡店,但牌局逼人,难以走开半步。我这辈子大概不会再有机会如此疯狂地打牌了,退休以后另说。

打牌的意义,并不在于消磨时间,而是进入了另一个时间维度,地球任它自转去,这里的时间是以每一局牌为基准计算的。近似的还有上网,但上网的时间是被浓缩为一坨,缺乏必要的循环,并且每小时两元的上网费也小小地泄露了真实时间的秘密。

唯一可以休息一下的是齐娜上厕所的时候,她得去女生宿舍,跑下楼,再跑到对面楼里。我们让她在男厕所将就一下,她不愿意,嫌脏。当牌局玩到昏天黑地的时候,这个宇宙的时间基准又变了,牌局自身的循环已经没有意义,取而代之的是齐娜的新陈代谢,水和小便之间的转换速率。我们三个男的当然也小便,但是来去如风,轮换不均,因此缺乏稳定的可参考性。

星期二上午,老星放下手里的牌说:"不玩了。"又幽怨地说:"为什么还没有面试通知啊?"

齐娜说:"那几千张简历,人事部今天还不定能看完呢。"

我觉得头昏，闭上眼睛，视网膜上全是红色与黑色的扑克牌在飞。我说我得去睡会儿了，亮亮说他也不行了。老星和齐娜还是神采奕奕的，齐娜这姑娘不用说，打牌越打越精神（往往后半程我们都迷糊了，她一个人赢钱），老星平时和我们一样都是睡不醒的人，何以如此亢奋？我抬头看看他，他正在和齐娜使眼色。我明白了，对他们说："你们要是还有剩余精力，就随便找个旅馆去开房吧。我要睡觉了！"亮亮说："我睡得很死的，你们自便，我不会介意。"

我正打算脱衣服睡觉，寝室里走进来一个长发垂膝的女生，大概有二十年没剪头发了，看上去并不温柔，相反，非常之剽悍，进门就把头发甩得像战旗一样。我们都看得有点发愣，女生反手带上了房门，皱眉头问道："你们寝室怎么这么多烟屁？"

大概以为她是学生部查卫生的，老星恭恭敬敬地说："打了两天的牌，烟屁是打牌时攒下来的。"

"两天抽了这么多？"

"足足一条烟。"

"少抽点儿。"长头发女生指着我说，"我找你呢，夏小凡。"

我揉着眼睛说："我们认识？"

"我认识你，但你不认识我。"她自我介绍道，"我是小白的同学，一个寝室的，我来找她。"说到这里老星插嘴道："噢，就是那个大胸妹啊，不错不错，你们寝室的人都挺有特色的。"女生骂道："死贫嘴，一边去！"这架势连齐娜见了都皱眉头。

我强忍着眩晕和困意，告诉她，我不知道小白在哪里。女生态度很强硬,搞不清她的来路。工学院虽然是个破学校,在藏污纳垢之余也不免藏龙卧虎,有些学生是公务员的后代,有些是资本家的血脉,最牛的一个女生,她爸爸是收容所的,动辄帮忙从里面捞人出来,如果得罪了该女生则有可能被强拉入收容所,遭返回乡,非常的可怕。像这样口气硬得像石头的,既然摸不清她的底细,我们就该客气点,至少不能当面冲撞她。我说:"小白又不是我的女朋友,我怎么可能知道她的去向呢,你去问问别人吧。"

长发女生说:"你别装糊涂了,小白欠了我的钱,现在她人不见了,我就来找你。你是她大哥。"后面齐娜和老星都在笑。我说:"你到底是来找人还是来找钱的?"长发女生显然不是很有逻辑,大声说:"找人!"

我说我真不知道小白去了哪里,话说回来,找我又有什么用呢,我又不负责小白的行踪。长发女生说:"你别装糊涂了。"我说:"这已经是你第二次说我装糊涂了,其实我本来不糊涂,是被你搞糊涂了。"长发女生说:"全校就数你和小白关系最好,我跟她一个寝室的我能不知道吗?"老星马上说:"对的对的,这一点我们也都知道。"长发女生厉声道:"你闭嘴!"老星很夸张地捂住嘴,瞪大眼睛看着长发女生。

长发女生说,小白好几天没回宿舍了,尽管小白平时经常夜不归宿,但连续几天的情况还是第一次出现。当然,长发女生不是因为这个要找小白,主要是小白欠了她一点钱,她"五一"指着这笔钱呢,不然没得过了。

我对长发女生说,学校不是部队,消失几十个小时算不上什么大事,有人消失了整整半个学期,最后又大模大样出现在学校里,小白很可能下一分钟就会出现在寝室里。她非常不理解,说:"我干吗要相信你啊?"天知道,这是我遇到的最不通情达理的长发女孩。我被她搞得十分不耐烦,我太困了，只想马上死过去，醒来也许就是下星期了，这样的时间就像抽了叶子般轻易度过。我说："欠了你多少钱？要是不多，我替小白还给你。你太闹了，我要睡觉了。"

长发女生说："七百！"

我拍拍亮亮，把他推到前面，"抱歉，爱莫能助，七百块是一笔巨款，在我们这儿可以把他包下来整整一个月了。"

亮亮说："去你的。"一边说，一边解皮带脱裤子，"我要睡觉了！"

长发女生大骂道："你们麦乡的人全是流氓！"

我也解皮带，牛仔裤的拉链咻的一声拉开，露出猩红色的短裤。旁边亮亮早已脱剩两条小毛腿，像芭蕾舞演员一样赤脚踮足跳过无数烟蒂，连人带裤子飞向床铺，在落下的一瞬间，裤子脱手飞出，挂在椅背上，脑袋搁在枕头上立刻发出了电脑启动般的鼾声。

长发女生冷笑道："好啊，不给钱我就报警去。失踪三天够报警的了吧？"我说："理论上失踪一分钟你都可以报警。"长发女生说："行，夏小凡，你有种，你不是罩着小白吗？我看你怎么收场。"说完摔门就走。我长叹一声仰天倒下，对老星和齐娜说："我睡了，你们做爱动静小点，别做得太过分，节日快乐！"

我醒过来时，天黑了。至于是星期几的黑夜，我也搞不清。醒来是黑夜的感觉很古怪，有点万念俱灰的意思在，也或许是时差导致的心理不稳定。

再一次的，寝室里只剩我一个人，不知道深更半夜他们都去了哪里。

我从床上下来，先狂奔到厕所里解决问题，再跑出来问时间。这是星期三的凌晨四点。我饿疯了，在各处寝室找吃的，除了发现几碗已经凉透的方便面残汤之外，一无所获。一个匮乏到快要腐烂的世界。索然无味地回到寝室，打着手电筒找到了齐娜过生日剩下的蛋糕盒子，打开，发现里面竟然还有一些残存的渣子，用手指头蘸着吃光，躺下。这时我想起了小白的事情。

我觉得自己有点过分了，不管怎么说，不应该戏弄那个长发女生。尽管当时很困，我还是应该想到小白的事情不那么简单。如此枯坐在床上，背靠着墙壁抽烟，忍受着潮水般涌来的饥饿感，努力打消掉去喝方便面残汤的念头。六点多钟时，天亮了。四楼的寝室仍然像总攻之前的战壕般寂静，楼下隐约有说话声传来。我一跃而起，先跑到早点摊上弄了点吃的，再跑到小白的寝室门口，乒乒乓乓捶门，里面有人粗着嗓子问："谁啊？"一听声音就是那个长发女生。我说我是夏小凡，我来问问白晓薇回来没有。听到至少三个女生同时吼道："没有！"

在女生宿舍楼下，我摸出口袋里的小通讯录，一本只有半个巴掌大的人造革小本子，翻到一个电话号码。我先用公用电话拨了小白的手机，不在服务区，再按照本子上的号码拨过去，那是一家公关公司。没有人接听，我意识到这是大清早，那边还没上班。

十点钟，我再打电话。听筒里传来一个女人很好听的声音："××公关公司，您好。"

"你好。"

"有什么需要的？"

"白晓薇来过吗？"我说，"她在你们这儿叫 Shiry。"

女人连考虑都没考虑，就告诉我："Shiry 早就辞职了。我们这里有一些新来的女大学生……"

我挂了电话。

小白的大学生涯即她的打工生涯。大一第一个月就在奶茶店找了份工作，非常勤奋，非常努力地要在世界上生存立足的意思。

奶茶店离咖啡店不远，与一家盗版光盘店合用一个门面，仅一米五的宽度，除了奶茶以外还卖一种色泽颇为可疑的烤香肠，吃起来味道倒还不错。小白就在店里打工，每天下午四点必然出现在店里，穿戴一身红黄相间的制服，一个人麻利地干活。同一时间点上，我经常坐在咖啡店里喝啤酒。我从来不去喝奶茶，不过我会去光盘店淘碟，顺便和小白聊几句。

当时的奶茶店里还有一个同乡，是个高中辍学的男孩，都叫他小鲁。他是来 T 市打工的，负责送外卖，每天骑着一辆自行车在附近新村里绕来绕去。这人有点缺心眼，第一是不认路，常跑错了门号，第二是不认人，非常没有礼貌，唯独对小白是例外，他很喜欢小白，自诩为护花使者。有时我去找小白，看到小鲁斜坐在自行车横杠上，用一种挑衅的眼神看我，非常不善。

小白在奶茶店成为一道风景，那身颜色扎眼的工作服穿在她身上居然显得很好看，人长得也白，圆圆的脸蛋特别招人待见。附近新村有个老头是个露阴癖，天黑时，他会穿着一件八十年代非常流行的咔叽布风衣来到奶茶店门口，趴在一米五宽的门面上，像录像片里的露阴癖一样敞开风衣，用 T 市的方言对小白说出一连串的下流话。奶茶店的柜台大概有一米二高，正好到我腰间，为了让小白看见他的要害部位，老头每次都会带一个板凳垫在脚下。

最初两次，这个老头很幸运，没有人抓他。可是一个露阴癖的好日子又能持续多久？有一天被小鲁撞见了，一脚踢翻了板凳，老头像拖把一样倒在地上，钙质流失的一把老骨头敲得马路牙子乒乓作响，挨了一顿胖揍，咔叽布风衣剥了下来赤条条逃进了新村。带血的风衣犹如战利品，被小鲁挂在了奶茶店门前的树枝上。

我知道了这件事，想安慰一下小白，小白说不用。确实，在她的整个青少年时代，遇到的变态不计其数，从小学开始，坐公交车就会有男人在她身上蹭来蹭去，体育老师总爱借机在她身上摸一摸，上厕所被人偷窥，买个卫生巾都会有人跟踪。这种情况直到她大学，她都已经习惯了，无所谓。

"我大概就是这种人，身上带电的，除了引来色狼也没别的特长了。我操。"

"所以遇到露阴癖也不是什么可怕的事，对吧？"我说。

"话是这么说，到底还是觉得有点讨厌。"

"没办法。长得难看的人，缺少很多乐趣。长得好看的人，平添很多麻烦。人生何其公平。"我说，"幸好小鲁给你出了口气。"

小白说："我看见小鲁才害怕。"

小鲁自从打过露阴癖以后，俨然把自己当成了小白的保护人，早接晚送，十分殷勤。小白怎么说也是大学生，不可能把自己的安全和自由交给一个送外卖的来管，但这小子非常执着，上班就守在奶茶店旁边，小白下班他就骑车跟在后面，晚上的自修课他也敢蹲在教室门口，直到小白回寝室，熄灯，方才作罢。这类事情在大学里倒也常见，但发生在一个送外卖的人身上，令人难以接受。

我劝小白辞职，但我们学校地处偏远，打工的机会并不是那么容易得到的。小白念大学，学杂费生活费一概都靠勤工俭学得来。这样，我只能叫上老星和亮亮，又再带上几个麦乡的同学，七八个人围住小鲁，连吓带哄一通，希望他罢手。这个小鲁非常难对付，知道单枪匹马不是对手，但死不放弃，坐在地上让我们打死他。没辙，我们只能撤了。过了几天小白打电话给我，让我躲躲，说小鲁叫了一伙同乡要砍我。我可不想因此惹起大学生和打工青年之间的群殴，打算去南京避风头，小白又一个电话打过来，说小鲁被汽车撞死了。他去送奶茶，在一条复合道上被一辆宝马撞到了电线杆上，他明明是骑在自行车上，忽然轰的一下倒骑上了电线杆，头颅伸进宝马车的挡风玻璃，那样子好像是长了一条电线杆的腿，又多出来一个宝马车的脑袋，诡异极了，路人都吓得不敢动。后来把小鲁的上半身拔出来，下半身又摘下来，还没送到医院就断气了。

事情就这么结束了。

有一天和小白一起吃饭，说起小鲁，小白说："幸好是这个结局，否则我就该崩溃了。那几天小鲁都带着刀上班，太可怕了。我让他不要这样，他竟然义正词严地说，他是为了我好，不能再让我受到伤害。你能想象一个麦乡出来的高中辍学生说出这么高尚的话吗？"

我说："按键人首先学会的就是高尚。"

"按键人是什么意思？"

我一直认为，世界上有一种人叫作"按键人"，他不谙控制之法，他只有能力做到表面的掌控，将某种看似正义的东西作为自己的理由，充满形式感却对程序背后的意志力一窍不通。这可以看作是控制狂的一个流派，弱智界面往往就是为这种人设计的。

这些说给小白听，她也很难理解。我只说："反正他已经消失了，就当他从来没有出现过吧。"

小白曾经在一家公关公司做过，当然，既非正规职员也非兼职礼仪小姐，而是导游。这件事只有我知道，因为传出去会被开除。

我没想到她会主动告诉我这件事，她把公关公司的电话号码给了我，说万一有什么意外，就打这个公司的电话。

"既然知道会有意外，干吗还去做这个？"

"不是你想的那样。我在公司里只是带着顾客去旅游，买买东西，别的事情不做的。我只是以防万一起见。"

可悲的T市竟然还有可供旅游的地方，我叹了口气。我丝毫没有歧视小白的意思，事实上她是我见过的最勤奋的女孩，勤奋地打工赚钱，勤奋地改变自己，像一台破旧的汽车逐步地更换零部件，最后变成一辆跑车，但愿我这个比喻不会让她生气。

"缺钱缺到这个地步？"我问她。

"不止缺钱，"小白说，"什么都缺，everything。"

我沉吟半晌，说："放心吧，我不会给你说出去的，事情到了我这儿就算是进保险柜了。"

小白说："你是我信得过的人，差不多是唯一信得过的。尽管有过那么不堪回首的从前。"

"好吧。想和我谈恋爱就说。"

"算了吧,不可能的事情。"小白说,"不用伤心,你在我心目中的地位没人能比。当然,做男朋友不太适合,我对你这种类型的不来电。"

"为什么?"

"稍嫌无趣。"

"我是个很不错的人。"

"知道的啦。"

"我是 creep。"

"我也是。"

事过之后,有一天我去市区一家公司面试,结束之后自感又是一场空,便在高楼林立的商业区闲晃,很贴心地给自己买了个蛋筒,坐在深秋的树荫下发呆。忽然看见街对面的小白,她穿着很称头的衣服坐在商厦台阶上向我招手。我走过去,她说:"跑这儿来干吗?"

"找工作,面试。"

"什么公司?有戏吗?"

"一家卖方便面的什么师傅公司缺一个看仓库的,我往那儿一坐,靠,左边是个本科生,右边是个有十年看仓库经验的中专生。怎么看都没我什么事。"

"你不是学计算机的吗?"

"仓库也用计算机管理啊。"

"老天。"小白翻了个白眼,说,"嗨,我今天挣了很多,陪我去商场里退货吧。"

"退货?"

"客人给我买了个包,很贵的,我用不上,折价退掉。"小白拍了拍身边的一个拎袋,说,"你别想歪了啊,我就是偶尔做做导游。"

"不想歪。"我说,"你在我心目中是最美好的。"

"谢谢你。"

我手里的蛋筒被她拿走了,一口吞进嘴里。我看到商厦前面有一个长相奇傻的男人,既黑且矮,胳肢窝里夹着金利来小包。他被 Ctrl+C,Ctrl+V,无限复制,成千上百个他在这条街面上走来走去,我想小白大概就是陪着这样的男人在街上晃荡。有点像噩梦。那年月有很多这样的男人带走很多小白这样的女孩。

退完了包,小白说我们一起回学校吧。

那是二〇〇〇年的秋天,天气已经冷了下来。在公共汽车上小白靠在我肩上,有一扇关不上的车窗扯进来无数冷风,我们相互取暖,我替她挡风,她抱着我的腰。唯一的一次,我们像一对情侣那样度过了短暂的时光,到学校门口即刻分开,恍如从未有过哪怕片刻的哀伤。

13.

"如果给小白写一个寻人启事,其中会不会写上'该女 D 罩杯'呢?"小广东坐在电脑前面,眼睛望着屏幕,慢悠悠地问我。

小广东其实不是广东人,他是 T 市本地人,比我高好几届。之所以喊他小广东当然是有其原因的。

我很早就认识小广东,大约两年前在摇滚乐演出的现场,他搞了很多 CD 和 T 恤衫来卖,几次之后彼此脸熟了,不过我从来没和他打过招呼。后来他在学校边上办了一个中介所,家教中介,劳务中介,房产中介,什么都中介。小白就是通过他去斜眼家打工的。

我来问他小白的去向,小广东说他不知道。我说小白可能失踪了,小广东就对我讲了如上一席话。

我坐在黑色人造革沙发上,沙发的两侧是漆得像钢琴一样的木制扶手,手肘搁上去很不舒服。屋子里挂着几块白板,用水笔写着附近一带的房价,蓝字是卖房,红字是租房。桌子上有一叠劳务发票,玻璃台板下面压着数量可观的身份证复印件。

我眯起眼睛打量小广东,他的眼镜片子上闪着电脑屏幕的光,微蓝,嘴角挂着一丝莫名奇妙的微笑,双手不停地敲击键盘,在最初的寒暄中,他每说一句话都会凝视着电脑,停顿至少一秒钟,随着话语用眼角快速地瞟我一眼，仿佛是用目光的能量将他的声音传递到我耳中。

我很不喜欢这个人。

"D罩杯怎么了？"我假装好奇地问。

"总觉得她有点平庸啊，漂亮归漂亮，漂亮得毫无特色。D罩杯虽然是个比较普遍的特征，总比什么特征都没有的好。"

"照你的说法，最好长个小耳朵什么的，或者脸上有条疤才行。"

"都长疤了肯定也不行，违反逻辑学的原则。"小广东继续打字。

"唔，人应该像猫一样，有品种和毛色之分，这样就好认了。"我说，"你现在还吃猫吗？"

他终于从电脑屏幕上抬起眼睛，看着我说："谁说我吃猫了？"真奇怪，他的微笑完全消失了，蓝光映着他的左脸。

"每个人都说你吃猫，否则你能有'小广东'这个绰号吗？"

"谣言。"

"万一哪天你失踪了，寻人启事上很可能会写上'此人吃猫'哟。这肯定比D罩杯更有代表性。"

小广东指着中介所的门，对我说："出去！"

我点了根烟，我激怒了他，这显然是我失策了。我说："出去可以，我要查一下，一月份小白是在哪户人家做家教的。我记得对方是个高中生，我要他的地址电话。"

"上个月电脑中毒了，资料全部格掉了。而且我也没有印象，小白在我这儿有过任何的业务记录。"小广东侧过脸，愤怒已经使他的右脸变得苍白失色，"现在你可以滚出去了吗？"

在他还是摆摊卖 CD 的时候，他的货都是些很糟糕的刻录碟，用复印纸复上 CD 封面，放在纸箱里卖，价钱很贵，质量很差，听不了几个月就完蛋了。买 CD 最烦遇到刻录碟，往往都是些尖货，或是很难入手的好东西，比如 Lush 的唱片，让人不由动心，但你心里必须明白这是刻录碟，很容易完蛋，也不具备收藏的价值，再尖再尖都仅仅是一种虚拟的复制。

某种程度上决定了，谁是音乐爱好者，谁是唱片爱好者。在 MP3 时代尚未来临前，尽管 CD 也是一种复制品，但它却是有底限的。

别人告诉我，从前小广东有个女朋友，也是工学院的，总是一言不发在他身后打理着纸箱里的货品，但是两个人的关系并没有维持多久，那女孩出国了，留了一只猫给他。不知道出于什么心理，他在寝室里把猫宰了，用电热炉煮了吃，然后赢得了"小广东"的称号。至于他到底吃过多少只猫，一只，还是十只，恐怕只有上帝知道。

后来他做起了中介生意，家教，职介，房产，把本校的很多学生送到了附近开发区的工厂里，全是做流水线的。锅仔曾经着过道，为了还债，去小广东那里找工作，被介绍进一家鞋厂。锅仔天真地以为自己会是个管理层，结果跑进去一看全是童工，他在一群做鞋的孩子中间感觉自己像个留级生。以锅仔的妄想精神病尚且受不了这种屈辱，第二天就逃了出来。我们嘲笑道，小广东这个奸商，介绍的工作也跟刻录碟差不多。

想起当年钾肥被送到他那里，我和齐娜冲过去找它，钾肥趴在小广东膝盖上，浑然不知自己可能被宰了。想起这个人在摇滚乐的现场，在高分贝的电声中，从半人高的舞台上往下跳，以飞翔的姿态，闭着双眼，落在喧哗的人群之上。这就是我对他全部的印象。

我再次用公用电话打小白的手机，不在服务区。搁下电话，我独自走回寝室，雨仍然下得沉闷，但却是明亮的、温柔的，像一个木讷的姑娘不知道该怎么讨好你。在寝室一隅我看到了数日前被自己踩烂的纸箱，我稍稍起了一点内疚之意，将纸箱捧到书桌上，埋头清理。雨一直在下。

下午我趴在桌子上睡着了，醒来听见有人狂笑。我睁眼抬头，发现老星正站在我面前。

"笑什么？"

老星指了指我的后背，"太厉害了，这妞太厉害了。"

我把外套脱下。我以为是寻常的恶作剧，背后被人贴了纸条什么的。一看才发现，竟然是被人用水笔写上了硕大的"SB"，血红血红的，很像街头涂鸦。整件衣服就此成为血衣。我问老星："我得罪谁了？"老星说别怀疑了，刚才他上楼的时候，看到那个长头发的女生一溜烟地逃了下去。老星感叹道："最近治安太差了。"

我大喊起来："我就这么一件外套！"

我把衣服扔在凳子上，走到窗口。外面雨停了，正是黄昏时，天还是阴的。这个木讷的姑娘终因失望而离去了。我的心头也是茫然一片。

二〇〇一年这个讨厌的雨季从锅仔上吊开始，雨下了整整一个月，其间度过了三八妇女节，度过了消费者权益日，度过了齐娜的生日以及接踵而来的清明节。雨水绵密，下得人的脸都青了，以至于我们每个人都会背诵那句"四月是残忍的"。每个人都在祈祷雨季结束，冷冰冰潮唧唧的日子快点过去,尽管随之而来的阳光灿烂的五月也不是什么好过的日子,但照老星的说法,至少不用穿着一双沾满泥巴的皮鞋去参加面试了。

你好,五月。

14.

  劳动节那天很多人都回家去了,学校有点冷清,局部地区鬼影子都找不到一个。当天晚上,女生寝室传来一声尖叫。那已经是半夜一点钟,尽管女生寝室经常有类似的尖叫,但发生在寂静的凌晨确实太惊人了,宿舍早已熄灯,大部分人都已睡下,被这声惨叫惊醒,纷纷跑到窗口去看,只听有个女生喊道:"杀人啦!抓强奸犯啊!"我还没来得及找到拖鞋,一楼寝室的男生早已跳窗而出,拿着各式棍棒朝对面跑去。冷清归冷清,抓强奸犯还是能凑到足够乃至过剩的人数,很快把女生宿舍堵了个水泄不通,一伙人往里面猛冲,其间夹杂着女生的连片惨叫。

  宿舍来电了,照得透亮。我和老星跟过去看热闹,齐娜一跳一跳地趿着一个拖鞋在宿舍大门口迎接我们,另一只拖鞋早已被人踩得踪影皆无。问她出了什么事,她说有一个强奸犯躲在女厕所里,半夜有女生上厕所,照着她后脑勺一榔头,把人打昏了要做坏事,恰好另一个女生也去上厕所,看见了就尖叫起来,强奸犯扔了榔头夺路而逃。我们问:"抓住了吗?"齐娜答道:"早就跑得连影子都不见了。"片刻之后,人们从宿舍里抬出一个满脸是血的女生,人事不省地被急送出去,不久,110 和 120 也都来了。

  齐娜说:"我操他母亲的,你知道那把榔头有多大吗?"说着用手比画了一下,完全是一个不可思议的尺寸,大号的茶缸的口径。老星想了想说:"噢,木榔头,用来敲白铁皮的。"齐娜忿忿地说:"操他母亲的,用这么大号的家伙敲女生脑袋。"

过不多久,里面传出消息,那个率先尖叫的女生醒过神来,在痛哭流涕之余说出了凶手的相貌:穿一身脏了吧唧的衣服,二十来岁,小平头,胡子拉碴。工学院没有这等相貌的人,有人推测是附近的民工。这个说法很快得到了所有人的赞同。

凌晨两点,都不睡了,宿舍像开庙会一样热闹。忽然听到有人大叫:"嗨!抓住他!"原来是凶手被人从某个树丛里搜了出来,拔腿向操场上跑去。黑黑的夜里,无数人呐喊着追过去,但他们显然遇到了一个头脑冷静的民工杀手(或者压根就是被吓破了胆子),他在第一时间便以最快的速度狂奔过宿舍区,狂奔过教学楼,狂奔过操场,然后翻墙消失在黑夜中。追得最近的一个男生离凶手只有两米之遥,被那个人回身一刀,三国演义之中经典的拖刀计,劈开了眼前的空气,发出呼的一声啸叫。该男生说,要不是自己刹车刹得快,那一家伙足够让他追尾追到刀尖上去。直到凶手消失,后面的人看着围墙,像一群甲板上的水手凝视着夜幕中的大海,一把两尺长的砍刀遗落在草丛里,警察追过来将其作为证物收缴了去。

这就是发生在五月第一个夜晚的事。被敲了头的女生重伤,送医院急救。湿疹同志他们又该加班了。

"敲头党再次出现!"

齐娜说:"老星,老夏,你们怎么也不帮忙去抓坏人呢?"老星说:"我半夜里起来什么吃的都没有,我都快饿死了。"我说我很懒得去跟着别人凑热闹,一群男生拿着木棍铁锹管制刀具,还能搞出什么好事来?齐娜说:

"你们这两个软蛋啊。"

天亮之前，校园里稍稍平息下来。宿舍里没有再熄灯，都灯火通明地躺在床上兀自害怕，兀自兴奋。我坐在窗口抽烟，老星要睡觉，让我把灯关了，我便在灯火映照的黑暗中想起了一九九八年的校花。

我总是把那个惨遭敲头的校花想象成看台背后和我做爱的长发女孩，很久以来，每逢看到长头发的女生，我都会想起看台背后那短暂的几十分钟，猜疑着那些女孩究竟是不是她，最终都一一否决。我最初的情人已经被一锤子砸死在街头，这样的结论够可以了吧？他们说，校花非常可怜，冷兵器时代的爆头法。她就这么死了。作为一个谜题的答案，尽管答非所问，但我已不能再问下去。某些事情一旦明白了细节和脉络将是非常非常糟糕的。恐怖世界的脸孔，有时狰狞，有时悲哀，有时笑颜如花。

整个四月我都有一种不好的预感，总有什么事情会发生。背后被人喷了血红的"SB"，这事不算，莉莉卡不算，敲了头的女孩也不算，我预感到的是有什么改变我人生的大事，生命顺流而下忽然遇到了落差五十米的大瀑布，摔得头破血流也值得，只要能改变航线。可惜，到头来遇到的都是些糟心事，或鸡毛蒜皮，或一塌糊涂，或毫无头绪。我所预感的，毋宁说是我所期待的，其实它不会来临，正所谓绝望。

总得找点事情干干。任何事情都可能是一个诱因，一个入口，走进其中也许会发现那是一条死胡同，也许有一个平淡无奇的出口，也许绕回原路。谁知道呢？总要试试看才好。

五月二日还是放假，我哪儿都没去，躺在床上读那本荒疏已久的《亚洲古兵器图说》，亮亮新染了一头金发闯了进来。我忙坐起来看，发现他左耳还打了个耳钉，换上了哈韩牛仔裤，整个人都变了样。这孩子是从乡下来的，长得极瘦，风都能吹走的样子，过去被诟病为搓板，但换了这身装束以后，缺点反而变成优点了。我悠悠地说："亮亮，你这身打扮就别想找到工作了。是不是开始吃软饭了所以无所谓啊？"亮亮说："老夏，我们组织了校内联防队，你也来参加吧。"说完这话，外面又涌进来几个，都是亮亮的同乡。这些人都来自T市下面的一个镇，叫作溪口镇，他们被称为溪口人，听上去和元谋人什么的有点像。溪口人都拿着两尺来长的镀锌管，看起来这就是他们联防队的武器了。也没什么出息，镀锌管明显是从附近的工地上捡来的。

"干吗都是你们溪口的啊？"我有点奇怪。

"昨天被敲坏的那个女孩就是我们老乡。"

"懂了。"我说。

有个长满青春痘的说："一定要给他们点颜色看看，他们以为大学生好欺负。"

"大学生当然好欺负。"我说，"可是你说的'他们'究竟是谁呢？"

青春痘说："当然是敲头的民工。"

我说："首先你没有证据说凶手是民工；其次，凶手只有一个人，并不存在'他们'之说，你这种污指是很不准确的；再次，人家就是刑事犯罪嘛，不存在欺负不欺负的，刑事犯罪由警察负责。"

青春痘根本没有听我在讲什么，振臂高呼道："保家卫国！保护女生的利益不受侵犯！"

我想和他是没什么可多说的了，转头问亮亮："你们拉了多少人？"

"不多，八个。"

"管饭吗？"

一群人面面相觑，由青春痘作答："不管饭，志愿的。"

"如果管饭的话你可以拉到八十个人。"

青春痘忽然生气了，扬着镀锌管走到我床边，说："你是在嘲笑我吗？"被亮亮他们拦住，倒拖了出去。亮亮解释道，被敲坏了的女生，以及被当场吓傻了的女生，都是青春痘暗恋的对象，现在一个被砸得生死不明，另一个被吓得神经失常，故此青春痘本人也有点不太正常，希望我原谅他。我只能说，让那个白痴离我远点。

亮亮说："老夏，你现在太冷漠了，连齐娜都比你血性。"

我无精打采地说："好像是尼采说过，冷漠的人最容易狂热，我也忘记是不是他说的了。我的意思当然不是说我狂热，而是说我还不够冷漠。好不好？让我睡一觉吧。"我又指指他的镀锌管说："另外，这种空心管子对付敲头党根本不够使唤的，见过钉头锤吗？要是遇到拿钉头锤的坏人，你就死定了。"

"钉头锤是什么样子的？"

"和改椎差不多的，用石头打磨出来的，绑上一根木棍就是，制作非常简单。锤头一边是尖的，另一边是钝的，尖的那头用来敲死人，钝的那头用来敲昏人。看过古兵器研究你就知道了，历史悠久，新石器时代就有了。其实新石器时代并没有多少钉子可敲，可是钉头锤却到处都是，研究表明，钉头锤用来猎杀动物很不实用，远不如弓箭和长矛。知道它是用来干吗的吗？"

"敲人的？"

"聪明。从新石器时代开始，人类就是以敲头为残杀的方式。一锤子下去颅骨立刻粉碎，比你这镀锌管厉害多了。"我打开书，继续看下去，"你应该给自己也配备铁锤，再戴个安全帽，这样就保险了。"

"我也拿锤子的话，会被警察抓走的。"

"这倒也是，那就戴安全帽吧。可惜毁了你这一头金毛。"我说，"对啦，别忘了，凶手还带刀子，那玩意砍上来，什么帽子都挡不住。"

那晚上才知道什么叫作安静，寝室里只有我一个，把头探出窗外，我们寝室朝北，外面是学校围墙，隔着一条小路，对面是一片黑漆漆的厂房，当年说要改造成Loft，结果彻底变成荒地，鬼影子都没有一个。一盏孤零零的路灯照着街道，顺便把微光映射到寝室的天花板上，偶尔有自行车经过，轮胎轻微而谨慎地滚过路面，也听得一清二楚。快十二点的时候，有人敲门，我一骨碌从床上翻下来，侧耳听了一下，敲门的声音非常温柔，如果是老星和亮亮的话，早就把门给踢开了。这扇门自从我踹过之后，就再也锁不上了。

我拉开门，齐娜嗖地闪了进来，对我说："关门。"

"老星不在。"

"他去上海面试了。亮亮呢？"

"带着那伙溪口的老乡去值勤啦。"

"我有点害怕，知道你在，借住在你们这里应该没问题吧？"

"请便。"我关上门说,"万一要上厕所,你可只能去男厕所,够脏的,吃得消吗?"

"我尽量憋着。"

我想了想,也没有什么更好的办法。寝室不是我一个人的,老星也有份,既然老星有份,齐娜当然也有份。比较麻烦的是老星的床就在我上铺,脏乱差到什么地步且不关我事,让齐娜睡在我头顶上总之有点令人遐想联翩。

齐娜说:"我睡亮亮的床。等他回来了,让他睡到老星床上去。"

真懂事,而且,难得这么懂事。我说:"你可以睡锅仔的床。"

"去你丫的。"

我回到床上,靠墙蜷腿而坐。她踢掉了鞋子,把蚊帐放下来,睡到亮亮的床上。我和她并头而卧,中间隔着一张书桌。我说:"等会儿万一有查宿舍的,你把脑袋缩进去一点,另外把你的鞋子放好。我可不想因为这个吃一个处分。"她嗯了一声,从蚊帐之下伸出一条手臂,在微光之中又细又白吓了我一跳。她摸索到自己的鞋子,往床底下一扔。白生生的手臂又缩了回去。

"老夏,你还记得九八年那次敲头案吗?"她躺下了找我闲聊天。

"记得一点点。"

一九九八年的敲头案,最后抓到的凶手,是一个仓库保管员,就在学校附近的仓库区里工作,离长发校花被害地点仅隔一公里。那之前,以及那之后,仓库保管员还干过好几票。可悲的是那个家伙既不劫财也不劫色,他仅仅是敲头而已。典型的人格变态。

齐娜说:"有一件事,对谁都没说起过,今天告诉你。前年,有一天晚上我回学校，觉得背后有人在跟我，回头一看是个男的。路上一个人都没有，我不确定他是不是跟我，就斜穿过马路，他也跟着穿过马路。我再穿回去，他又跟着我穿了回去。"

"那就是跟踪你了。"

"没错，我再回头，看见这个人手臂那儿忽然滑下来一把榔头。他把榔头藏在袖子里的。"

"后来呢？"

"我就狂奔啊，跑到学校门口，躲在传达室里哭。"

"没喊人？"

"喊不出来，喉咙里像被什么东西堵了，非常害怕。"她说，"这件事令人恐惧，喊不出来的那种状态也令人恐惧。"

"那个变态已经被枪毙了，不会再出来害人了。至于昨天晚上那个，我想他再也不敢来学校了，你平时进出小心一点就可以了。"

"不不，我说的那个人，是仓库保管员被抓住以后的事情。是前年，一九九九年的秋天。"

"当时没报警吗？"

"回到宿舍躺下，又觉得像是幻觉，说也说不清，就没报警。"

"研究表明，人们在恐惧的时候会出现认知的偏差。把发生过的事情当成幻觉也是有可能的。"

齐娜说："后来两年里，我一直等着再发生类似的案子，可以证明我当时不是幻觉。但是没有，没有任何敲头案发生，一直到昨天。"

我解释道："那肯定不是你遇到的敲头杀手。你遇到的那个，他可能是劫道的，寻仇的，变态，模仿犯，幻觉，或根本就是个过路的木匠爱上了你。而昨天那个是标准的杀人强奸犯，作案的模式非常清晰。知道吗，在犯罪学中，有一种类型是通过伤害他人的身体而获得快感的，不为钱，没有口角，强奸就属于这个类型，虐待狂、连环杀人狂和习惯性的纵火犯也是。前阵子有几个中学生为了取乐殴打一个流浪儿，上了晚报新闻的，虽然打得不是很重，但也属于这种类型。这是需要特别对待的犯罪类型。"

"那小时候玩游戏，岂不是天天都在干这种事？"

"好吧。小孩都是潜在的杀人狂。"我无奈地说。

"我无论如何不能相信，跟踪我的是个木匠。我靠！"

"研究表明，犯罪和环境有很大的关系，在特定的环境下，木匠也会变成杀人狂。反之，即使杀人狂也不是见人就杀的，所有的犯罪都是一种机会主义，罪犯会评估风险。这是连狗熊都会的思维模式嘛。"

"你丫的看了多少犯罪学的书？"

"美国人调查研究表明，全美至少还有五百个杀人狂逍遥法外，中国没有这个数据，按人口概率推算起码也有一千个吧。"我继续背书。

齐娜骂道："闭嘴吧，本来想到你这儿来寻求安慰的，越说我越害怕。你最起码应该说，我长得不是很漂亮，比不上你们家小白，色狼就算要下手也不会找我。"

我心想未必噢。没敢说，说出来这一晚上就别想睡了。不久就听到她均匀的呼吸声，像很远地方传来的浪潮。要是所有的夜晚都是这样的潮声就好了，我喜欢宁静的夜晚，如果得不到宁静，死寂也可以，最好不要再听见女生的尖叫。我跟着潮声迷迷糊糊地睡着了，不料半夜里梦见和齐娜做爱，我被她揪住了往床上按，在快要进入她的时候被自己吓醒了。那会儿天蒙蒙亮，我忍受着勃起，拉开蚊帐看了看，亮亮还没有回来，齐娜的半条腿伸在蚊帐外面，看得我心情恶劣，燥热难当。当即走过去把她的腿塞回蚊帐里，她嘴里嘟哝了一声，有点像呻吟。我回到蚊帐里去自慰，没打算惊醒她。

15.

　　咖啡店的女孩和我聊起一件事,关于一生中遇到的最可怕的经历。说起一生,坐在咖啡店里好像已经度过了非常完整的时间,连同稀薄的未来,都被归入往昔的硬块中。

　　她说:"八岁那年夏天,我掉进了一口废井,不是普通的井,是抽地下水的深井,我被卡在中间,上不去也下不来。井就在我爸爸的厂里,当时就我和我姐姐在。"

　　"吓哭了吧?"

　　"不记得了,起初肯定是哭的,后来哭不出来了,怎么被人救上来的也忘了,听说是动用了施工队,把那整个一口井都掘开了。掉下去的时候是下午,出来时是深夜,聚光灯照着,所有的人都只剩下一团影子。"

　　这倒是个恐怖的经历。

　　她说:"知道我是怎么掉进去的吗?"

　　我抽烟,等她说下去。

　　"我姐姐推了我一把。"

　　"应该不是故意的吧,只是为了吓唬你。"

　　"你错了,她压根就不承认推过我。"她说,"可怕吗?"

　　"有点儿。你和你姐姐现在的关系怎么样?"

"十八岁以后就没再见过她,也从来不联系。"

"既然她这么可怕,离她远点是对的。"

"井更可怕。"她确定地说,"如果没有那口井,我姐姐又干吗要推我呢?"

"这个逻辑极具穿透力。"我说。作为交换,开始讲我的故事:

小学的时候,学校组织了一个乐队,喇叭啊,鼓啊,琴啊,反正都有,音乐老师是指挥。我在这个乐团里负责敲三角铁,这是一个最清闲的活,基本上不需要我劳动什么,到某个点上,叮的敲一下,过一会儿再敲一下就可以了。敲三角铁是站在最后一排,最不起眼的位置,也不需要对整个乐曲有什么理解,负责好那一声"叮"就万事大吉,当然也不能走神,要是连最简单的一声"叮"都忘记掉,事情就会很麻烦。

"这很恐怖吗?"她问我。

我之所以能进乐队,并不是因为音乐老师喜欢我,而是班主任把我推荐过去的。音乐老师是个戴眼镜的胖女人,她是个阴郁的女人,她一点也不喜欢我,承蒙她的不喜欢,我就担任了敲三角铁的任务。我希望她能把我忘记,但是在"叮"的那一声时,她总是会把我记起来,阴郁而凌厉的目光穿过重重小脑袋,直接射在我的脸上。有那么一段时间,我被她的目光吓出了幻觉,哪怕我闭着眼睛敲三角铁,还是会感觉到她的目光刺透我的眼皮,直插我的瞳孔。

她说:"音乐老师好强的气场。"

"倒不如说我根本没有气场。"

"不,你气场很强。"她说,"但不是侵略型的,而是防守型的。很特别。"

防守型气场。难道我是一个如此密不透风的人？不，更多的时候我感到的是身体里面的 Bug，某种缺陷，从编程之初就决定了的东西。Bug 不会使我像锅仔一样做出匪夷所思的举动，而是瘫痪，什么都做不了，即使程序背后的意志力也休想启动我。某种角度看来，意志力似乎是拿我无可奈何，但是，这绝非我个人在抗拒，仅仅是瘫痪。

我想我也有自己的井，假如没有井，又何必感到恐惧？

让我们听音乐吧。

"我现在的状态就像卡在了井里。"她说。

咖啡店的生意已经一塌糊涂，陷入恶性循环，生意越差，咖啡越不搭调，这一带的人对咖啡的品鉴能力固然不高，但其口味差到不如速溶雀巢的程度，傻子都不来了。某一天索性连咖啡都没有了，只提供现成的瓶装饮料，对我来说倒是无所谓，我本来就只喝罐装啤酒。

有一种溃败感正在生成，也许用不了多久这店就关张了，她也会消失。她告诉我，老板欠债逃掉了，现在她主持一切事务，朝九晚五地上班，成为整个咖啡店里无所事事的女招待。

"干吗不走？"我问。

"在这儿待久了，不知道去哪里好。换个地方就等于换种身份，有点适应不过来。"

"也对啊，你要是离开了这里，我就得从头认识你了。"

灰尘日渐明显，杯子都是脏的。我让她有空也打扫打扫，她说："只会端茶送水，绝不铺床叠被。"接着伸了个懒腰，说："哎，坐在这里快要发疯。我就等着有一天忽然来一群人,说,你可以走了,结工资回家吧。我拿着钱出门,回头一看,你猜怎么着?轰的一声,咖啡店不见了,消失了。"

"变成废墟了。"

"废墟都不是,是一个异次元空间。"

某天下午,附近有一所化工厂释放二氧化硫,这股气味使留在学校里的人活像陷入了第一次世界大战的战壕里。躺在床上的人犹如伤兵,到处都是呻吟,我要死了我要憋死了。我噼里啪啦地关窗,但已经晚了。齐娜曾经说过:"这种气味会使猫发疯的,猫觉得整个世界变成了一条臭咸鱼。"猫的世界怎么样我不知道,人的世界立刻崩塌了,气体比一切物质更容易转换为情绪,对人来说,整个世界同样是一条臭咸鱼,只是不知道自己什么时候会变成猫。

我背上包,夺路而逃,直跑到咖啡店门口,气味不那么浓烈了。我走进去,咖啡女孩正坐在沙发上抽烟看报纸,活像退休老干部。她向我解释,看报纸是想看看有没有什么本地新闻,例如无名尸体之类的,那可能是店老板。

"这有点搞笑了。"我说。

"两个月没发工资,人也不出现,最近一个礼拜连电话都打不通了。死掉的可能性不是没有啊。"

"谁会去杀一个负债累累的咖啡店老板呢?疯了。"

说起咖啡店老板,我记得是一个长发、前秃的男人,一年四季戴一根很粗的金项链,粗得简直离谱,我一直期待着金粉脱落,看到里面是黄铜打底的,两年过去了,可以确认是纯金的。咖啡女孩恰好也想到了金项链,说:"就为那根项链,被人劫道,抢光了杀死在路边,有可能吧?"

"尸体很快就会被找到的。"

"唔,"她托着腮说,"可能被扔到河里去了呢。"

"一个礼拜了,也该漂起来了。"

"碎尸了?"

"就为一根金项链?"

"你对杀人还挺在行的。"

"我杀过人,哈哈。"我说,"放点音乐吧。"

"听什么?"

"继续你的《OK Computer》。"

"说实话,听腻了。"

我从书包里拿出 Lush 乐队的《Love life》,递给她。她翻看了一下,问我:"这就是你寒假跑到南京去淘来的?"

我说:"可不容易呢,跑到南京,在很冷的旅馆里一个人过春节,车票全都卖空了,想去哪儿都不成。大年初一搭了一辆长途汽车回到 T 市,唯一的收获就是这唱片,一次买了两张。"

她把唱片递还给我。

"很一般的乐队,绝不如 Radiohead。"

"并不见得就必须钟爱最经典的那一个。"我说,"不放?"

"店里的规矩,不放客人提供的任何音乐。"

"以前的规矩,现在都快停业了,眼看就要改头换面。"

"规矩就是规矩,记住了,咖啡店女招待说的话,总有她自己的道理,类似隐蔽的真理。"

我无话可说,音乐也没有,走回沙发那儿,继续瘫坐着。她分给我一叠报纸,我看着本地新闻,问:"有没有关于敲头杀手的新闻?就是拿榔头敲人的那种。"

"多少年以前的事情了。"

"最近又出现了,就在我们学校,有人半夜闯到女生宿舍,躲在女厕所里敲昏了一个女生,欲行非礼,结果被发现了。"

"抓住了吗?"

"没有,跑得那叫一个快啊,"我用手比画了一下,"这么大个儿的木榔头,敲女生脑袋。"

"禽兽啊。"

"所以特别提醒你,没事早点打烊回家,最近这一带不太平。什么发财狂,露阴癖啦,恋物癖啦,尾行啦,我都见识过。有些比较温和,但敲头肯定是危险的。"

"这也有一个概率问题吧,不一定撞得上。"

"统计表明,只要你不够谨慎,撞上变态的概率就会以几何倍数增加。某种情况下简直是必然会遇到的。"

"具体来说?"

"这就说不清楚了,杀手各有各的习惯。不过,单身女性、无人的小巷、深夜,似乎是必要条件。有时候一些小举措会引起杀手的欲望,比如你正好穿了一双红鞋啊,戴了一条蓝围巾啊,这就是充分条件。"

"只要有那口井,就一定会有人推你到井里,是不是这个意思?"她举着报纸,闲闲地说。

"正解。"我说。

16.

　　D 乐队并不是代号,也不是缩写,确实是乐队的名字。若干年来,D 乐队一直在学校这一带排练演出,先是附近的车间,后来搬到铁道边的仓库,大学三年我看了他们不下二十场演出,说实话,除了主唱还有点意思之外,其他各方面都看不出有什么前途。

　　主唱是一个光头女孩,声线好得出奇,可以和 Lush 乐队主唱媲美,可惜现场能力不行,两首歌唱过之后就开始嘶哑走音,是那种棚内录音型的歌手,很难担当朋克乐队猛烈的风格。可是舍她之外,D 乐队又有什么可圈可点之处呢?搔首弄姿的吉他手,故作镇定的贝司手,以及一个像铁匠一样的女鼓手,乏味至极。加之经常和一些拼凑型的末流乐队同台演出,听他们的现场,我会为光头妹惋惜,照这个水准再混下去,恐怕一辈子只能做做仓库歌手了,比酒吧歌手还不如。

　　虽然如此,D 乐队仍然是我这三年中最为中意的现场乐队,光头妹创作的几首歌,我也能跟着一起哼哼。听现场有一种强烈的存在感,好到可以颤抖,差得必须忍受,这些都是听 CD 无法达到的境界。用一个不恰当的比喻,D 乐队就像一个我并不是非常爱,却发生了关系的女孩,其间低徊婉转的东西似乎更胜于单纯的爱。

　　一九九八年,工学院的校花正是在听 D 乐队的现场时,中途退场,在黑咕隆咚的仓库区小路上着了道，被仓库保管员用铁榔头在后脑上敲了一下。她是著名的美女，平时身边不乏护花使者，不知道为什么会独自走回学校，也不能说她大意，当时才晚上八点。那个时点上并不能令人保持警惕。

D乐队为这个女生做了一场义演，当天的门票钱全部捐给死者的家属，其实也没有多少钱。此后光头女孩写了一首歌，这首歌叫作"敲头"，作为压轴歌曲，每一场演出都会在最后唱响：

"朋友们到了晚上结伴回家吧，不要让坏人来敲你的头。"

就这两句歌词。光头妹唱得颇为动听。

五月的某一个下午是D乐队的告别演出，海报贴在食堂门口，光头妹即将单飞去北京发展，把剩下三个傻头傻脑的乐队成员抛在T市。我认为这是光头妹的胜利，摆脱那些根深蒂固和你纠缠在一起的人并非那么容易。贝司手和吉他手毫无长进，鼓手女铁匠永远是一副木熏熏的表情，我早已厌倦了他们。

那天下午我走向了铁道边，阳光迷眼，空气中很多灰尘但已不再有一丝一毫的二氧化硫味道。仓库那一带尽是高墙，连排的平房，用红砖砌成，间或有一条小路穿插其间，略微抵消了高墙的傲慢。曾经有人指给我看，哪一处是长发女生被敲头的地方，但已然完全记不得方位了。有一只黑猫在街对面相伴着我，走走停停，我掏不出什么像样的东西喂它，它好像也不介意，只是和我邂逅同行。四周很静，快到仓库时听见隐约传来的鼓声，以及像白噪音一样的吉他声。猫停住脚步。我说："你回去吧。"它好像听懂了,沿着墙角拐弯,身体像蛇一样扭曲着过去,轻轻一钻,消失在一处栅栏下。我说:"别去仓库里乱跑啊,那儿有大狼狗。"猫完全没有理会我。只有亲眼看见过狼狗杀死野猫的人才会知道,场面相当残暴。

列车正从高处驶过。

我买了一张门票,走进去,暖场的是一支粗口乐队,听得人没脾气。固然有时我也想发泄发泄,但走进这样的场子里,以旁观者的身份看着台上的人发泄,毕竟不是什么好滋味。场子里只站了两排人,余下的那些都在外面空地上抽烟聊天。粗粗扫了一眼,大部分都是工学院的,面熟但没有一个是我认识的。总人数不超过二十个。

我在门口吧台上要了一杯强尼走路,这无疑是装逼行为,喝完觉得不够,再装一回。觉得有点渴,又改喝啤酒。两种酒混在一起我很快就晕了。

大约半小时后,粗口乐队退场,零星有口哨声。D乐队上场时我愣了一下,光头妹已经不是光头妹了,留起了碎碎的短发,和我从前认识的植物女孩一个发型。我在想,我到底该在心里叫她什么好呢?还是继续叫她光头妹吧,反正我这也是最后一次看她演出了。

在一片轰轰的巨响中,毫无层次感的音乐如垃圾倾倒在河水中,光头妹戴着硕大的圆形耳环,祈祷般地面对着麦克风,吟唱着属于她的歌。一如既往的童音,一如既往地走调。D乐队的美好与丑陋像一个摔碎了的西瓜,同时呈现在我面前。

我唯一一次和光头妹对话,正是在那个下午。演唱会结束,人都走得差不多了,乐队在收拾东西,我在门口卖Demo的女孩那里流连片刻,手里的第三瓶啤酒还没喝完。光头妹闲闲地走过来,对着卖 Demo 的女孩打了个招呼。

"去北京干吗呢?签唱片公司了吗?"我问。

"没有。"光头妹说,"不想唱了,想离开 T 市。"

"一直都听你唱歌,你走了我很失落,"我说,"不过我也快毕业了,正在到处和人告别呢,以后到北京说不定还能听你唱歌。你会找到比 D 乐队好一百倍的搭档,这个乐队实在是太烂了。"

卖 Demo 的女孩捂着嘴偷笑,大概觉得我喝多了,话也说得不知所云。

我说:"我真的特别喜欢你。"

光头妹把手抄在裤兜里,虽然是末流乐队的主唱,类似恭维话肯定也听过不少了。她脸上没什么表情,过了一会儿她淡淡地说:"D 乐队在 T 市不算很烂吧?"

"真的很烂,有几首歌听得我想死。"

"你是来羞辱我的吗?"光头妹说。

鼓手女铁匠走过来问:"怎么了?"卖 Demo 的女孩赶紧说:"没事没事,夏小凡喝多了。"鼓手女铁匠说:"傻逼。"

我用拎着啤酒瓶的手指着鼓手女铁匠,说:"他妈的不要让坏人来敲你的头,说的就是你呢,你的鼓敲得就跟敲头党一个德性。你怎么还好意思在这里敲鼓啊?"

鼓手女铁匠飞起一脚,我看到手里的啤酒瓶滴溜溜地飞向空中,剩余的啤酒在离心力之下喷洒向四周,在它落地之前我还有时间大喊一声:

"你们毁了光头妹！"

鼓手女铁匠简直是充满快意、如愿以偿地照着我脸上拍过来。一瞬间我想起的是什么？仓库区的狼狗在空旷地带扑倒了一只丧失了警惕的野猫，一秒钟之内将其痛快利落地杀死。狼狗所具备的品质，神经质和等量的沉静，绝无一丝游戏精神的强硬姿态——他妈的谁说猫是残酷的？猫是一种常常会丧失警惕的动物，有一点儿诱惑就忘记了其他事情。

那天我出现在咖啡店门口时，酒劲过去了一些，开始觉得疼。咖啡女孩问我："你怎么了？"

我说我掉井里了。

"那个 T，手劲大得出奇。T 都是一把好手劲吧？更何况还是鼓手呢。乐队解散了，她可以去做保镖。"我坐在咖啡店里唠叨，完全说给自己听的。咖啡女孩在一边听着。

"这么无聊的东西你都肯去听，喝醉了挨打也活该。"她说。

"不算很醉，就是说话失了点分寸。"

"哎，你怎么知道那鼓手是 T？"

"大家都知道。"

"见过 T 是怎么办事的吗？"

"没有。是什么样的？"

"就跟抽你脸一样。"

我无话可说。她用食指抬起我的下巴，看了看脸说："还好。"但我自感被打得不轻，酒也醒了一大半，我想了想，幸好没有和女鼓手厮打在一起，否则脸面丢尽。即便如此我也还是不能回学校，在洗手间的镜子里看到自己脸上有几道深红色的手指印，一时半会儿褪不下去。

我将自己扔进沙发，破沙发发出一声剧烈的呻吟，随后便安静了。咖啡女孩递给我一瓶啤酒，我说我不能再喝了，过了一会儿她给我递上一杯茶。她说她得出去一会儿，让我在店里喝茶等她。我说没问题，喝茶，等她。

她不在时，我突发奇想，往唱机里放进《Love life》，第一首歌"Ladykillers"，欢快极了。依序听下去，我靠在沙发上慢慢地喝茶，觉得这样也不坏。这张唱片我始终是用耳机听的，头一次在音箱中播放，在无人的咖啡店里，有点像裸奔于阳光下的孤岛，既安全又惬意。我从书架上抽出托洛茨基自传随手翻看，这本书已经被我翻了很多遍，因为足够厚，从来都没有按顺序阅读过，从来都是跳着看，看了两年多，有关托洛茨基的生平和他的个人感悟都是支离破碎的。

翻开一页。托洛茨基说，他可以预料到革命的走向，却无法预料到自己会在冬天打野鸭的时候冻伤了脚。我有点发愣，扣上书，放回原处。又想是不是该把这本书偷回去，最终还是打消了这个念头。托洛茨基的人生早就归于尘土，斯大林也归于尘土，连同整个苏联帝国，这其中已无任何可资学习的人生经验，甚至错误的部分也不能称之为教训，仅仅是一种错误而已。但看到这一段时仍然有所触动，大概是我倒霉运的心理暗示在起作用。

到黄昏她也没回来。我在店里走来走去，后来索性坐到店门口去。猛地看见D乐队的一伙人从小巷那边过来，狭路相逢，我呆呆地看着光头妹，他们当然也看见了我,脸上露出警惕的神色,走过的一刹那,铁匠女鼓手对我竖起中指,一脸的嘲讽。万事有止境,唯独倒霉运是个例外。

真是生不如死的一天。我也有一种卡在井里的感觉。

17.

一九九八年，敲头杀手一共干了多少票，没人说得清楚。齐娜把各类传闻综合了一下得出如下结论：他先是在铁道附近敲昏了一个过路女工，在东边新村里敲了一个女中学生，又把工学院的校花活活敲死，之后那两次敲的都是下中班回家的外来妹，都是重伤，据说有一个至今还躺在医院里，已经是植物人了。当然，这些都可能是冰山一角，连环杀手的作案次数常常无法得到准确的计算。

敲头杀手下手迅速而凶残，专门针对年轻女性，弃置被害人于路边，说明他根本不惧怕惩罚。不劫财，不劫色，说明他对社会有着怪异的仇恨感。作案范围局限在铁道和新村之间，距离仓库区一到五公里不等。这一带的道路错综复杂，居民和行人都不是很多，确实是变态作案的好地方。

那一阵子风声鹤唳，天黑了根本没有人敢在街上单独行走，对凶手来说，找不到合适的目标，大概也挺煎熬的。有一天这个人又找到了猎物，举着锤子刚想下手，猎物回身给他脸上就来了一脚，空荡荡的街道上不知从哪儿扑过来十几个人把他按住。一件刑事大案就此水落石出。T市的报纸对此做过一次详细报道，作案动机是"仇视社会"，我国似乎没有定义"变态杀手"的惯例，大概是怕引起恐慌。

仔细想想会发现，变态，就像电脑病毒发作，病毒本身确实不是动机，病毒和病毒的发作都是客观事实。那么主观的东西是什么？仇视，还是快乐？新闻媒介似乎认定了，一个人去杀人必定是充满了仇恨的，预设了这个社会是值得仇恨的。事实上，他们都忘记了，杀人也可能是件愉快的事呢。

这些都搞不清楚了，人抓住了，判了，毙了，也就结束了。美国的变态杀手很多都是判了长期监禁，接受社会学家的研究，像标本一样地存在着。

记得在二〇〇〇年的夏天，我们一伙人曾经在仓库区住过一晚。包括我，老星，亮亮，锅仔，齐娜，还有企业管理专业一个叫李珍蕙的女生，是老星当时的女朋友，和我们不太熟。那天我们是去师范学院看一场演出，整个过程中李珍蕙一直跟在老星身边，我们也没把她当回事。演出结束后，就近吃了一顿并不丰盛的晚饭，菜很差，钱都用来点酒了。我们聊得很开心，唯独李珍蕙在旁边不说话，有点被冷落的样子。

在一群人中间总有人扮演主角，有人扮演配角，有人根本就是幕后工作人员的角色。我们这几个人之中，老星和齐娜是永远的主角，台词多，戏份多，特写也多。吃饭的时候我发现李珍蕙一直在偷偷地瞟他们，我觉得李珍蕙其实很想取代齐娜，扮演女主角，不过这不是一件容易的事，至少得让配角们心甘情愿地捧她才行，她暂时还只能做幕后工作人员。渐渐地，李珍蕙露出不耐烦的表情。我心想，老星，回去你就等着新女友揪你的头皮吧。

那天锅仔和亮亮喝多了，已经不太能走路，我们六个人搭了一辆出租车想回到学校，路很远，司机故意绕了一圈，从仓库区绕到学校，估计至少多走了五公里路。到仓库区时,锅仔吐了,司机停了车子让我们滚下去。四个男的之中,神智清醒到还能打架的,只剩老星一人,而司机五大三粗,手里拎着铁杠,并不是老星能对付的。我们只能下车,李珍蕙付了车钱,还倒赔了几十块钱的清洁费。半夜十点钟,我们被扔在了仓库区。亮亮和我倚在电线杆上喘气,锅仔趴在地上,由齐娜照顾着继续吐。

深夜的仓库区连灯光都没有,唯一的路灯照着我们,只是很小的一片区域,走出这区域就是不可知的黑暗。李珍蕙指着黑暗中的某一处说,那儿就是校花出事的地方。她的音调非常冷静,我胳膊上起了一层寒栗。老星大声说:"说这个干什么!"周遭猛然一亮,雪白的闪电打开了黑暗中的世界,跟着又熄灭,雷声从头顶上滚过,暴雨就要来临。

想赶回学校是不可能了,除非把锅仔扔在原地,我们五个人用百米冲刺的速度狂奔两公里,翻过学校墙头到达宿舍。这只能让事情变得更恐怖。雨开始下起来,一秒钟内铺天盖地,在路灯光照下看到的是像幕布一样坠落的雨水。

在深夜的大雨中,我们都慌了。这当口还有一辆三轮车经过,骑车人穿一件黑色雨衣,整个身体都包裹其中,只露出两条光腿,艰难地蹬着车子,经过我们,兀自进入暗处。三轮车后面装着一口旧五斗橱,不知道他为什么要在这种天气运送五斗橱,诡异得让人发毛。

只有李珍蕙保持着冷静,她说:"我叔叔在这边仓库上班,去他那里躲雨吧。"我们都表示同意。冒雨跟着她走向某一处仓库,道路漆黑,我和老星架着锅仔,几次滑倒在地,找到李珍蕙叔叔的时候我们彻底变成了六把湿淋淋脏兮兮的墩布,连话都说不出来了。

很难想象，那天晚上要是不去仓库的话，结果会是怎样。在大雨中站一个小时，被淋成落汤鸡再走回学校，还是在泥地里滚上几圈去仓库避雨，哪一个选择更正确。但我们既然踏上了去仓库的道路，便没有再反悔的余地了。

那片仓库区很大，大雨和黑暗更令我迷失方向，只能是跟着李珍蕙往前走。后来看见了灯光，很暗，一条大狗在某处吠叫，不是狂吠，而是具有警告意义的吠声，带着低低的咆哮。我们向着那里走去。李珍蕙的叔叔就在屋里住着。他是一个中年秃顶男子，打着赤膊，坐在床沿上抠脚丫。屋子非常小，很破旧的榉木贴面家具，从下往上发霉，一台老式彩电，一口生锈的冰箱，剩下的空地大概只够点盘蚊香的。

李珍蕙说明了来意，秃头叔叔很冷淡地说："这里容不下这么多人，你们去仓库避雨吧。"他从床上下来，浑身上下只穿着一条短裤，趿着一双海绵底的拖鞋，举着把破伞，带我们来到某一间仓库门口。

打开仓库门，推上电闸，几盏灯泡同时亮起。这是一个囤放瓷砖的仓库，里面很大，近一半的地方堆着高高的纸箱，下面垫着栈板，其余部分都空着。屋子里很干燥，窗都关紧了，蚊子几乎没有，这对我们而言已经是块福地了。秃头叔叔说："不要乱跑，雨停了就赶紧走。"说完举着破伞回屋子去了。

我们都湿透了，轮番到货堆后面去绞干衣服。男的都光着膀子，比较舒服，衣服晾在纸箱上。女的没办法了，只能把湿衣服套在身上吹干。锅仔终于不吐了，死猪般沉沉睡去，我们搬了一块空栈板，让他平躺在上面，其他人都坐在整箱的瓷砖上，围着他，样子十分古怪。

不到一个小时，雨势减弱，但那天我们都不太想回学校，觉得偶尔在仓库里说一个通宵的话也不错。老星从书包里掏出两副扑克牌，我们四个人打牌，李珍蕙说自己不会，就在旁边看着。这中间秃头叔叔过来了一次，说雨停了，意思是让我们走。李珍蕙过去和她叔叔嘀咕了几句，秃头便悄无声息地消失了。

我们继续打牌，带赌钱的，赌得虽然不大，但气氛很热烈。那天晚上是齐娜一个人赢钱，老星一个人输钱，两个人都很兴奋，一边打牌一边斗嘴。我再看李珍蕙，她很无趣地坐在一边看书。仓库的灯光很暗，打牌犹可，看书则十分不着调。我想我们这伙人有点没心没肺的，刚才跟着李珍蕙向仓库区走来时，简直把她当成是个救星，这会儿就把她晾在一边了。但我也不可能去和她搭讪，毕竟是老星的女朋友。

齐娜忽然说："我口渴了。"老星说："我也口渴了。李珍蕙，帮忙去弄点热水。"李珍蕙便扣下书，快步走了出去。我说："老星，你也稍微客气点，这好歹是人家的地盘，别以为你跑马圈地就能指使别人干这干那的，客气点。"老星说："我怎么了？我很客气啊。"

过不多久，李珍蕙端来一个发黑的搪瓷茶缸进来，齐娜端过茶缸，说了声谢谢，朝茶缸里瞅了瞅，没敢下嘴，递给老星。老星也瞅了瞅，闷头喝了一口，摇摇头。剩下的全都被我和亮亮喝掉了。喝了才知道是一杯泡开的浓茶，而且是凉的，这么短的时间当然不可能泡出一杯凉茶，答案应该是：此乃秃头叔叔的茶。想到秃头叔叔在抠脚丫子的情状，不免有点恶心。

喝茶的时候很安静，雨停了，狗也不叫了，偶尔地传来火车开过的咔嚓咔嚓声，非常远，非常微弱，却异常清晰，像夜空中的孤星。李珍蕙吁了口气说："刚才开过的是一辆货车。"

"听得出来？"

"货车的声音比较沉闷，节奏也缓慢。"

我们竖起耳朵听，但火车已去远，只能等下一辆车开过。齐娜一边摸牌一边说："继续打牌，回头火车来了告诉我们一声。"我很识趣地放下手里的牌，说："算了，不玩了，结账吧。"但是又觉得这么干坐着听火车有点傻，总得做点什么才不至于睡过去。

李珍蕙说："你们知道吗，这片仓库以前的保管员就是那个敲头的凶手。"

"什么？"我们差不多一起大喊起来。李珍蕙倒被吓了一跳，说："你们怎么了？"我说："猛然间说起这个，有点不舒服。"李珍蕙摇头说："我在陈述一个客观事实罢了。"

齐娜问李珍蕙："你见过那个人吗？什么样？"

"见过吧，但是没什么印象了。是个很普通的人，三十多岁的单身汉，文化程度很低，一无所有，三百六十五天就住在那个小屋里。出了事以后，这片认识他的人都觉得不可思议，怎么看都不觉得他是个凶手。"

"也许在那个人身上发生了某些事吧。"

"那也是有可能的。"李珍蕙说，"我叔叔原先不是管这片的，后来就把他调了过来。"

"仓库值班就一个人？"

"这里是中转仓库，一个人加一门电话就够了，平时也没有人管。住在一个小间里，守着一堆库存品，又不和人打交道，某种程度上是与世隔绝的。诞生出变态杀手其实也很正常。"

我说:"诞生出变态杀手,怎么说都是不正常的。"

李珍蕙说:"你来试试,过这种日子?说到底,每个人都有点不正常。拿你来说就很孤僻,亮亮的心理年龄很小,老星有点神经质,锅仔是个偏执狂。人都有点不正常。"

齐娜说:"你很有洞察力嘛。"

亮亮问:"李珍蕙,我真的心理年龄很小吗?"李珍蕙说:"我随便说说的。"亮亮说:"我觉得我遇到的很多人,心理年龄都很小。"李珍蕙说:"其实就是这样。"

我不想和她争下去,无论如何也应该是老星和她拌嘴。牌是打不下去了,打牌也有气场,气场一散,人皆无心恋战,只能掏钱结账。老星输得很惨,付给齐娜二十块钱,还有五十多块钱只能欠着了,那天我们把钱都花得差不多了。李珍蕙说:"别欠人家钱。"从书包里掏出钱包,替老星结清赌债。那样子好像老星已经和她过了几十年的日子,看得我们都无语。

夜里静极了,过了一会儿,仿佛有火车开过的声音,我们都竖起耳朵听,忽然传来一声惨烈的猫叫,吓得我毛都竖起来了,紧跟着,狗也叫了起来。齐娜剧烈地哆嗦了一下,说:"这地方阴气太重了,妈的,变态不止一个啊。"这话显然是说给李珍蕙听的,我转头去看李珍蕙,她微笑着不说话。我想这事情开始变得有意思了,两个女的暗地里较劲呢。遗憾的是,老星并没有觉察到,他在一边嘲笑亮亮心理年龄太小。

烟都抽完了,我们干坐着。不多时锅仔在栈板上翻了个身,坐起来,迷迷瞪瞪旁若无人地走到角落里,拉开裤子小便,又走回去,躺在栈板上继续睡。

锅仔引得我们都想上厕所了。这晚上我们唯一走出仓库那次就是去厕所，李珍蕙带着我们穿过一片空地，走到另一处的走廊里，幸好是有灯的，厕所只有一个小单间，不分男女。李珍蕙和齐娜先进去，随后是男的。其实我并不是很想上厕所，但恐怕半夜里会尿急，一个人出来瘆得慌，还是提前放空为妙。秃头叔叔那屋子的灯还亮着。再回到仓库里，只见锅仔兀自躺在栈板上大睡，不知何时从身边捞了两片纸板，一片盖在肚子上，一片盖在脸上。

那是凌晨两点，李珍蕙和齐娜都不再说话，只剩老星在对亮亮唠叨着什么，过了一会儿我发现亮亮没反应了，原来也歪下去睡着了。李珍蕙紧挨着老星，把头靠在他肩膀上，微微合眼，发出了一声叹息般的声音。只有我精神百倍，那点浓茶起作用了，我对咖啡碱过敏，喝一点就不能睡。我说："你们睡吧，我来放哨。"齐娜嘟哝道："开什么玩笑，你这么说，我反而不敢睡了。"老星打了个呵欠，说："也真奇怪，平时打牌可以几个通宵不睡的，今天不行了。"我说可能是喝过酒的缘故。我站起来在仓库里闲逛，上看下看，忽然意识到自己是在参观敲头杀手曾经工作过的地方。

没有任何特别之处。包在纸箱里的瓷砖，垒成平整的立方体，每一个立方体下面垫着栈板，一共垒起三层，通道恰能开过一辆叉车。仓库是坡顶的，用角铁搭起的梁，很多柱子竖着。红砖墙面上刷着白水，又标了数字，应该是货位。没有任何特别之处，这就是一个普通的仓库，尽管在夜里看起来有那么一点压抑。

很难想象一个人半夜里在这儿走着走着，然后就拎了一把锤子出去，无端地杀害别人。换一个角度来说，被杀害在黑暗道路上的校花恐怕也想象不到，凶手就来自如此平常的一个地方，如同食堂里的炒土豆丝，衣柜里的牛仔裤，操场上的煤渣跑道。

我在仓库里转了一圈，回到原地，他们都睡着了。又一列火车开过，我听不出它到底是货车呢还是客车。

我背靠货堆坐下，齐娜忽然挪到我身边，眼睛闭着，近似嘟哝地说："借个肩膀靠靠。"我说请便，她又说："你别睡过去了，我有点害怕。"忽然凑到我耳朵边，轻声对我说："这个李珍蕙真可怕。"随后，我的左肩骤然落下一个沉沉的脑袋，散发着被雨水浇透之后又晾干的独特气味。

我闭上眼睛养神，过了很久很久，睡意何时来临的，我自己竟也不知道，就此丧失了意识。那是个无梦的短寐，仿佛有什么事情令我不安，当意识恢复过来时，我睁开眼睛，看到了可怕的一幕。

就在黑漆漆的窗户外面，有一个长头发的女人的影子闪过，不，那绝对不是秃头叔叔，而是一个长发女人。我简直怀疑是幻觉在作祟，还没来得及辨清，她竟忽然将脸贴在窗玻璃上，向着里面张望。我看见一张扭曲的脸，长发垂在脸颊两侧，一双紧贴在窗户上瞪大了的眼睛。她看着老星，过了一会儿，她意识到我在看她，又将目光移向我。我们隔着窗户对望，僵持了几秒钟，她慢慢移开脸，整个地消失在了黑暗中。

我被这目光震住了，内心的恐惧感尚未弥漫开，也许在这种场合下我很迟钝，也许我对这样的目光已经有过类似的经历。总之我没有喊出声，我下意识地去推身边的齐娜，这才发现她已经不在我旁边。侧过头一看，齐娜歪向了另一边，正靠在老星的右肩上，半个身体都依偎在老星怀里，而本来靠在老星左肩的李珍蕙已然不知去向。

我在窗口看到的难道是李珍蕙?那张扭曲的脸难道是她的?

忽然之间,浓黑的窗户变成了深蓝色,夜晚结束了。

直到最后,我也不能确定那是否就是李珍蕙。天亮后,我悄声走出仓库,秃头叔叔正在院子里喝茶,一条杂种狼狗拴在墙角,看见我就猛叫起来。秃头叔叔告诉我,李珍蕙还在他的屋子里睡觉。

我找了个自来水龙头,洗了把脸,漱漱口,让自己清醒一下。又跑回院子里,找秃头叔叔要了根烟,他的态度一如既往地冷淡,但对香烟还算慷慨。我抽完这根烟,回到仓库里,将他们一个一个地踢醒。

那天早上李珍蕙没有和我们同行,先是老星在屋子里和她叨咕,然后他走了出来,对我们说:"走吧。"我们五个人回学校,走到半路,老星便宣告:"我和李珍蕙分手了。"说着,意味深长地拍拍齐娜的肩膀。我沉默,齐娜也沉默。亮亮问:"为什么分手?我觉得她对你很好啊。"

老星没接茬。快走到学校时,我说:"天亮前,你们都睡着了,我睁开眼睛……"

老星说:"我没睡着,我眼睛一直眯着。"

齐娜说:"我也没睡着。"

亮亮说:"嗯,那个仓库确实很鬼气的,不过我太累了,我睡着了。"

我拍着亮亮的头说:"因为你心理年龄小嘛。"

18.

女孩死了。被大锤子敲在后枕骨，这一下不足以毙命，但听说她倒下的时候，太阳穴砸在厕所铺的瓷砖的台阶上。她在医院里非常顽强地撑了三天，最后还是死了。我对齐娜说，这是本校最富生命力的女孩，换作是我恐怕当场毙命，都不用急救了。这样的女孩死了真是可惜。

溪口镇的那伙人都疯了，亮亮买了一打锤子，分发给众人。青春痘在楼下喝醉了大哭，整夜的哭声搞得我们都有点神经过敏，如果此时抓住凶手，恐怕他的脑袋会被敲成豆腐花。后来湿疹同志带了人过来，挨门挨户收缴凶器，光我们一幢楼里就搜出了十公分以上的管制刀具一百多把，榔头二十多根，连螺丝刀都收缴，我们说螺丝刀不能收，堂堂的工学院，螺丝刀是吃饭家伙，这才算网开一面，但是顺便把电炉和热得快全都抄走了。

大学不该死人，因为生活在这里的绝大部分都是年轻人，换而言之，即使是病死的，也应被视为非正常死亡，更何况是凶杀呢。

每一宗死亡事件都像是一道红光穿过眼前，绝不是像街道上的某一个老人那样默默死去，绝对都是以战栗和惨叫收场。每一宗死亡事件都留下一个空床铺，一张挥之不去的脸孔，一个被嵌入虚空的名字。

当天晚上我们就是在这样的气氛中睡着的，第二天一早，被一阵巨响吵醒，人皆被吓到肝胆俱裂。声源就在我窗口之外，爬到窗口一看，是北边的 Loft 开始装修了。

那地方最初是一家奄奄一息的五金加工厂，其中有一个车间就是本地的摇滚演出场所，后来工厂整个卖掉，说是要变成非常时髦的创意园区，把建筑设计所和广告公司都搬到这里来，不料两年过去都没什么动静，像一块朽木般渐渐分解腐烂。我经常站在窗口俯瞰它，灰黑色的建筑，被日晒雨淋完全失去了应有的色调，路面支离破碎，树木凋敝像本校清洁工手里的扫帚。偶尔有一个门房老头牵着孙子在里面散步，现在小孩都长大了，已经会自己做早操了。我很喜欢这个破败的地方，已经结束的年代在安静中充满了未知感。

就在这一天，装修队进场，开足马力将所有的一切重新改造、粉饰，过去它是一个不太漂亮但好脾气的女孩，现在她漂亮了，但吵吵闹闹，非常傲慢。连续好几天，巨大的噪音把我们从梦中惊醒，我们都是睡到自然醒的人物，卧榻之侧岂容他人吵吵闹闹的，装修工人却格外敬业，一早就拉响电锤和切割机的警报。这些装修工人都挥舞着榔头锤子，很容易将他们与敲头杀手联系起来。先是有人站在寝室窗口骂，把剩饭剩菜都往墙头那边扔，装修工人也不客气，扔回来的都是砖头。男生寝室里没砖头，但有大量的空啤酒瓶，再扔回去就成了一场名副其实的战争。

双方都有人受伤，学生们主要是被崩出来的窗玻璃溅上，后来我们找了很多瓦楞纸钉在窗户上，这样就没事了，当然，整个寝室因此不见天日。对面的装修工人也都很识趣地戴上了安全帽。

宿舍的格局是这样的：一栋极其规整的苏联式建筑，共四层，正门入口进去后，左右两侧分别有两条楼梯，宿舍阿姨的办公室正对着大门，里面有公用电话和各类零食、方便面、充值卡出售。宿舍被一道走廊分为南北两部分，寝室分列南北两侧，东西两侧的尽头是水房和厕所。我们的寝室朝北，又是在四楼，正对着围墙外面，因此得以天天和装修工人开战。四楼的战略价值极高，砖头可以扔到创意园纵深五十米，而那边的工人除非是膂力超强者才能把石头扔到四楼。

很不幸的是，他们个个都膂力超强。

这件事本来只涉及一小部分人，但因为那女生死得太惨，人人都对装修队抱有成见，各处宿舍都有人来挑衅、助战、呐喊，简直把它当成了一件正经事来做，既无聊又严肃。每次开战，双方都以谩骂为序曲，继而迫不及待扔东西，双方同样都像极了国际新闻里播放的示威者，视对方为军警，除了愤怒以外，还有一种道义上的藐视。学生的人数占优，但工地上的弹药更多，打到激烈处，女生宿舍也会跑过来很多人观战，趴在窗口跟着我们一起谩骂，发出阵阵尖叫，实乃梦幻场面。

飞砖头的日子里，我过上了一种颠三倒四的生活，窗户不透光，白天黑夜分不清，倒时差一样的神经衰弱，有时睡着睡着忽然听见哪里一声怒骂，炸了锅一样的人群涌进朝北的寝室，推开窗子就往外面扔东西。没几天，我们寝室里能扔的都扔出去了，攒了两年的啤酒瓶子全部消失，热水瓶也不见了，再后来连凳子都飞了出去。不知道哪来的男男女女都坐在我床沿上，打仗的也有，打牌的也有，打 Kiss 的也有。我缩在更里面，蒙头睡觉，任凭他们胡闹。我的被套床单是著名的娇梦牌，老星和齐娜都眼馋的，被这伙人坐过以后，不但很脏，还沾了各式各样的污渍，菜汤、咖啡斑、唇膏印，还有一次从床单上抖下来一堆碎指甲，女生在那儿铰指甲来着。

有一天，湿疹同志在楼下贴了一张告示，说扔酒瓶的行为触犯了国家法律，白纸黑字红图章，像沉默的苍蝇拍断然拍死了一群嗡嗡嗡的苍蝇。咋咋呼呼地开战，莫名其妙的又停战了，有点像第一次世界大战的场面。

总务科的人到寝室来装玻璃，瓦楞纸揭走了，屋子又亮了起来，没有阳光，尽是冷飕飕的从北边照进来的光。新换上的玻璃异常明亮，透彻到不正常的地步，我趴在窗口看到对面的Loft，破旧的厂房正在脱胎换骨，绝对没有停下来的意思。我不但早上睡不好，连晚上也能听到各种类型的噪音，有些是低频的轰轰声，有些是极其尖锐的吱吱声，有些是颇富节奏的巨响，有些铺天盖地像飞机降落，有些时不时来一下像冷枪。

这是一个几近崩溃的春天。停战令下来以后，啤酒瓶子不能扔了，学生也很识相，知道这么干于事无补，装修工人不会因为啤酒瓶子就停工，装修工人停工的唯一可能是创意园拖欠工资，除此以外即使创意园被炸成平地，他们还是会在平地上再装修出一个创意园。这就是装修工人。扔瓶子只会让我们自己倒霉。

崩溃的时候，打开窗子，看看对面的装修工人，别说消音耳罩，连手套都不戴。崩溃的不应该是我们。

有一天看见一个小伙子躺在平地上，周围站着好多人，将小伙子摆成一个"大"字型，仿佛不这样就不足以证明他死了。亮亮拿出望远镜看了看，又给我看，小伙子身上什么伤也没有，但开进去的汽车却是收尸车，很长的时间，小伙子曝露在阳光下，脸是灰黑色的。不知为什么，一直都没有人想起来拿块布去盖住他的脸。

我对亮亮说，还是尽快找份工作吧，这地方不能待了。

不断有人离开，说是找到了工作。剩下的人继续死挺，噪音太大，在寝室里躺着还不如去人才市场逛逛。白天的走廊里看不到什么人，我独自在寝室门口待着，靠着门框，吸了一根又一根的劣质烟。风吹过，地上的纸团啦、罐头啦、烟蒂啦，顺着走廊往前滚，沙沙的或者当当的声音，误以为有一个隐形的人正在走过。

听到楼下有哪个寝室在放歌，居然是D乐队的告别曲，"朋友们到了晚上结伴回家吧，不要让坏人来敲你的头。"歌声之中，有人发出惨叫，随后是此起彼伏的叫声，没有哪个人是正常的。

老星去上海找工作那阵子，亮亮也找到了实习单位，是我过去干过的那个电脑公司。他央求我把他介绍过去，我给那边的学长打了个电话，学长说正缺人手呢，来吧，还问我是不是再考虑一下，也回去工作，转正是没问题的，这样在毕业之前户口可以留在T市，不至于被送回麦乡。我自然知道这利害关系，但我还想再玩一阵子，混到六月份再说吧。

于是亮亮扛着铺盖卷，像个犯人一样去电脑公司报道，以后就住在爬满蟑螂的员工宿舍里，反正五月份的蟑螂都还很小，不必太介意。他请我在夜排档吃了一顿饭，捎带上齐娜。我问他："联防队不搞了？"他很郁闷地说："被保卫科取缔了。"我说："专政武器怎么可以由你说了算？正义是有力量的，凡是有力量的东西你都没有资格指挥，你只能作为力量的一部分而存在，很小很小的一部分。懂吗？"

我经常这样教育亮亮，不管他听得懂听不懂，我有时简直像他的爸爸，寄希望于他将来长大了能听懂。

亮亮走后，寝室里就剩了我一个，只有一个人的寝室仿佛是被抽掉了时针和分针的手表，只剩一根秒针在不停地打转，每一圈固然代表了一分钟的流逝，但具体是在什么时间上，却无从知道。实验型的孤独感充斥并局限在寝室里。

最初几个晚上，我甚至还一厢情愿地等待齐娜，希望她再来一次，睡在亮亮床上和我聊几句。可是她再也没来过（Loft的噪音仍然此起彼伏，她肯睡过来才怪），空等一场，我便觉得自己有点无聊无耻。无耻之耻是为耻，无聊之聊是为聊。

有一天我昏头昏脑在食堂里吃面，远远地看见齐娜和小广东在一起吃饭。我以为自己看错了，爱猫人士齐娜，屠猫者小广东，这两个人就像饺子和馄饨一样不应该出现在同一个碗中。但那确实是他们，梳着马尾辫的齐娜，穿着西装的小广东。等我端起饭盆站起来时，从一个较高的位置，看到齐娜穿着一件低胸的衣服，就五月的气候而言，多少显得急不可耐了点。

对齐娜，我不存在失望，齐娜虽然是个可爱的女孩，但绝不是女神。我只是奇怪她为什么会和小广东一起吃饭，而且笑得那么高兴。猫会怎么想呢？钾肥的灵魂会原谅她吗？

次日齐娜来找我，大白天，我半躺在床上看《酉阳杂俎》，没兴趣和她多说话。齐娜说："别装蒜了，昨天在食堂里我看见你了，你也看见我了。"我说："我还看见你的低胸了呢，噢，今天穿高胸衣服了。"齐娜很火爆地把衬衫纽扣解开一颗，说："想看吗？"我赶紧用《酉阳杂俎》遮住脸，八十年代的老版本，一股霉味钻进鼻子里。我说："别解扣子了，上次我都看到了,没必要重温细节。"说完这话,书封面上挨了她一掌,打到了我鼻梁骨。

齐娜说:"我知道你讨厌小广东。"

"你怎么知道?"

"你背地里骂过他不止一次,以前我养钾肥的时候,你还用他吓唬过我。你这个人嘛,当面经常寒碜别人,背地里倒是不常说人坏话,可见你很讨厌他。"

我说:"齐娜,我已经做错过一次,扑到你和老星的床上——噢,对不起,床是我的。反正,我不想再扑到你和其他任何一个人的——床上!这件事在我看来,有点愚蠢。所以你大可不必来向我解释什么。"

齐娜露出幽怨的表情,这表情在她脸上出现,仿佛火星上发现了高等生命,她说:"你总应该知道我找工作的事情。"

她那份工作,也就是从年初喊到四月份的那家德国公司,应聘的是一个助理职位,还是文职,和技术不搭边,但由于是德国公司,不免像阿Q进了赵太爷家,又惶恐又自豪的。不过事情出了差错,德国公司选助理就像电视里的选秀大赛,过了一关还有一关,前三关连德国人的毛都没看见,尽是些中国人在面试她。到最后一关删剩五个人,齐娜就在其中,可惜功亏一篑,雀屏中选的不是齐大小姐,而是另外一个什么小姐,也是我们学校的应届生。为此齐娜大大地郁闷了一阵子,之前有两份不错的工作都被她回掉了,如今多头落空,沦落到比我还不如的地步,我好歹还能去地下室修修电脑。

可这事和小广东又有什么关系呢?

齐娜说:"那家德国公司,小广东有一个亲戚在人事部做主管,他说可以托人把我弄进去。"

我骂道:"资本主义企业也讲究走后门拉关系,真他妈的腐败。"

齐娜说:"你他妈的好像是火星人,刚来地球啊?"

"咱们就不要互相爆粗口了,这样不好。"我说,"无利不起早,小广东我太清楚了,他一个开中介公司的,就算介绍你上厕所都得收你半张草纸的中介费。你就说说你给了他什么好处吧?"

"操你母亲的,"齐娜不依不饶,用力拽了拽自己的领口,妄图把乳沟暴露出来给我看,其实她没有这玩意儿,她 A 罩杯而已。"夏小凡,我给了他这个,你满意了吧?"

"心理彻底扭曲了。"我长叹一声。

19.

"世界存在,但无法理解,同时它神秘、失望。"(什克洛夫斯基《散文理论》)

只是一本文学理论著作中并不起眼的句子,不值得去问为什么,不用将它当作格言警句来对待,不能套用到与文学无关的现实中,不是预言,也不是结论。

在阳光还可以的下午,我到自修教室里去睡午觉。寝室朝北,常年阴暗,唯有在夕阳西下时打开窗,才能有一丝镜面反射的阳光照在我床上,这很不舒服,因为只有光而没有热量,像莉莉卡一样只有容貌而没有体温。到自修教室睡午觉便成为我的习惯,或曰恶癖。

醒来时已经是黄昏,觉得有点冷,我起身跳了跳,甩动酸麻的手臂,摸了摸口袋里的零钱还在,决定去新村里上网,看看投出去的几份简历有没有回邮。走出学校时听见有几个女生在我背后嗤嗤地笑,不明所以,便继续走,到杞人便利买了一包香烟。五月的杞杞终于也脱掉了他的蓝棉袄,换上了一件宽大的蓝布罩衫。这孩子的衣着比实际的季节永远都慢一拍。

我转身想走,杞杞把我叫住,说:"你背后写着字。"

"什么什么?"

他指指我后背。我立刻明白了,脱下衬衫,我当场就怒了。好好的一件白衬衫，我还打算面试的时候穿出去，被人用红色的水笔写了巨大的字母：SB。这个把戏已经玩过一次了，第一次还觉得有点情趣，玩多了实在可恨。

我把衬衫拧成一团，放在杞杞的柜台上，借了个小马扎，穿着汗背心坐在店门口抽烟。黄昏是一天中最疯狂的时刻，诗人想在这个时候吊马子所以才把它说成是诗意。夕阳下的景物有一种强烈的收缩感，阴影蔓延，既柔和又锐利，无数被忽略的细节正在此时膨胀开来。有时你会感到自己只是生活在一个"部分存在的世界"中，有时那些无意识的事物需要狠狠地敲打、撕扯、黄昏般的毁坏。

杞杞在我身后说："你被人恶作剧了吗？"

我没回头，说："比恶作剧还要麻烦一点。"

这个血红的 SB 不但让我想起了长发女孩，还有消失了的小白。小白究竟去了哪里？我曾经在好几个地方打听过她的消息，在家教中介所，在学校的同乡会上，没有人知道她的去向，我便也把这件事搁下了。毕竟小白不是我的什么人，她消失或出现都有她的理由。

但是衬衫上的 SB 像一个巨大的备注，让我无法安心。我想，这下坏啦，小白莫不是一直失踪到现在？否则，那个态度恶劣的长发女生何至于再三地往我背上喷红字？反过来说，写红字这件事，也是违背地球重力的匪夷所思的行径。

我暗骂了一声。不管怎么说，我得先确认小白有没有回来，再确认长发女生有没有发疯，人们可以自动消失或出现，也可以拿着水笔到处写大字报，但消失了不再出现，或是把红字写在我背上，那就是另一码事了。

杞杞说："这个很难洗的。"我说不洗了，扔掉。杞杞又说："扔掉太可惜了，我来帮你洗。"我觉得他的语气有问题，便回头看了他一眼，也许是我眼神古怪，也许是他的神色古怪。这个卖杂货的少年穿着一身蓝布罩衫，像个被弃的木偶，带着雕刻般的面无表情看着我，让我有点寒。

我说："这不行，这衣服是罪证，我还找人索赔去呢。"

我带着衬衫、穿着汗背心去女生宿舍找碴儿。到了宿舍门口，管宿舍的阿姨竟然不让我进去，说我衣冠不整，容易出事，又说自从闹了强奸犯以后，本校的女生看见稍微过火一点的男性肉体都要集体晕倒，我这样的跑进去能引起骚乱。这个宿舍阿姨比我还能胡诌，我一肚子的火气都被她浇灭了，由愤怒转为沮丧，只能回寝室换衣服，再无心情去网吧，兜了被子就睡。

第二天中午我去小白的寝室，门关得紧紧的，敲了半天也没人答应。我没辙，继续在自修教室里睡觉，穿着一件旧衬衫。阳光如昨，依旧无人，其实我睡不着，午饭没吃，饥饿感像是在我的肚子上装了个泵，但我不想动弹。大约十五分钟之后，我听见背后蹑手蹑脚地有人贴过来，知道好戏开场了，感到背后痒痒的，我大喊一声，猛跳起来揪住那人的衣领，听到振聋发聩的尖叫，即便如此我也没有撒手。

长头发女生被我揪在手里，不过她已经不是长头发了，变成不长不短的拉面头，保湿效果做得不错。我问她："这回写了什么字儿？还是SB？"她涨红了脸说："关你什么事？"说完了，我们两个都觉得这话逻辑不通，面面相觑了一会儿，她又说："撒手撒手撒手。"

"我撒手，你可别跑。"

"我不跑。"

我松开她,下一个动作是脱衣服,看我背后的字。刚把衣服脱下来,她扭头就跑,顺手把水笔扔出窗外,并且大喊:"抓流氓!抓猥亵犯!"我扑过去,勒住她的脖子,捂着她的嘴,把她倒拖回阳光下。教室门口伸进来一个脑袋,不知道是谁,问道:"出什么事了?"我说:"调情呢!"那个脑袋说:"噢,雅兴,雅兴,不好意思。"说完便消失了。

拉面头(现在她只能叫拉面头了)抓开我的手,哭丧着脸说:"讨厌,讨厌!"

"老手啊,第一时间消灭作案工具,逃跑还栽赃。"我抖开衣服,这件并不太值钱的衬衫上被写了一个红色的S,B字尚未完工,乍看像是5号球衫,十分可笑。我说:"就算我得罪你了,你也不能这么干,我就这么几件衬衫,找工作面试还指望能撑撑门面,背着个红色的SB你让我出去怎么见人?太可恶了。"

拉面头说:"我还一肚子气呢,我借给小白七百块钱,到现在还没回音。你知道我'五一'是怎么过的吗?身无分文,在学校里闷了四天,吃了四天的馒头。我本来想去黄山旅游的。"

我无心和她讨论这个,说:"问你,小白一直没有回来?"

"当然没有!"拉面头说。

"报警了吗?"

"报了!"

我拍了拍大腿,心想这事儿要捅漏子了。我给自己点了根烟,坐下,除了思考以外还想缓和一下气氛。拉面头果然也跟着坐下了,撇着嘴挠头,虽然没有小白的美丽动人,但这个动作颇有点可爱。我暂时原谅了她。我这个人很容易原谅别人，也很容易原谅自己。拉面头好像是和我心灵相通似的，适时地说了一句："对不起噢。"

"小白看来是真的失踪了啊。"我吐了口烟，吧嗒吧嗒玩弄着打火机。

"她失踪了，我七百块钱找谁要去？"

我叹了口气："不带你这样的，同寝室的人失踪了，你还惦记自己的钱。"

拉面头说："每个人的立场不一样，你是白晓薇的同乡，你关心的当然是白晓薇的行踪，你要是我的男朋友，你就会比较关心我那七百块钱，对不对？"

"不对。这个假设不成立。"我心想，我要是你男朋友，我怕是脸上都会被写满SB。看这个样子，我和拉面头是没有办法讨论道德底限的问题了，她是那种自发的犬儒主义者，我最起码还受了一点人儒的熏陶。

"你嘛，说白了，是量变没达到质变的境界，如果不是七百块，而是七百万呢？"拉面头露出不屑的神色。

这个假设还是不成立，我不明白这女孩为什么老是会纠缠于不成立的命题。我告诉她："我个人对极限体验并不感兴趣。"

拉面头拍桌子说："被你说对了，我就是一个有着极限体验的人。我有强迫症，很严重的，比如说有一把无关紧要的钥匙丢了，我偏要念念不忘，为之烦躁发狂。强迫症如果得不到纾解会很可怕，拿着喷漆罐头到处喷，既是发病症状，也是自我调节。发泄完了就完了。发泄的时候就是一种极限体验，所以，时间长了，思维方式也会朝那个方向靠。"

"这么说来我还是幸运的，毁了几件衣服而已，你满可以趁我睡觉的时候照我后脑勺来一下。"

"按照你上次侮辱我的言行，确实很想给你来一下。你上次太可气了。"拉面头说。

"我没有污辱过你，污辱是强奸的意思。"

"侮辱。"她在桌面上写了个"侮"字。"同音字真他妈讨厌。"

"那还不是一样吗？侮辱妇女就是这个侮，至少也是猥亵的意思。"

"讨厌！"

我也觉得同音字挺有意思的，但我没闲情去做一个下流的纳博科夫。我说："既然报警了，我就等着警察来找我吧。"

"跟你有什么关系？"

"你不是说我罩着小白吗？警察能放过我吗？"

拉面头冷笑道："你算个屁。小白那点破事儿，要是警察来走访一下的话，她不给学校开除才怪。"

"等等，她哪些破事？"

"你不是罩着她吗？你能不知道？"拉面头说，"好吧，就算你不知道，我也可以告诉你，小白是做鸡的。"

这是我一开始就想到的事情，小白要是失踪了，警察来找我，我到底应不应该把她做导游女郎的事情说出来？非常矛盾。不说出来，警方找不到线索；说出来，万一她没失踪的话，就等着被开除吧。但我没想到拉面头也知道这件事，照小白的说法，她只告诉了我一个人。

拉面头说："当我们一个寝室的都是傻子啊。平时手机一来，她就打扮得漂漂亮亮地出去了，经常用些名牌化妆品，经常换包。不是鸡才怪。"

我说："好吧，你明察秋毫。不过她不是做鸡，她是在公关公司做导游，只能算三陪吧。"

"卖艺不卖身吗？"

"我他妈的也不知道。"我叹息道。

拉面头说："告诉你，我是很够意思的人。我没报警，报警她就完了。你不是罩着她吗？你尽快找到她吧，这两天学校不太平，正在清点人数。要是她再不回来，谁都保不住她了。"

我松了口气，说："你真懂事。谢谢。"

拉面头在我的小腿上踢了一脚，说："那就替她还钱！"

在开始一段小小的冒险之前，我在拉面头身上解决了生理问题。或者反过来说，是我被她解决，或者温和一点说，我们相互解决。

我请拉面头吃午饭，在一家小火锅店里弄了点菜，要了两瓶啤酒，两个人涮得热火朝天。火锅确实很容易弥补感情的裂痕，蒸汽，辣味，筷子之间的纠缠，吃得我浑身冒汗，反正衬衫也穿不上，就单穿一件汗背心坐着。

"你真老派，衬衫里面还穿汗背心。"拉面头说。

"有人说过我就跟女人一样。"

"可笑！"

她的鼻尖上也蒙了一层油，亮晶晶的，像兴奋过度的样子。我问："怎么会想起来把头发剪了？你的长头发该是留了很久了吧？"

"小学留到现在，自以为很好看，不料背地里被人骂土鳖。再说也不太安全，听说敲头的专盯长头发的敲。以前就被敲死过一个，对吧？我趁机把头发剪了。"

"那个也未必就不敲拉面头，马尾巴羊角辫游泳头都可能被敲，不要存侥幸心理。"我说，"剪了怪可惜的。"

"所以说我有强迫症。某一件事要是不能满意，就会浑身难受。想起高中时的男朋友，跟别的女同学好了，至今都想杀了他们。这些事不能想。"她放下筷子，绘声绘色地说，"嗳，知道他们是怎么治疗强迫症的吗？四位一体疗法，西药，中药，心理辅导一起上，最后还不见效就用电击，太阳穴上通电。那滋味，挨过的人才知道，什么强迫症都治好了，不是不犯病，而是不敢犯病，犯病也不敢说出来。"

我心想，就冲你朝着我背上写字的疯狂劲头，挨电击也不为过。这姑娘电过以后不知道会不会温驯起来。

火锅吃得精光，我付账，带着她走回学校。下午两点钟，是学校里比较安静的时候，大部分人都在上课。拉面头说："去哪儿玩，再聊会儿？"我说："想去你寝室。"

"可以。"

其实我是想去看看小白的床铺，但当我走进她们寝室时，听到拉面头关门的声音，紧跟着一声轻微的咔嗒，是推上保险的声音，我就知道会发生什么了。

我和拉面头拥抱在一起。为什么要拥抱？我和她既非久违也非久仰，拥抱在一起好像没有必要，但拥抱是性爱必须经过的途径，这种感觉就像用 Excel 在写小说。是的，我又想起来，虽然我曾经有过性爱的经验，但却从未与女孩拥抱在一起，因此这拥抱可以被认为是后补的体验。一个长吻，这次是用美金在小菜场买萝卜，找不出零钱就多给几根萝卜吧。我不想推开拉面头，我怕她强迫症又犯，即使她事后不满意，也总比事前不满足来得彻底些。凡是强迫症都需要彻底、彻底、彻底。

我和拉面头脱自己的衣服，同时又脱对方的衣服，像电影里一样吻着对方，手忙脚乱而又不至于像打架。脱光以后，我们像两根剥洗干净的萝卜，好不容易培养起来的一点熟悉感，瞬间荡然无存。陌生的不仅是她，还有我自己。

我有点担心。这是我第一次在女生寝室里做爱，过去听人说过，女生寝室做爱的感觉是如何美妙，学校里有一个业余诗人将其形容为"秘密的小森林"，倒也贴切，但在这个森林做猎人，不但要捕猎，还要防备着被人捕获。最有可能踹门进来的是管宿舍的阿姨，哪怕有一百个男生赤条条站在她们面前，她们也不会掩面尖叫，而是轻蔑地牵住勃起的小鸡鸡，所有男性为之傲然的东西，直接牵到教务处去。

拉面头说："你在想什么？"

"没什么。"

"来吧。"

她将我拉到一张下铺的床上，我说没带套子，她说不要紧，她去买事后避孕药。这么挑剔的一个人，在避孕套的问题上居然放我一马，有点出乎意料。整个程序也出奇的简单，但并不枯燥，有点像一款老式但经典的电子游戏。中间我要求她换一个姿势，但她的床铺显然不适合做太纵深的运动，我只能又恢复到原来的位置去。大约有十分钟，半句呻吟也没听到，只有压低了的嘀咕声。身患强迫症的女孩并没有想在我身上发泄什么。做到半途，我忽然明白过来，问她："真有强迫症？"

"一点点啦，笨蛋。"

哦，宝贝儿，内射。

她起身擦自己，我讪讪地说："你的床挺软的。"

拉面头背对着我，说："这不是我的床，我在上铺。这小白的床。"

我对这突如其来的性爱还没来得及回味，便陷入懊悔之中。小白的床已经被我们弄得不成样子，枕头像被嚼过的巨大的口香糖，床单被揉成世界地图，褥子上沾着一片精液。天知道，要是报警了，公安局来查，凭这点DNA就足够把我关进去审几天了。

我从床上跳下来，麻利地穿衣服，衣服本来就不多，十秒钟就把自己收拾成一个正常人。此时拉面头还在床上擦自己，她愕然地回头看我，场面多少有点可笑。

在和拉面头告别之前，我细细地搜了搜小白的床铺。收获不少，但线索却一条都没有。

女生的床铺大多数都是温馨可人的，具有符号学的意义，如果不够温馨，又冷又硬，同样也属于符号。通过其温馨的程度，你可以判断出该女生的性格，不过也会有上当的时候，比如刻意经营，比如干脆就是上错了床。

小白的床和学校所有的床铺一样，1米宽，2米长，占地2平方。白色的纱布蚊帐垂挂下来，外面还装了一道花布帘子，这是标配，布帘的花纹是泰迪熊。靠墙的一侧放着若干书籍，若干笔记本，书都是二十一世纪初的流行读物，无不是女孩子爱读的，内容嘛，教人做淑女的，教人做荡妇的，教人傍大款的，教人女权主义的，应有尽有，看不出有什么定向的人生观。我对笔记本感兴趣，有好几本，都拿下来翻了翻，没有任何有用的内容，既没有日记也没有通讯录，都是些课堂笔记而已。我再看看拉面头，心想，就算小白有写日记的习惯，摊着这等同屋，恐怕也不敢随便放在外面。理解。

拉面头一直在看着我，她已穿戴整齐，抱膝坐在小白的床头。我将本子放回架子上，她问我："有线索吗？"我摇摇头。拉面头说："谅你也找不到，她的床铺我早就搜过三遍了。"

"你真够不客气的。"

"没办法，'五一'我一个人在寝室里，把我郁闷得。能翻的都翻过来了，一毛钱都没找到。其实我和小白关系不错的，要不然也不会借给她钱，但是你也知道，我有强迫症的。"她说，"话说，要是'五一'的时候认识你就好了。"

"好解闷？"

"至少不会那么孤独。"

我默认，也可以说是用沉默在抗议。拉面头从床上下来，把脚塞进球鞋里，带着我去看了看小白的柜子，还有一个皮箱，两者都锁得好好的。我想我就没必要去撬开它们了，作为一个侦探，我显然是不合格的，太消极了。我在拉面头的房间里坐了一会儿，没聊什么，后来犯烟瘾了，我站起来告辞。她恰好也说："她们下课该回来了。"

送我到楼下，她一路沉默，球鞋在水泥地上踏出沉闷的声音。

"以后还来找你？"她说。此时我向男生宿舍方向走去，她略侧过身子，示意自己的行走路线与我是相反的方向。

"当然可以。"

"看你的样子不是很渴望啊。"

"我就要毕业了嘛。"

"直爽。"她歪过头说,"问你,以前和小白睡过吗?"

"没有,肯定没有,不值得为此撒谎。"

"也没有追求过她?"

"也没有,上床的念头有过一两次,一闪而过也就忘记了。"

"信你一次。"她从口袋里拿出一张照片,递给我,"这是夹在她书里的,或许对你有用。"

我低头看照片,拉面头说了声再见,便向着另一个方向走去,头也没回。我看着这张照片,半晌忽然想起来,忘记提醒拉面头去买紧急避孕药了。再次抬头,她已经拐过一个弯去了。我想要是这会儿追上去跟她提这个事,保不齐脸上挨一耳光,又想到她可能会在两个月之后给我报喜,脑门上的汗都渗出来了。

运用福尔摩斯式的推理,我认为拉面头这会儿是去药店买紧急避孕药了,忘记告诉她,这种药吃多了很不好,其实就是小剂量的流产药。我母亲做医生的,我早就知道这个。

这是一张小白的照片,光面五吋彩照。

小白穿着吊带衫,她化了妆,坐在一个真皮沙发上,背后的墙上有一张马蒂斯的人体画,当然是复制品。美丽的小白注视着镜头,略带羞涩地微笑,身体略带倾斜地靠在沙发扶手上,D罩杯的乳房像两只安静的小动物。

周围的环境很豪华,不像是私人场所。她穿着吊带衫的样子,既美好,又带着隐隐的色情。

我手头没有小白的照片,正如拉面头所说,出去找人总得有张照片才行。

我回到寝室,做爱之后的困意蔓延开来,我把照片放在枕边,躺在床上睡着了。不知过了多久,我被齐娜推醒,她捏着照片说:"挺大小伙子平时就看着这个自慰?这是小白吗?"

"是啊。"

齐娜说:"看来你的确喜欢她啊,还私藏人家的半裸照片。"

我把事情的原委说了一遍,小白确实失踪了,这张照片是在她床铺的某一本书中拿到的。略过了和拉面头上床的故事,这事无须让齐娜知道。

齐娜说:"报警啊。有一本小说里说过,失踪七十二小时的人,一半以上都是死了。小白这都失踪了半个多月了。"

"你那是外国小说。在中国来说,失踪七十二小时的人,一大半都是去外地打工了,剩下的基本上是在网吧里泡通宵呢。"

齐娜说:"肯定出事了。喂,不是你干的吧?"

"你在胡说什么啊?"

"你非常可疑,你一直很喜欢她,她有事你也给她出头,但她却不是你的女朋友,说明你追她没得手。现在她失踪了你又不肯报警。你平时看上去又很像个变态。"

"全都说对了。可是,动机呢?难道我因为没得手就把她杀了?"

"变态是没有动机的，变态本身就是动机嘛。"

"好吧好吧，"我捧着头说，"证明我是变态，然后就直接把我和凶手画等号。你这样会冤死很多好人的。"她纠正道："冤死很多变态。"我和她没法讨论深奥的问题，一旦抽象到某个程度，她的脑子就像浇了汽油，可以沿着任意一条跑道直接跑到地球背面去。我说："运用你这种逻辑的人，也挺像变态的。"

20.

杀手们分为三种，狂暴型的（扑向猎物立即动手），跟踪型的（尾随至某一地点动手），伏击型的（诱骗至某一地点动手）。了解这些常识很有必要，可惜学校里从来不教这个。

意大利人龙勃罗梭在十九世纪曾经做过一个非常著名的犯罪人统计，他从头骨的规格、耳朵的形状、头发的颜色来分析哪些人是天生的犯罪分子。不用说，一旦谈到头骨的问题，就会令人联想到希特勒。龙勃罗梭那时候没有DNA检测，连血型为何物都不知道，他只能从犯罪者的外表来判断问题，这套理论自然已经过时，他犯的最大的错误是：其统计的分母是犯罪分子，而不是所有人，因此在他的百分比中充斥着各种各样的必然性。假如分母是犯罪分子的话，你可以说呼吸空气的人100%都是罪犯。非常简单的逻辑错误，奇怪的是龙勃罗梭的书还在出版。在他的《犯罪人论》中我只查到了一则关于斜眼的描述：300名罪犯中有5人是斜眼，都是强奸犯或盗窃犯。

这个数据毫无意义。

有趣的是，龙勃罗梭统计认为，犯罪人的磁感远强于正常人。所谓的磁感，大概是指第六感或者方向感吧。这么说来，福尔摩斯本人应该也是一个天生的犯罪人。

现代犯罪学将杀手分为有组织力和无组织力两种，后者近似于凭借本能犯罪，而前者作案具有预谋性和反侦查能力。

任何数据的归纳都可能会误导破案，连篇的新闻报道会泄露警方的侦破进程，犯罪人只消看到这个数据，就会很容易地改变他的作案模式。没有什么是必须要遵守的，即便对杀人狂而言。美国电影里那种死不悔改遵循同一模式作案的杀人狂，其实只是编剧为了让探员能够在两个小时的电影中顺利解决问题罢了。

电影中常常有心理学专家通过各种模型分析出某个连环杀人狂的人格，甚至判断出他的职业，他的相貌，他的童年阴影。事实上，所有这些都是假的。犯罪人格分析有着诸多盲区，某种程度上就像掷骰子，而固有的模板常常会误导刑侦人员。

研究连环杀人案的专家说，这些变态的嘴里没几句话是真的，在审判时，他们都会说自己是精神病或者人格失调。他们强调自己是无辜的，强调自己被某种无法界定的意志力所操控。

汉斯·艾森克对于犯罪心理所设定的坐标，X 轴是外向性，Y 轴是神经质，在这个维度上，平均分值越高的越可能成为罪犯。

童年时期的行为中，有三项与未来的暴力犯罪具有关联性，即纵火、虐待小动物、遗尿。美国人管这个叫"麦当劳三要素"。

夜行杀手，the Night Stalker。

每一个城市都有犯罪高发区，当然，无主之城例外。

稍有法医学常识的杀人犯都会将被害人的尸体搬离案发地点。

猎杀和攻击被分为四种类型：猎取者，在住所附近寻找目标；偷猎者，特地在某一地区寻找目标；机遇者，袭击偶然机会遇到的被害者；下套者，有工作或地位的罪犯，使被害人主动接近，以欺骗的方式将其引入某个区域内下手。

在美国，平均2.4平方英里就有一个恋童癖在行动。

绿河杀手，仍逍遥法外……（注：小说时间点为二〇〇一年五月，美国绿河杀手被捕于二〇〇一年十一月。）

这些就是我从一九九八年以来读过的乱七八糟的犯罪论著，能记住的不多，更不具备系统的知识，只剩下一些支离破碎的印象。

小白失踪以后，我没把这当一回事，直到和拉面头上床，总觉得哪儿出了差错，一时又无法言表。我想起三月里看到了斜眼少年，这个印象挥之不去。我去找小广东就是为了得到斜眼的地址，相比而言，我觉得斜眼的危险性不亚于那些夹着金利来皮包找导游的家伙，尽管只是凭空猜测，但别忘了我毕竟看过那么多乱七八糟的书，而且领教过奶茶店的小鲁是个什么样子。

我托了齐娜一件事，让她在小广东的电脑里找出小白的业务资料。齐娜说："挺难的，我们还没熟到可以开他电脑的地步。他的办公室我倒是去过几次。"

"你总能想到办法的，对不对？"

"那当然。"齐娜说，"不过我建议你还是把事情交给警察算了，警察一样会去查他的电脑。"

"警察来了就麻烦了，我并没有说小白就一定出事了。"我说，"老星什么时候从上海回来？"

"想他了吗？"

"是啊。有些事情单干起来不免觉得无聊。"我说，"还担心他回来以后会和小广东爆发一场恶战，那就麻烦了。"

"我又没有和老星谈恋爱，更没有答应和他一起去上海上班，管得着吗？"齐娜嗤之以鼻。

毫无计划可言，我体会到了警察在面对无头案时的棘手。靠我一个人的能力当然不可能去走访排查，福尔摩斯式的推理也只能是一堆梦话。我能做的就是把小白曾经告诉过我的几个去处重新走一遍，斜眼少年暂时找不到，剩下还有一个地方是那家介绍导游的公关公司。

我打了个电话到小白的宿舍，找拉面头，问她：“小白失踪之前有男朋友吗？"

"不知道，"电话那边的拉面头似乎是回头问了问寝室里的同伴，得到答案之后，断然地告诉我，"都不知道，她不和我们说这个。"

我挂了电话。

接下来还能做什么？破解小白的电子邮箱密码？

身为一个计算机专业的大专生，我不得不承认，自己对电脑的了解仅限于装配一般的软硬件、杀毒、初级编程等等。破解邮箱的事情，尽管我知道一些黑客操作技巧，但从没尝试过，估计成功率不高。再说我也没有电脑和网线，这事要去网吧干的话有点冒险了。我再打电话给亮亮，那边接电话的人说，亮亮出去了，接着便问我："夏小凡吧？"是学长的声音。

"找你也行，帮我破一个邮箱，可以吗？"

"没问题。"

"我来找你。"

"邮箱地址报给我就可以了。"

"还是我来找你比较保险。"

我不想让他看邮箱里的内容，挂了电话，跑回宿舍换衣服，拿出通讯录，在空白页写上：

一、小广东，斜眼。

二、邮箱。

三、公关公司。

这就齐了。我出发去破案。

我在寝室里摊开 T 市的地图。

T 市的轮廓，像一个涣散的荷包蛋，我在这个蛋的右侧，可以看到蛋的中心位置布满了黑线和红点，那是市区内密集的道路和标志性建筑，越是向外扩展，黑线和红点越是稀疏。到了蛋的外围，大面积的绿色，像飞机上俯瞰的农田，事实上这些都不是田，而是密集的居民区、破败的厂房、阴郁的仓库。这些都被忽略了。

工学院在地图上被标示出来，但没有路，地图上的工学院像是农田中孤零零的稻草人。再往右边是黑白相间的铁路线，铁路线的右侧是一片更为模糊的地带，我有点奇怪，那一片应该是开发区，T 市的荣耀所在，不可能不标注出来。后来我意识到自己拿的是一张过期很久的地图了。

要得到公关公司的地址很容易，我又跑下楼打电话，假装自己是顾客，那边还是个动听的女声，磁性十足，恍如电台里的通宵谈心节目。得手以后，我再回到楼上，觉得有点喘，来来回回地打电话真不是个事，看来我得为自己配一个手机了。

在地图上，公关公司离电脑公司不过两条街的距离，都在蛋的中心位置上。我可以一次跑齐两处地方。还没等我决定何时出发，楼下宿管阿姨在喇叭里喊道："夏小凡，有你的电话！"

我再次跑下楼。电话那头咖啡女孩的声音："可以到店里来一下吗？"

"什么事？"

"店没有了，来接我。"

21.

每一个人都会有死的时候。

二〇〇一年时,我曾经想过,假如一个人死了,留下一个永远关闭的邮箱,留下论坛上的帖子,留下一个终日灰色头像的QQ号,在旁人看来会是一种什么感觉(那时候还没有博客)。假如一代人死了,他们的邮箱、论坛、QQ号都将成为遗迹(包括博客、推特或者未来其他乱七八糟的东西),虚拟世界的遗迹,从某种意义上说是不是一个世界末日?

在现实中成为文物的遗迹,或者是名人的传记,普通人的墓碑,那都是过于抽象的东西,把往昔浓缩为一个符号,连腐烂的过程都省略了,而虚拟世界中的遗迹却是具体的、确凿的,除了 delete 之外,无法将其消灭,甚至 delete 都可能徒劳。过去的世界将与未来的世界对抗,死去的人在灰烬般的时间里依旧做着现场直播式的争吵、挑逗、爱抚、闲聊、扯淡,以及可以想象到的沉默。

对虚拟的世界来说,我们是第一批直立行走的人。

消灭这个世界是容易的,关闭网路就可以了,停电也可以,再不济把未来的人分成好几等,可以上网的与不能上网的,可以上某种网的与不能上某种网的,甚至是可以识字与不可以识字的。尽管成本巨大,操作的难度却不是很高。

正是那个下午，我目睹了咖啡店的死。于我而言，它有着虚拟世界的特质，它和我身边的任何事物都不沾边儿，除了一个我恋恋不忘的咖啡女孩罢了。如果将咖啡女孩也归为虚拟，则咖啡店的一切都沦为我的幻觉，它的消失也就像拔除了网线，或是电扇坨子一头扑向显示器的效果。

一切记忆都恢复原状，光华消失，扭曲部位回到正常。像我曾经玩的电子游戏，游戏中的情节并非我真实的生活，当它成为一段过去式，我能回忆到的仅仅是：自己曾经趴在十四吋球面显示器前面，浪费了一个又一个小时。我不能回忆说我曾经砍杀了无数的妖魔。

然而，当咖啡店死去之后（这也是一个结束了的电子游戏），我离座，付账，裹着棉衣走出网吧，在黑暗的道路上回头发现游戏中的女妖正跟着我回家。

咖啡店的历史是这样的：一九九四年之前它是个录像厅，放的都是些很无聊的港台片，偶尔也放放所谓的生活片，那只能关起门来看，结果被勒令停业，转行开桌球房。同年，附近的工厂纷纷倒闭，居民区里充斥着下岗职工，火气都很大，有人在桌球房发泄了一通，爆发了一场群殴，很快就关门大吉。从九五年到九七年之间，相继开过皮鞋店、盗版碟店、服装店、小吃店，无一幸免，全部以亏本倒闭为结局，直到一九九八年开出一家咖啡店，那一年大学扩招，互联网开始出现，原木土里土气的工学院忽然成了文化地标，小资之风蔚然，新一代的大学生再也不是以前那些穷鬼了。这让人产生一种错觉，仿佛以前能考上大学的都是穷人家的聪明孩子，而扩招以后终于把那些蠢而有钱的孩子送进了高等学府。攀着大学这条产业链，咖啡店的生意居然不错，在这一带颇有点名气，可惜好景不长，到了二十一世纪，像是经历了命运转折点，忽然就走上了下坡路，店是越来越破，顾客越来越少，像一棵凋敝在死胡同里的树，终于有一天，完蛋了。

我去到那里时，正有一辆卡车停在店门口，四个工人正在从里往外搬东西。破沙发，旧冰柜，灯具以及扫帚簸箕全部往卡车上扔。咖啡女孩一手捏着那张《OK Computer》，另一只手挟着托洛茨基的自传。她告诉我，店没了，只捞出来这两样东西，唱片是她的，书归我。

托洛茨基对我而言已经没有意义，我接过书，把它交给工人。也许他们会爱上他呢。

"老板果然没死，把店盘掉了。"她说，"猜猜看接下来是开什么店？"

"猜不出。"

"洗脚房。"

"难怪破沙发都不要了。"

搬空了的咖啡店像一台被格过的旧电脑，空出一片水泥地，再往里填任何东西都觉得不舒服。吧台是定做的，搬不走，工人举起锤子，两下就将它砸得稀烂。我说："敲这个干吗？有劲没处使啊？"工人说："老板关照搬不走的全都敲烂。"我说："他妈的，你们老板变态吗？"工人说："我他妈的也不知道，我只管敲烂就可以了。"咖啡女孩说："那不是他们老板，老板只是一种尊称。"工人说："没错，雇我不雇我的都是老板，你们也是老板，哈哈。"我不想和他们耍贫，说："既然要敲烂，干脆全都敲烂算了，这些破沙发搬走能卖几个钱？"工人说："卡车上所有的东西都是送给我们的，抵搬运费。"说罢，几个人跳上卡车，按着喇叭开走了。

我和咖啡女孩站在街头，这时她已经不再是咖啡女孩了，该叫她什么呢？没想明白。暂时有什么东西堵住了思路。

"你打算去哪儿？"她问我。

"你是说现在还是以后？"

"当然是现在，我管你以后去哪儿干吗？"

"现在，找地方吃饭。"

"一起去。"

我想她心情应该很坏吧，表面上看不出来，相当淡定。这样也好，至少免除了安慰她的麻烦，我经常把人安慰得号啕大哭。

这是天气很好的一天，我怀疑在一年之中再也找不到比这更加天高云淡的日子了，她走得轻快而安静，不经意地加快步伐，像茶叶在热水中逐渐泡开，浮起又沉落，茶香弥漫。我意识到她并没有心情很坏，她看起来好极了。

走了很长的路，快走到市区，在一片商厦烘托之下，她把我带到一个西餐厅里。我觉得眼熟，后来想起来，这是和植物女孩告别时吃饭的地方。

"以前来这里吃过，餐前面包不错。"我说。

"是吗？"她淡淡地说，举手要菜单。"可以吃点别的，海鲜意面不错。"

"可以。"我说，"这家西餐厅应该很有名的吧？"

"不算是正规的西餐厅，只是一般的休闲西餐而已，和必胜客差不多的。味道还可以，我以前常来吃，最近两年没来过。你怎么会觉得它很有名呢？"

"以前也有人带我来吃过，觉得是个巧合，所以揣摩它很有名吧。"

"一般的有名。"

服务员端上酥皮汤、餐前面包、饮料。她率先点了根烟,我也点烟,两个人对着西餐吞云吐雾。

"打算去哪里?"这回轮到我问她。

"现在还是以后?"

"当然是以后。"

"不知道。随便去哪儿都可以,我现在住的房子还租着,下个月才到期。"

"继续打工?"

"随便。"

还不是正经吃饭的时间,西餐厅里只有零星几个顾客,我们坐在最醒目的位置上,大厅居中的一个圆桌,本可以坐至少八个人的。那样子,像空荡荡的宫殿中坐着帝王和王妃,不过扮演帝王的人显然不是我。服务员听从她的召唤,送加冰的凉水,送烟缸,送牙签,送餐巾纸。我怀疑她是做女招待做得太久了,故此折腾起西餐店的服务员也是得心应手,游刃有余。

她问我:"找到工作了吗?"

"还没有,"我摇头道,"对了,今天下午还有一个面试,去一家公司竞争助理的职务。"

"助理,听上去不错。"

"其实很苦的啦,又枯燥,听说还要到流水线上去实习。"

"都说现在的大学生吃不起苦。"

"你这都是报纸上看来的风凉话。"我忿忿地说。

"那我应该怎么说?"她微笑着说,"我高中毕业就在做咖啡馆的女招待，对你们大学生实在缺乏了解。"

说实话，我也想不出应该如何评价自己。我们对自身的了解往往也就是来自报纸电视，那玩意儿连镜子都算不上，充满了误读。我们说到自己也好，说到世界也好，就是基于这些错误的信息。

吃饱了，我撂下刀叉，说："结账吧，我去找工作。"

"带我一起去？"

"没问题。"

那家公司并不远，总部就在市中心的一个商务楼里，当然，具体上班的地方是在工学院附近的开发区里，过了铁道还得走一刻钟。我在总部的前台报了自己的名字，简历和照片什么的都没带，前台发了一张表给我填。看前台小姐的脸色就知道我会出局了。咖啡女孩也领到了一张表，坐在我身边假装也写着什么。

一起面试的还有好几个人，坐在我前面的是一个胖子。我觉得面熟，他凑过来看我填的履历表，说："啊，校友啊。我也是工学院的。"

"你来应聘什么？"我问他。

"还能应聘什么，当然助理喽。他们只招这个，先送到流水线上去干几个月，回来以后再继续折腾你，淘汰，淘汰，再淘汰。"他继续看我的履历表，说，"你学计算机的干吗来应聘这个？"

我说我随便应应，没什么特别的目标。胖子很同情地说："你专业不对口啊，学过管理学吗？我是学企业管理的，将来升上去的可能性比你大。你学技术的人到这里来，估计适应不了办公室政治，弱肉强食的社会啊。"

我说："那你觉得我干什么比较合适？"

"修电脑啊。"

我勃然大怒，又不便发作，只能说："我无所谓的，到浴室里给人搓澡都行。"胖子显然很迟钝，继续说："我们学校好几个去搓澡的了，都上了电视新闻了。"我说："嗯，我说的就是这个。"

轮到胖子进去面试。咖啡女孩说："你怎么了？"

"有点郁闷。"

"因为那个死胖子？"

"因为掉井里了。"我说。这已经是我和她之间的暗语了。

胖子的面试时间相当长，想不通就招几个小助理，为何要这么费劲。我等得有点不耐烦了，胖子从会议室里走了出来，眉开眼笑地对我说："成了。"说完用手里的塑料文件夹拍了拍我的头。我被他拍得莫名愤怒。胖子附在我耳边，不依不饶地说："这回就看你的了，记住，一定要表现出对公司很忠诚的样子。他们吃这个。"

轮到我进去，一张钢化玻璃台面的会议桌对面坐着个中年女人，显然是面试官，穿戴得相当整齐，还给自己配了一副平光眼镜。灰色职业装下面伸出两条修长的腿，用肉色丝袜包裹着，交叠欹倾，很有样子。她的上半身端坐如钟，下半身则像两根船桨，当然，是摆放在船的同一侧的，我期待着它分开，划动。我胡思乱想，递上履历表，她接过履历表看了看，脸色微微挂了一挂，问我："你就填了这么一点东西？"

"履历平淡，没有什么人生经历可言。"我说。

"希望你认真对待自己的职业生涯，现在的大学生，很多都不明白这一点。"她适时地开始教育我。

"噢。"

"介绍一下你自己。"

"夏小凡,二十二岁,学电脑的。目前的目标是找一份工作。"我说。然后闭嘴停下,等着她发问。

她停顿了几秒钟,大概意识到我已经讲完了,又问道:"谈谈自己的性格?"

"看上去有点抑郁,其实还是很开朗的。"我说完又闭嘴。

"这样啊。"

她身上,理所当然地有一种咄咄逼人的气质,在简单地问了我几个问题之后,她便做出要收场的样子。我见过的 HR 也有二三十个了,知道自己这回又没戏,我好像是 HR 的克星,只要坐在他们眼前,就必然会被踢出局。不知道是犯了什么。不过,这一回我可没那么好对付。我说:"刚才那个胖子是我的同学。"

"我看到了,你们都是工学院的。"她说。

"我们一起来的。"

她用手扶了扶眼镜,不知道我要说什么。

我凑近她,低声说:"他刚才对我说,特别喜欢你玻璃台面下的小腿。他说你三十多岁了还能保持这种风韵,很让他想入非非——再见!"

祝胖子好运吧。

22.

齐娜曾经给我讲过一个职场寓言。我们这些人除了听黄色笑话以外，就是听点职场故事，再背几句职场格言，以备不时之需。并不是这些故事特别有意思，而是如齐娜所说：将来有一天，主管总会把这些寓言讲给我们听的，就那么几个段子，到时候不要觉得新鲜乃至像个土鳖一样认为自己悟出了职场真理。职场，就是他妈的用寓言和鸡毛蒜皮糅合起来的玩意儿，就算你每天在削铅笔，你也得知道盖茨和巴菲特曾经说过些什么。

这个寓言说的是某个公司里，有个房间是不给任何人进去的，这是一条定律，任何人不得违背。有一天，一个女孩加班到很晚（天知道她是不是女孩，反正齐娜是这么说的），她出于好奇，走进了那个房间。拉开门一看，屋子里什么都没有，只有一封信放在桌子上。女孩拆开信，信上写着：恭喜你，你升职了，你打破了公司的陈规陋习。

这个故事如果由老星来说，一定是很有喜感的，但出自齐娜之口，怎么听都觉得吓人。我便不停地追问，抬杠：不许进去的房间真的可以进去吗？里面会不会有一个暗道？走进去之后会不会消失掉，像掉进了异次元空间？齐娜就骂我是个神经病，被迫害妄想症。

我对齐娜说："事实上根本不存在那一个进不去的房间，所有的房间都进不去，难道不是吗？"

五月份，附近开发区有一家工厂便发生了一场火灾，由于消防通道被锁住，有一部分工人们只能砸开窗子往外逃，人们都听说过某某厂一下子烧死几十个女工的故事，所以逃得比兔子还快。

那只是一次很小的火灾，并不足以置人于死地，灭火器两下就解决了问题，但车间位于二楼，有一个女工在跳下来的时候摔断了腿，后面跳下来的人又恰好坐在了她的身上，肋骨也断了，像一块摔碎的苏打饼干一样送进了医院。这女孩就是工学院的实习生，和我同一届，想象不出她有多可怜。

不只是有进不去的房间，还有很多出不来的房间，跑出这个房间，或许也有一封信写在天上：恭喜你，自由了。

那年冬天在地下室装电脑时，我也问自己，到底需要一种什么样的生活。找不到答案，这是一个带病毒的文件，打开它，系统会陷于崩溃。地下室是个糟透了的地方，它和封锁了消防通道的厂房一样，都具有一种形式上的残酷感，我一直以为自己拒绝地下室、拒绝流水线是因为恐惧，我需要形式上的通融，就像你遇到的女孩都没心肝，那至少应该漂亮一点，对她的没心肝也就认了。

如果不是地下室呢？如果是在一幢有着中央空调、禁止吸烟、配备高速电梯的甲A级办公楼里，我是不是就比较能够接受装电脑的人生？我估摸着，也许会好一点吧，至少在一开始不会那么令人难受，因为那种清晰无误的可比性。病毒仍然存在，但系统却可以工作。我的任务就是维持系统的运作，尽可能地不让病毒发作——辨识，延缓，控制，备份，杀除。然后，等待好运来临。

我只需要证明自己不是个bug。

有一天齐娜从女浴室里没头没脑狂奔出来。

浴室在食堂后面，只有小小的一间，每周一三五归男生用，二四六归女生用，学校的教职员工也按性别类推。至于星期天，谁都不能用。浴室的外间是更衣室，里间有八个莲蓬头，莲蓬早就没了，只有挂得高高的水管，放水之后流出来的既非雨水也非瀑布，而是实实在在的水柱，抽打着身体，某种意义上也挺舒服的。由于长年失修，锈迹已然四处漶漫，连水泥墙壁都仿佛被氧化了的样子。

有一个老头看守着浴室，负责收钱，五块钱洗一次，下午不定时开放，视他的上班时间而定，到了晚上八点钟准时关门，老头自己在里面洗一把（无论单双日），然后便消失了。

关于浴室的问题我们曾经提过几次建议，把一个浴室分隔成男女浴室，在技术上是完全可行的，无非是各自拥有四个水龙头嘛。中间隔一道墙，甚至磨砂玻璃，我们男生也不会有意见。但学校认为我们想把一个好好的社会主义浴室改造成日本式的男女混洗温泉，完全不理会我们的建议。这样，跑错浴室的麻烦是省掉了，但得防着记错日子，门房老头并不是每分钟都守在门口，他常溜号，万一闯进去了，被揍出来还是拖进去完全取决于你的性别。

齐娜没记错日子，她是晚上去的，浴室里没人，看门老头也不在。老头对齐娜的印象是最深刻的，能叫得出她的名字，因为她曾经抱着猫进去洗澡，洗完了很嚣张地在老头的门房里用电吹风把猫吹干。后来保卫科追查这件事，她赖说是长毛绒玩具。

那天晚上她穿着沙滩鞋、挎着个塑料脸盆去浴室，一路上都没人，走到食堂后面只听见有猫的叫声，她没有理会，走到浴室门口发现老头不在，浴室门开着。按照以往的经验，在十分钟之内洗完了溜出来，老头往往都还没回来，就不用付五块钱浴资了。她就跑进去，飞快地脱自己的衣服，其速度简直就像身上着了火。

更衣室里有一面镜子，不知道它究竟有多老，发黄的玻璃镶在发黑的木框里，只有仔细辨认才能看出那木框曾经是刷了金漆的。在镜子的左侧是斗大的标语，禁止校外人员进入，禁止吸烟，禁止洗衣服，禁止嬉闹，禁止带宠物入内，违者罚款。这些东西由于太熟悉了，对我们洗澡的人而言，已经达到了视而不见的境界。

但是那天晚上齐娜脱下套头毛衣时，恰好朝镜子里看了一眼。得亏有那件麻烦的套头毛衣，不然，按照她脱衣服的速度，那会儿就只剩下三角裤了。她从镜子里看到里间淋浴房里有一条人影，是黑色的。虽然那面镜子已经被时间和蒸汽折磨成了青光眼，但是，凭着日常的无意识，齐娜还是觉察到了——在淋浴房的人不可能是黑色的，他（她）们通常都是白色的，光溜溜的。

也就是说有一个穿衣服的人在里面。

后面的事情，齐娜就说不清了，因为太恐慌，记忆出现了空白。她说她一回头看见的是一个蓬头垢面的男人，又说她看见一个黑衣人躲在墙背后，又说她根本没回头，扔了毛衣和脸盆撒腿就跑。总之，她跑到男生宿舍楼下时，正遇着我和一伙人在讨论面试技巧问题，她结结巴巴地尖叫了一声，很快赢得了注意，一伙人听她说了，便捡了几十块砖头浩浩荡荡向浴室冲去。

我对齐娜说，但愿这次你没看错了，这么多人的荷尔蒙因你而爆发，不要让大家失望。

我一直陪着齐娜，走得慢了点，还没走到浴室便听见浪潮般的叫好声，一伙男生从浴室里抬出一个赤裸裸的男子。我看不见他惊恐的表情，但我听到了他惊恐的尖叫，比齐娜的尖叫一点都不差。冲过来一个满面红光的男生，对齐娜说："娜娜姐，这回你大发了，抓到一个变态！"我瞄了一眼，怀疑地说："是洗澡搞错了日子吧？"男生说："甭管搞没搞错，都是变态。刚才已经招了，不是我们学校的，是隔壁 Loft 的装修工。"装修工大喊："让我穿上衣服！"这伙人则说："穿衣服？你的裸体就是你的赃物，懂不懂？"装修工喊："我是来洗澡的！"这伙人说："我们还想洗澡呢！"不由分说就把他往齐娜眼前送："娜娜姐，看一看，是不是他？"齐娜捂眼，假装十九世纪的欧洲贵妇，作晕厥状说："我不要看，你们给他遮住点。"有人就用板砖挡住装修工的关键部位，说："没事了没事了，看吧。"齐娜睁开一只眼睛，从指缝里瞄了一眼，她看到的不是蓬头垢面，而是湿淋淋的蓬头垢面，带着噩梦般的倒霉相的一张脸，说实话，指认他是刺杀肯尼迪的凶手也不为过，反正一个人要是扒光了站在众人面前，他什么都像。

齐娜犹豫地说："嗯，有点像……"忽然又明白过来，骂道："还看个屁啊，都活捉了，可不就是他吗？"并指着装修工说："你丫等着被打成零件状态吧。"

装修工虽然没有什么文化，但毕竟是做装修的，听得懂零件的意思。

他一言不发，甩胳膊就跑。一伙人大喊："哎，逮住！逮住！"奈何他全身光着，大概还带着点肥皂，要抓住他很不容易。这时，外面已经围了好多人过来，只听有女生大喊："哇快来看有人裸奔太刺激了！"

装修工犯了一个巨大的错误，他不该往空旷处跑，在窄小的食堂夹弄里，几十个人要追他非常困难，跑不起来。但是在空旷之处，众人很快就形成了合围之势。我原谅他的失误，毕竟在这种场合下，能有勇气逃跑已然是可嘉可叹了。

他在一块草坪上被围住，里圈是追捕他的男生，外圈是看热闹的无数人。我甚至还看见浴室的门房老头，他不知从什么地方钻了出来，问身边的人："怎么啦？"知情者说："老头，你这回可能要失业了。"

装修工捡起一块砖头，用不太像人的嗓门喊道："不要过来！"外圈的人说："哎，歇斯底里了，困兽犹斗了。"内圈的人个个冷笑着举起了砖头。裸体的装修工如同抹大拿的玛莉亚，只是没有一个耶稣出现，对我们说一些"没罪的人才能砸死他"之类的话。像所有群殴中落单被围的倒霉蛋一样，他最终放弃了抵抗，扔下砖头，双手抱头蹲在地上，最后时刻还来得及喊一声："我真的是来洗澡的！"

接下来的事情就古怪了，没有人打他，对付一个光溜溜的装修工，用什么办法处理他是个难题。我不得不承认，二〇〇一年的大学生已经不再剽悍，我们只是一些扩招进来的没怎么见过世面的孩子，主要的烦恼是找不到一份外资企业的白领职位，这种烦恼大概不足以使荷尔蒙上升到要去杀人的程度。顺便说一句，齐娜在这个关键时刻也发挥了作用，她喊了一声："打人是要被抓进去的。"这意味了齐娜也原谅了装修工，他真的是来洗澡的，但愿如此。

众人商量了一下，有人提议，还是送到保卫科去比较好，保卫科那变态老秦最近很寂寞，自从莉莉卡事件之后，他连个纸板娃娃都没得玩了，也许他会对裸体的装修工感兴趣。

经过保卫科的审讯，结论如下：装修工是从隔壁创意园溜进来的，此行的目的很单纯，就是为了洗澡，跑到浴室门口一看没人就闯了进去，恰好里面也没人。根据装修工的说法，他当时完全没想到学校的浴室是按照时间维度来区分男女性别的，走进淋浴房看了一下，觉得还可以，水温正合适，耳朵里好像听见有谁叫了一声，一阵杂沓的脚步，他跑出淋浴房，看见更衣室里多了一个塑料脸盆，脸盆里还有洗发水和香皂，觉得很不错，由于长达一个月没洗过澡，看见这些洗漱用品就觉得浑身发痒，非洗不可了。脱了衣服，洗到高兴时，还哼了小曲，忽然就冲进来一群男生，把曲子给打断了，他还以为是学生进来洗澡了，觉得自己是溜进来洗的，有点不好意思，对着学生们点头赔笑，没想到只笑了一小下，脖子就被叉住了，听见别人喊他强奸犯，以为是开玩笑，刚想辩白，全身上下的关节都被叉住了，赤条条地拖了出来，心里也知道这样很难看，但已经由不得自己。再接下来的事情就不用他交代了，人人都看到了。

可惜那天老秦不在，是湿疹同志审的他，审的时候总算给他披了件衣服，里外里围了几百个人，比公审还可怕。后来湿疹同志意识到这件事不太合法，因为装修工什么坏事都没干，他更像是个受害者，又不可能给他做笔录，没这个权力，最简单的办法是打电话把地段派出所的警察叫来，把人领走。

那是五月里最欢腾的夜晚，没有一个节日能比得了。押送装修工去保卫科的途中，夜空璀璨，仿佛看到有焰火升起，仿佛有流星雨，长长的队伍前头已经到达了保卫科，后头还在寝室里穿鞋子找照相机。广播台的人也凑趣，在大喇叭里播放着过气流行歌曲《让世界充满爱》。一切就像梦。后来警车开了过来，大家一下子回过神来，好像电影放完了的感觉，那伙抄砖头的全都跑得没了影子，警察要找齐娜，齐娜也混在人堆里溜回了宿舍。

我对齐娜说："你觉得吗，你就像是荒诞核心的发动机。"一扭头发现她已经不在我身边了，原来是小广东过来了，齐娜正挽着他的胳膊说话，越过小广东的肩膀，她冲我做了个鬼脸。

我想，她和小广东已经熟到可以开他电脑的程度了。这个判断不会有错。

23.

电脑公司那边，我凑了一个黄道吉日才去。坐上一辆公共汽车，晃了十来站路，往市区的方向全是尘土蔽日的工地，道路颠簸，筛豆子一样筛到了站。下车以后，往前走了几步，脚下是一摊松软的水泥，踩出了两个球鞋印子。有泥瓦匠冲我大喊："不要踩。"我无奈地摊手耸肩，这对脚印可能就永远留在T市的街道上了。

这一带到处都在施工，商场门面被工地的围墙挡住了，抓斗车正在围墙里面哐哐地干着什么。我在商场地下室遇到学长，我问他亮亮去哪里了，学长说亮亮被分配到一个居民区附近，专门做社区维修，给菜鸟用户装机杀毒。这份工作比较自由，有点像水电维修工，干久了以后，根本就不屑于坐办公室。学长说着大笑起来。

学长和我是同乡，比我高两届，也是做社区维修出身的，其人智商极高，不知为什么有点倒运，读了工学院计算机专业，学历既不显赫，自然也找不到什么好工作，但也不至于在电脑公司做装机员。究其原因，还是倒运。桃花运倒是不错，工作第一年就在社区里找了个女朋友，得感谢那台病毒频发的电脑，很快便结婚了，老婆对于管理男人可比管理电脑在行，再也不许他去社区闲逛，调了岗位，从此就在地下室里给那些买电脑的人装软件。第二年避孕失败，匆忙结婚，老婆给他生了个儿子，人生彻底定型，不管是健康的还是畸形的，再无其他花样可玩。

当初就是靠着同乡的关系，托学长把我搞进电脑公司实习，不料我干了几个礼拜便甩手离开。他十分不解，问我："待遇太差吗？实习期间不要太在乎这个，骑驴找马，有一份工作经验以后跳槽容易些。"我说都不是，不为待遇，不为工作环境。

"那是为什么？"他托着眼镜问我。

"想回到学校里，比较完整地过完这段时间。"

"理解。"他严肃地说，"我就是缺乏完整的生活，你看，才二十四岁就已经有小孩了。"

"某种意义上，你的生活已经完整了。"我说。

恰好是吃午饭的时间，学长捧着盒饭在电脑前面和我聊天，顺手打开在线围棋观战。学长的围棋大概是业余二段，已经是非常厉害的了，我问他为什么不下一盘，他说："我老婆说下围棋浪费时间，不给我下，就戒了。"

"上班时间老婆又不会管着你。"

"不行，会心痒，回家比死还难受。"

我叹了口气，心想，回家陪着你这个老婆难道就不是一种煎熬吗？

学长从 Windows 附件游戏栏中打开扫雷游戏，说："我现在玩扫雷，这个游戏可以看作是反向的围棋。"

我说："一样浪费时间啊。"

学长说："但不会那么痒。"说着打开扫雷英雄榜给我看，"看，最高纪录 94 秒完成高级扫雷，没开启作弊哈。"

"厉害啊。"

学长吃着盒饭说:"玩了两个月才有的纪录,平时都在120秒以上,忽然有一天打出了一个102秒的纪录,非常惊讶,接着再玩,当天就打出来94秒,真是好运连连。不过,从此以后就再也没有打进100秒了。"

"好运消失了。"

"不,极限到了。"学长继续扒拉着盒饭,"你一定觉得很无聊吧?一开始我也这么认为,玩久了发现它隐藏着很多人生的真谛。"

"具体来说?"

"比如说,它是一个高度重复的游戏,只是其中的排列组合千变万化。新手玩扫雷,只是为了能够通关,胜利了就结束了,就失去了兴趣,但事实上寻找极限才是这个游戏的真正目的。在玩的过程中还会发现一些排列组合的必然性,比如121的组合,一定是两个1旁边有雷,1221的组合一定是两个2旁边有雷,看上去是个小技巧,但在扫雷游戏中是改变命运的强力武器。"

"有意思。"

"扫雷游戏并不存在输赢,因为输的次数百倍于赢的次数,所以输掉了也没有什么了不起,只有在临近胜利时挖爆了雷才会有一丝挫折感。失败的人生就是这样的。"学长吐出一把带鱼骨头,继续说,"菜鸟们考虑的问题很简单,只是如何胜利一次,如果是入门级的玩家,考虑的就是寻找极限位置,这对鼠标和大脑计算能力的要求都很高,是所谓技术范畴的东西。"

"高手呢?"

"高手早已达到极限,寻找的是突破极限的机会。只是机会而已。这时你会发现，技术和运气都只是一个因素，突破极限是一切因素综合到最佳状态的结果。一旦突破了，那种感觉，既不是胜利的喜悦也不是人在高处的空虚。"

"是什么？"

"某种等待了你很久的东西，忽然出现了。注意，不是你等待的东西，而是等待你的东西。"

"这个体验恐怕很特殊吧？"

"一般的特殊，毕竟只是一个扫雷游戏而已。"

学长终于扒拉完了盒饭，泡沫塑料盒子里还剩一个完整的狮子头，我以为他会带回家去吃，不料他用一次性筷子戳着狮子头，举起来，细细地品尝。显然，这顿盒饭也暗藏着人生真谛。

他左手举着狮子头，右手点击鼠标，眼花缭乱地玩起了扫雷。这一局死于半途，在一个细微的地方出了错，点中了雷。他解释道："鼠标没问题，刚才是我计算失误了。"接着第二局，点开了一片空地，不久就死了。他解释道："太多的空地有两种可能，非常容易或者非常难，刚才那局我就是玩不下去了。"第三局一路顺风，结束于 128 秒，他放下鼠标，摇头道："人生充满了平庸的胜利。"过了一会儿又添了一句："当然，失败也是平庸的。"

等他吃完了饭，我让他破解小白的邮箱。他皱着眉头问："破解？哪个网站的邮箱？"

"雅虎。"

"那就破不了了，雅虎的邮箱怎么可能破得了？"

"上次我打电话问你，你说可以的。"

"上次我以为你是要黑了哪个邮箱呢，爆邮箱很容易的。"

"废话，那个我也会，还用得着找你吗？我要破解邮箱。QQ 号你以前不是经常偷的吗？"

"那是两码事。"学长说，"雅虎的邮箱是破不了的啦，如果我能破雅虎的邮箱，我还会在这里混吗？FBI 早就请我去上班了。任何门户网的邮箱，除非你能进入后台，通过网络是没有办法破解的。话再说回来，要是雅虎的邮箱那么容易破掉，雅虎早就倒闭了。"

"好吧。"我摇头认输。

学长回去开工。有源音箱里播放着 Nirvana 的 *The Man Who Sold The World*，我坐在电脑公司的接待椅上，看着来来往往的人。在二〇〇一年的春天，组装机的价格大概七八千元，每一个从电脑公司买走电脑的人都有一种微微的自豪感。对于电器消费稍有常识的人都会知道，正是那些最初的消费者决定了电器普及的可能性，他们是规模化生产的基础：上市，促销，规模化，降价，普及，升级换代，再降价，再普及，是一个螺旋展开的过程。马克思将其视作经济过剩，托洛茨基用革命来切开螺旋体，Nirvana 在螺旋的缝隙中进入另一个核心。

电脑公司的生意出奇的好，沿着我的左侧一排坐着十二个装机员，学长也在其中，人人都忙得不可开交。他们都穿着一种黑色的运动服，手臂上有橘黄色的条纹，从肩膀直到手腕，是某电脑品牌的纪念品，脚下无一例外都是运动鞋，脖子上无一例外都挂着身份牌。我坐着，长头发的接待小姐给我递上了一杯水，发现我并非顾客，而是曾经在这里实习的夏小凡，也没有生气，倒还对我笑了笑，说："好久不来玩了。"

　　我曾经也坐在那十二个人之中，每天干到夜里九点，直到楼上的商场打烊，电脑公司的员工走得稀稀拉拉的，我便独自去茶水房那边抽烟，在下班离开之前我习惯于抽一根烟，在压抑的地方释放掉某种情绪。每晚的九点，长头发的接待小姐在茶水房打扫卫生，她背对着我，蹲下，站起，头发在跳动，裙子后面的拉链像是要被她丰满的臀部撑至裂开。我像个色情狂一样看着她的背影，脑子里却是一片空白。

　　她是浑然未觉呢，还是如芒刺在背？

　　我曾经跟踪过她，不，用"尾行"这个词可能更适合一些。那是一个下着雨雪的夜晚，我从商场地下室出来，同样穿着黑色的橘黄条纹运动服，衣服很薄，在地下室开着暖气的地方并不觉得冷，走到室外开始打哆嗦，所幸住所并不远，我加快脚步走路。雪下得并不大，夹杂着雨丝，商业街上的行人已经不多，一些车堵在施工区的马路上，而寂静的工地却像是行将冻毙的人沉沉睡去。

　　长头发的接待小姐穿着驼色大衣，举着一顶碎花小伞，在红绿灯口站着。我也走到那个路口，绿灯亮起，她快步穿越马路，我紧随在她身后。到下一个路口时，她向左转弯，我本该直走，五百米之外的一条偏巷就是员工宿舍，但那天我莫名其妙地跟着她一起向左拐了。

　　她始终没有发现我。在下着雨雪、打着伞的夜晚，匆忙而过的行人和此起彼伏的汽车喇叭声中，要发现一个尾行者是很困难的。况且这条马路位于繁华的商业区，这里只可能有小偷，不太可能有色狼。

我在路边的地摊上花十元钱买了一把伞。天气非常冷，不远处就是公共汽车站，我想她要是走向车站，我就折返回去算了，但她没有去坐公交车，而是沿着这条路继续向前走。我跟着她。我的意识被什么东西封住了，诚然，跟踪一个女孩是一件可恶的事，但是我并没有企图去骚扰她，也没有让她发现我的存在，主客观都没有造成伤害的情况下，是不是就可以被原谅？

她走进一家面包房，片刻之后，拎着一个小小的塑料袋出来，从袋子里掏出一枚点心边走边啃，脚步稍稍放慢。我像是窥见了什么隐私，竟有一丝小小的激动。她显然是饿了，她的饥饿感仿佛是牵动着我的神经，如在一丝冷雨之下感知到了南方的冬天。

我们偏离了主干道，走上一条行人稀少的小路。大概有十分钟之久，我一直跟在她身后十米左右，由于湿冷，我越走越哆嗦。可能是这种冷挽救了我，我的脑子是木的，欲望全无，倒是有一种哀愁浮在心头，和欲望呈相反的方向。

什么故事都没发生，甚至没有情节可言。她住在小路尽头的一幢旧公寓里，已经是晚上，家家户户都亮着灯，她走了进去。我站在楼下，冷雨中闻到街边饭馆炒菜的油烟味，和冬季的夜晚极不搭调的气味。

我走进那家饭馆，里面没开空调，借着厨房里的热气，我坐下来稍微喘息了一下，顺便要了一盘蛋炒饭。吃蛋炒饭的时候，我稍稍回暖过来，觉得自己可能是有点孤独，适时地原谅了自己。

蛋炒饭吃到一半，饭馆门被推开，她挽着一个短发像T的女孩走了进来，一眼就看见了我。我努力咽下嘴里那口饭，听见短发女孩在说："饿死了，来一份鱼香肉丝饭。"前台女孩看着我，眼神从迟疑到狡黠再恢复正常，我猜不透她在想什么。她对我打了个招呼，我回应了一下。短发女孩问她："是你朋友吗？"她说："不，新同事，"又转头问我："也住这片吧？"我含糊地答道："是的，是的。"她当然知道，我们这些外地的实习生都住在员工宿舍，她这么问我，既给了自己一个台阶，又暗地里抢白了我一下。当她在电脑公司做接待小姐的时候，我完全没有看出她身上有如此狡黠聪明的劲头，既可爱又可怕的东西。

那晚之后，没过多久我就辞工回学校了。事后我一直在想，自己为什么要跟踪她，究竟是出于孤独和还是出于病毒发作。我只知道是她最后的那个眼神把我从幻觉中捞了起来，我仍然迷恋她，但也仅此而已了。

我喝光了杯子里的水，站起身，对她笑了笑，说了声谢谢便离开了电脑公司。我的第二站是公关公司。

深夜，我回到学校，老星从上海回来了，在空荡荡的寝室里坐着。我问他："带了什么土特产回来吗？"老星说："上海有什么土特产？五香豆，大前门。"我说："中华烟。"老星说："我已经把所有的钱都花光了。"说罢很舒服地枕着后脑勺，躺在床上。我心想，你丫就乐吧，齐娜变心的事情你大概还不知道。不料他随后就说："听说齐娜和小广东搞在一起了。"

"咦？你好像并不伤心嘛。"

"我更多的是诧异，齐娜，多么地爱猫啊，她怎么会看中一个吃猫的家伙呢？"

我原想刺激他一下的，可他竟如此坦然，我反而要替齐娜开脱了。把德国公司人事部的事情说了一遍，老星不屑地说："这种事都能相信，这年头以介绍工作为名义骗财骗色的到处都是。"

"那么，反过来说，如果小广东是在撒谎，我不觉得齐娜会愚蠢到上这个当，"我在适当的地方等着老星，"唯一的解释就是齐娜真的爱上小广东了。"

老星在床上打了个滚，"我忽然想起那只叫钾肥的猫，你还记得吗？"

"记得。"

"后来它去哪里了？送走了？"

"死了。"

"噢。"老星说，"上帝保佑钾肥的灵魂去天堂。"

老星去上海颇有斩获，在一家网站应聘，那公司正拉到一笔风投，像发了酵的馒头一样膨胀，原先紧巴巴的一团面粉变得又白又肥，松软可口并热气腾腾。与老星同去应聘的还有数百名IT学子，来自T市工学院的老星本来被淘汰的几率极高，不料福星高照，公司负责招聘的一位总监竟然是T市人，纯粹是出于无意识，这位总监在面试时和老星多聊了几句，发现老星是个善于沟通、具有团队精神、能够讲几句经典格言的社会新鲜人。就一个社会新鲜人而言，还有什么比这种表象更能蛊惑人的呢？

"下个月和你一起去上海，把你也弄进去。"老星说。

"我有更要紧的事要办。"

"随便你，我带亮亮去也行。亮亮呢？"

"介绍他去我以前干过的电脑公司了，毕业就能转正的。"

"像开会那样坐成一排给人装机？"

"不，像擦窗户工人一样骑着自行车上门服务。还记得《布拉格之恋》吗？偶尔会有艳遇的。"

"早知如此，当初就该把他卖到泰国去。"

24.

"和男人睡在一起,像现在这样,总觉得像是盲人过马路,有一个人搀着,也就这么走过去了。"

"你就说是盲目呗。"

"不,不是盲目,心里比什么都清楚,就是想走过马路呗。有一个人搀着走过去。没有人搀着,自己琢磨着也能走过去。"咖啡女孩说,"有人搀着最好,并不介意那个人是谁,说不定是另一个盲人呢。"

我无话可说,坐在床沿上抽她的七星烟。

从这儿向窗外望去,是整片的筒子楼,灰黑色的外墙,暗红色的斜坡屋顶。房子都是四层楼高,掉了漆的木制窗框,有些人家已将其改造成铝合金或是塑钢,无数根镀锌管焊就的晾衣杆水平地伸出,也有部分被改装成铝合金伸缩式的,局面活像阅兵式上不小心跑进了几个小丑。

她租的屋子就在其中,位于四楼朝北的一间,家具极其简单,夹板做成的柜子和床,上面刷了一层天蓝色的油漆,从油漆的成色来看,至少有十年以上的历史了。一个半人高的旅行箱,放在床边,分量很重,显示着她随时都要离开的状态。煤卫是与对面人家合用的,筒子楼的特色,如果你不介意的话,也许还能体验到一丝独特的情调。

和她做爱完毕,我坐在床沿上看了一会儿风景,借了她的女式拖鞋,出门去隔壁的卫生间。

合用的卫生间大概有三平米大,不但有抽水马桶,还有电热水器和淋浴房。不知道她和谁合用这些东西。很多蟑螂在白色的瓷砖上爬过,个头都不大。这是五月,小蟑螂正在发育,到七月间它们就会长到可以被拖鞋顺利拍死的程度,如果还是维持着目前的数量,那将是一件可怕的事。我坐在抽水马桶上,用烟头一个一个地烫着小蟑螂,它们爬得很快,而且似乎抗热能力超强,有一只蟑螂甚至在瓷砖墙壁上和我玩起了游戏,绕圈,变线,折返。烟头追踪着它,始终烫不到它,后来我决定改变香烟的行进速率,一下子将烟屁和小蟑螂一起按死在墙壁上。游戏不能玩得太过火,孩子。

回到她的屋了,我问:"T市像这样的筒子楼还有多少处?"

"问这个干吗?"她已经穿好了内衣,说,"都是六十年代造的房子,放在以前来说,比那些平房气派多了,现在是一钱不值了。市区还有一些,大概都在拆迁吧。很快这里也会被拆掉。"

"好多蟑螂,比我们宿舍里还多。"

"杀过,杀不完。"她说,"试着喷过药水,可不得了,四处爬出来成千上万个,像是整个暗黑军团冲出来报复我。尸横遍野,前赴后继。"

"场面一定很酷烈吧?"

"很邪恶。"她说,"还是用拖鞋拍着比较好,见一个杀一个,不要让它们集体暴动。"

和她做爱并没有感觉到她是个盲人,也许那只是她的比喻,也许我们只是作为黑暗的一部分来到他人身边,并没有带来光明,这种情况发生得多了,会令人误以为自己是个盲人。陀思妥耶夫斯基就是这么认为的。

但是我也没有更好的办法。我哪来的那么多热情洋溢,可以让黑夜变成白天?

在做爱换体位时,我要求她站起来,双手撑住墙壁,腿分开。她很顺从,那姿态像午后阳光下自然舒展的植物,她微微跷起脚尖,侧过头对我说:"喜欢这样?"

是的。

这是下午,光线透过白色窗帘很柔和地照在她的身体上,四周很静,但仍然能听到天空中鸽哨的声音和楼下自行车的铃声,我没有急于进入她,而是站在她身后凝视着她的腰臀。两年前在看台背后的那一幕再现于我眼前,当然,两者有着巨大的差别,黑夜中裙底绷成直线的内裤,和午后安静的房间里她的裸体。我像是一个在碉堡前面迷失了记忆的掷弹兵。妈的这感觉太糟糕了,一秒钟之后我便反应过来,凑过去,将脸深埋在她枯草般的头发里,闻到一股烟味。

后来,聊过了蟑螂,我问她:"处男貌似是要给红包的,对不对?"

"没听说过。"她狐疑地问我,"你是处男?"

"不,不是。"我结束了这个话题。

她说烟没有了,我说我去买烟,但她已经套上了一件宽大的外衣,穿着拖鞋往外走。这确实比我的牛仔裤和球鞋方便。我一个人坐在屋子里胡思乱想,都是些没名堂的事情,煤卫合用蟑螂横行的筒子楼,小白曾经对我说起过。斜眼少年的家就是这样的地方,如果是一部惊悚电影的话,这小子搞不好就住在我的隔壁，他就是煤卫的合用者。天知道，小白此刻又在哪里呢？

我套上牛仔裤和球鞋，裸着上身走出去，在筒子楼的走廊里逡巡。走廊如墓道般安静而幽暗，住户们在这个平常无奇的下午大概都在上班，楼道里一共有十来户人家，每一扇窗子都拒绝我的窥视，有些贴着窗纸，有些将隔年的挂历封在窗口，有些干脆就是毛玻璃。看不清内容，我打消了妄想的念头，回到她的房门口，忽然有一阵风吹过来，门就在我的眼前关上了。

这下真的成了墓道。

我站在门口，光着上身，自然不可能到处乱跑，便静等她回来。起初还好，后来觉得有点冷，毕竟还只是五月的天气，筒子楼里阴气森森的。很久之后，听见楼梯口传来脚步声，嚓嚓的，拖鞋沓过地面。那应该是她，也可能不是她，直到她的身影出现在楼道里，我才松了口气。她不但买了烟，还有两听啤酒和一圈卫生纸。

"门被风吹上了，我出来了。"我说，感觉这话的顺序反了。"带钥匙了吗？"

"没有。"她说，"我去找房东拿钥匙，不过会很久，你这样子挺得住吗？"

"倒也不冷，就是太难看了。"

她放下手里的塑料袋，推了推隔壁卫生间的门，那门没锁，她走进去，对我说："有一次看到对面楼里的人家，大概也是忘记钥匙了，就是从卫生间爬过去的。"我也走到窗口看了看，筒子楼和我居住过的老式公寓不同，没有阳台，两扇窗户之间相隔约两米，她的窗口有一根晾衣架戳出去两三米远，中间有一根落水管和一台空调。大概是出于装饰的原因，外墙沿着楼板处有一条凸出的水泥条，不会超过三公分，也就是说，想到达隔壁的窗户，必须踩在三公分宽的水泥条上，迅速移动身体的重心，左手拉住落水管，右手再趁势搭上晾衣架即可。

我说："可以试一下。"

"小心噢。"

"有绳子吗？给我弄根保险带。"

她从走廊里的一堆破烂里捡出一根尼龙绳，商场里绑货的那种。我看了看，长度恰好，强度则未必，没办法，将绳子绑在腰里，另一头交给了她。她看着我做这一系列的动作，既没有嘉许也没有反对，就这么看着。我拍了拍她的肩膀，说："醒醒，你这个状态，我就算装了保险绳也会摔下去。"她这才噢了一声，将尼龙绳缠在手臂上，两手拽住。

我在原地稍稍活动了一下，驱散一点屋子里的阴冷和做爱之后的倦怠，便爬上窗台，转身，面对着屋子，将身体挪下去，脚上踩到了水泥条，感觉放心。我用双手扳住窗台，逐渐地将身体的重量落在脚上。水泥条很稳固，没有要置我于死地的意思。四楼的风很大，吹在我裸露的脊背上，很冷，像是有什么东西凝固了。我吸了口气，向着身体右侧的晾衣架伸出手。

这大概是我一生中最遥远的两米。我的身高一米七八，我知道一个人平展双手的时候，两手之间的宽度恰等于身高，也就是说我抓住了这边的窗台，再向右侧伸臂的话，其间仍然相差了至少二十二公分。

必须有一个跃的动作。

忽然想起了学长对扫雷游戏的评价："某种等待了你很久的东西，忽然出现了。"极限的位置就在这里,我想我只能玩一次,不可重启,没有菜鸟或入门或高手的差别,尽管它仍然拥有平庸的胜利,但它的失败却可能是壮观的。

我对她说:"托洛茨基对革命也抱有相同的态度。"

"什么什么?"

"托洛茨基认为,革命成功了,只是一个过程中的一个细节,失败了,就够载入史册永垂不朽。"

我说完,不再看她的脸,而是向着右侧伸出手,抓住了落水管。事实证明,并非一切元素都是必要条件,现实不是益智游戏,那根落水管骗了我,当我抓住它并松开另一只手时,它发出了沉闷的断裂声。我向后仰去,这一刻我几乎看到了她的瞳孔在收缩,脸上怎么会有一种兴奋的表情呢?

我闭上了眼睛,尽管尼龙绳的一头还被她握在手里,但凭直觉我就知道这玩意儿已经失去了作用,她抓不住绳子,或绳子承受不住我的重量。我将成为自由落体,抱着对革命的新的领悟掉落在地上。

三秒钟后,我睁开眼,发现自己抱着那根落水管,它的断点在我的头顶上方,下面还连着。这样,我就像抱着一根旗杆在空中晃悠,又像一个撑竿跳高的运动员定格在半空。我的脚死死地踩住水泥条,分散着身体的重量。我说:"把我拽回去!"她茫然地望着我,这时我发现她手中的尼龙绳已经掉落,垂挂在我的腰间。

楼下有人喊:"抓小偷!"我大喜过望,无论如何,当你掉落在陷阱里时,最大的愿望是被人及早发现,至于误会成小偷什么的已经不重要了。我大喊:"救命!"落水管继续发出嘎嘎的声音,随时都会断裂,我恐怕已经等不到热心的群众把我当成小偷解救下来了。她还站在窗口，当我喊到第三声救命时，完全是在冲着她大吼。她如梦初醒般地向我伸出了手。

后来她说："刚才那一瞬间我灵魂出窍了，脑子里是一片空白，眼前是黑的。"

我喝着她买回来的啤酒，问："你想告诉我什么？神秘现象？癫痫？"

"是幻觉吧。我是个经常会产生幻觉的人，你有过类似的感觉吗？"

"吸大麻时候有过。"我说，"也就那么一次。"

"和大麻不一样，大麻让你舒服，幻觉只是副产品。"她说，"就是在一瞬间意识停顿了，眼前的东西全部崩塌，变得像布景一样。"

"所谓呆若木鸡？"

"进入异次元空间。"她说，"以后还会有这种情况的，你得小心点。"

"没关系，五分钟之后我连心有余悸都过去了。"我说，"不过，你说对了，刚才那一瞬间，你身上确实有一种盲人过马路的气质。不仅仅是做爱的时候。"

我喝空了啤酒罐，将其捏成不规则的哑铃状，瞄着四楼的窗口扔了下去，过了很久都没听到罐头落地的声音，不知道它飘到哪里去了。

"还是到楼下去找锁匠吧。"我光着身子往外走。

25.

老星决定向齐娜求婚。不知道他们睡过多少次,睡过了要结婚总之是件好事,但他好像是吃错了药,竟拽着我去了小广东的中介公司,齐娜正在里面和小广东接吻呢。

齐娜小姐穿着一条短裙,黑丝袜配高跟鞋,尽管她个子不是很高,但穿上高跟鞋对付小广东绰绰有余了。当时的场面非常火爆,两个人采用了野狗撒尿的姿势,我有点窘,率先退了出去,听见里面齐娜问道:"你们来干吗?"老星大概是妒火中烧,说:"锅仔让我来问候你。"齐娜勃然大怒道:"滚出去!"五秒钟之后老星和我一起踏上了回寝室的路。

像是应景似的,在我们快要走到学校大门口时,下起了暴雨。雷声滚滚,天色暗得没有边际,随着雨水倾盆而下又一点点变亮。我和老星躲在杞人便利店的遮阳棚下,各要了一听可乐、一包烟。

杞杞仍然是面无表情地坐在柜台后面看电视。很巧合,电视里正在放一部莫名其妙的剧集,男主角将一个戒指奋力扔向大海,大概是失恋了。

老星说:"非得这么干吗?"

"你买戒指了?"

他像是掏零钱一样从裤兜里掏出一个丝绒小盒子,里面有一枚黄澄澄的戒指,款式相当老土,但看上去分量很足,还带标签和发票的,看来是新鲜出炉。

我捏起戒指看了看，说：''现在都流行铂金带钻的。''

老星说：''带钻的我肯定舍不得扔了。''

我说：''你也是脑子进水了，求婚跑到小广东那儿去干吗？你不会把她叫出来吗？''

老星说：''第一，我叫了她三次她都说没空，只有我去找她，能找到的地方只有那家破公司。第二，我觉得在这种场合下，她的选择更具有说服力，将来不会后悔。当然，我没想到场面这么不堪，你说他们接吻为什么不关门呢？''

我长叹道：''因为这种场面才是真的有说服力。''

我们几乎是同时把烟蒂弹到了路边的水坑里，同时又点起一根烟。雨水不管不顾地从天而降，杞人便利的地基低于街道，大概比排水窨井还要低一点，水很快就漫了上来，杞杞站起来，脑袋伸出柜台看水势。我顺手撸了撸这孩子的后脑勺，这几年没见过他把脑袋伸出柜台。他的头发蓬乱，我把它撸得更乱了些。他被我撸过之后，人还是趴在柜台上，却缓缓地扭过头来瞪了我一眼，缓缓地收回身体，又坐到了原来的地方。

我不是那种喜欢撸人脑袋的家伙，这一下纯粹是出于手顺。关于这个常年缩在柜台里的少年，我所知甚少，他当然是这个世界上极不起眼的一分子，单调，萎靡，丝毫不会引起别人的兴趣。如果是平时，你就是请我去撸他，我都不会这么干。

但是这一天我偏偏撸了他的脑袋。

撸完了我就知道不对头,他头顶上有一块是软的,像小孩的囟门没有合拢的手感。

我问:"杞杞,你头顶上怎么回事?"

杞杞看着电视机不说话。老星想问我,我示意他不要插嘴,用很慢的语速对杞杞说:"杞杞,我妈是做医生的,我知道一点医学知识,你这个情况最好去医院做一个修补手术,像补锅一样用金属材料把头顶补起来。这样比较安全。"

杞杞转过头,看着我:"太贵了,做不起。"

"怎么会搞成这样?"

"榔头敲的,头上的骨头都碎掉了,医生把碎骨头一块一块地夹了出来,留了这么大一个洞。"他用手比画了一下,大概有草鸡蛋那么大。"医生说不做修补也能活下去,可是人就变笨了,最好开个烟杂店,不用动脑子也不用东奔西跑的。"

"什么时候挨的榔头?"我问。与此同时老星问:"谁敲的你?"

"念初中的时候。"杞杞看看我,又转头回答老星,"就是那个人干的,后来被枪毙了。"

"看到凶手了?"

"没有,从后面敲的,看不到。"

"应该就是这么挨了一下吧?"老星把我推到前面,让我背对着他,他用拳头敲了一下我的后脑。我有意趔趄了一下,雨水漫到了我的鞋帮。

杞杞一直看着老星的手,过了很久,木着脸说:"太可怕了。"

"怎么确定是被枪毙的那个人干的呢?"我问。

杞杞思索了好一会儿，说："他们都说是他。"

雨停时，我和老星往学校里去。

穿过操场，看到孤立在雨后阴沉天空下的看台。很多野草顽强地从地下钻出来，在黑色的操场上占据了它们该有的位置。老星说："什么时候去看看锅仔吧。"

我点头称是。

快走到宿舍时，老星忽然说："敲头的那个，他不是只敲女人的吗？"

"我也在想这个事。"

"有什么启发？"

"说实话，完全糊涂了。"

晚上我和老星躺在寝室里，都不说话，比我一个人在时还安静。后来有个男生推门喊我："夏小凡楼下有人找。"我正想问谁那么大牌，敢把我喊下去说话，该男生已经走得没了影子。我从床上下来，天气已经热了，我趿了双拖鞋便走下楼去。

男生宿舍楼下光线晦暗，并没有我认识的人存在，我在门口绕了一圈，点了根烟，想自己为什么会上这个当，被一个不认识的男生诓下了楼，究竟我在等待着什么？忽然齐娜从侧面闪了出来，冲我招了招手，随即便消失在黑暗的树丛里。我跟了过去。

齐娜穿着一身很不错的职业装，看来是去参加面试了。我故意说："哟，换季了，红色大衣穿不上了。这套衣服是谁给你买的？"

齐娜说："甭跟我耍贫嘴，我拿到小广东的业务资料了，小白的记录就在这里面。"说完递给我一张软盘。

我捏着这张软盘，觉得事情出了差错。

"你和小广东那样，到底是为了这张软盘呢，还是为了你德国公司的职位？"

"两者兼而有之。"齐娜说，"不过我没预见到老星会闯进来，一举三得。"

"老星不是锅仔，不会那么想不开的，完全可以用温和一点的办法。"

"没听出来我在说反话吗？"齐娜撇嘴说。

"没听出来。"我说，"一贯认为你狠。"

我总能呛着她，不过又觉得有点对不起她。为了这张软盘和小广东激吻，哪怕只是万分之一的因素，都让我有一种负罪感。

"请你吃饭吧。"我说。

吃宵夜的时候聊起小广东。

"一直不喜欢这个人。"我说，"没有什么具体的原因，和他不是很熟，总觉得他面容模糊，有一半脸隐藏在黑暗中，如果他杀了某个人，公安局来找我了解情况，我恐怕连他长什么样子都描述不清楚。"

"因为不了解所以不喜欢？"

"倒也不是。"

"直觉？"

"不是，我这个人直觉很差的，凡事做判断总有一点具体的原因。"

"因为他吃猫？"

"那恐怕又太片面了。吃猫的也不都是坏人。"

"搞不懂你。"

"我也搞不懂你咋会喜欢一个吃猫的人。"

"第一,我没有喜欢他;第二,他没有谣传的那么残暴,谁没事天天吃猫啊?"

"吃过一个,最起码吧?"

"这我可不知道。最起码我和他在一起的时候没吃过猫。"齐娜说,"事实上我从来不和他一起吃饭。"

我心想,你就偷换概念吧,当我傻子,不和他吃饭未必就不和他睡觉。激吻到那种地步,不睡觉都让人怀疑他有生理疾病。这话只能在肚子里嘀咕,说出来挨打。我只问她:"接下来你打算怎么办?德国公司的事情搞妥了吗?"

"什么时候我把他搞妥了,他就把工作的事情搞妥了。"齐娜说,"你不就是想知道这个吗?反正你的目的已经达到了,去找小白吧。你丫肯定爱上小白了,没见你为谁这么卖力的。"

"没有爱上她。"我干巴巴地说。

"有些事情藏在你心里但你未必会知道。"

"我心里的事情我全知道,你要是像小白那样失踪了,我也会来找你的。"

"这算是甜言蜜语吗?"齐娜冷笑道。

"有点儿。"

"还有半个月就拿毕业证书,到时候一切赌咒发誓的东西都烟消云散了。"

她说得对,这一下子提醒了我,我只剩下两周的时间。不管是小白还是其他什么人,两周之后,世界将颠倒过来,或者说,世界将恢复它本来的面貌。这有点像找工作时经常被提到的 dead line,人们无法为自己的内心像电脑那样分区,因此只能设定一个又一个的 dead line,让自己找到具体的方向。

沉默了一会儿,我很突兀地说:"老星给你买了戒指。"

"戒指?"

"结婚戒指。错了错了,应该说是求婚戒指。"

"好看吗?"齐娜的语气不像是在问一枚指向于她的求婚戒指,倒像是一卷卫生纸、一双运动袜。

"有点老土,黄金的。"我老实地说,"不好意思,按说不该告诉你的,把你的惊喜都给毁了。"

"套得上我的无名指吗?"

"不知道。"

齐娜举起她的左手,那只手的四根手指沿着第二道关节有一个非常明显的变形,在打牌的时候我们都曾经看到过,两年前被校长的别克轿车压的。她阴郁地说:"你知道那家德国公司为什么没有录用我吗?因为我的手,打字速度不行,一分钟只能打二十个汉字,做不了文秘。这是小广东告诉我的。"

我看着她的手说不出话来。她近乎是得意地笑了笑,说:"什么时候一起去祭猫吧,你还记得我把它埋在哪儿了吗?"

"树林里。"

"具体的位置?"

"那得去了才知道。"我说,"它不一定会愿意见你,你这个和屠猫人接吻的家伙。"

"你真是个臭嘴!我不和你去了!"

26.

　　嗨，你好。我们不认识。

　　有时候我们心里会有一种哀痛感，对吗？

　　没有理由，或者可以是任何理由。当然这是一种很浅薄的感情，甚至连感情都谈不上，只是一种情绪。

　　我不知道怎样去发泄哀痛感，哭是一种方式，但哭的本身是需要一个具体的理由的。

　　这有点像DDT在生物体内的放大效应，由于无法代谢，摄入的DDT会成百上千倍地显效。这是一个热衷于植物学的女孩告诉我的。DDT溶解在动物的脂肪里，只要动物运动起来，燃烧脂肪，它的毒性就会进入动物体内，动得越厉害，死得越快。有意思吗？

　　嗨，你好。你睡着了吗？

　　我快要毕业了，毕业就是失业，失业了我可以去任何一个城市，听起来也很酷。你在什么城市？我可以来找你吗？

　　继续说我的哀痛感，不太值钱的感情。

　　那个热衷于植物学的女孩离开了；有一个女孩被杀人狂杀死在黑暗的道路上；有一个被别克轿车压坏了手；有一个失去了她的咖啡店；有一个我大概永远也听不到她再唱摇滚了；有一个莫名其妙地失踪了；

还有一个女孩和我在失踪的女孩的床上睡过之后仍然是陌生人……我说到哪里去了?

你面向世界,世界在你眼前,你背对世界,世界仍在你眼前。是不是这样?

你很闷,也可能不在电脑前面。我讲个故事给你听吧,你要是个女孩,也许会被它吓着。

我们学校里有个女生,她男朋友是个广东人,广东人吃猫,炖啊炒啊蒸啊。广东人吃猫是非常隐秘的,躲在家里偷偷地杀,偷偷地吃,所以我也不知道这猫到底是怎么烹调的,到底味道怎么样。女生不是广东人,以前不吃猫,不过人的习性是可以改变的,跟着这个男朋友之后,她也开始吃猫,味道肯定不错,不然她不会长久地吃下去。

毕业之前,她决定和这个男的分手,可能是不爱他了,可能是因为要去某个城市所以不能在一起。两个人谈妥了,就在男朋友家里吃了一顿分手饭。肯定很丰盛,广东人也不是只吃猫的,粤菜是中国最棒的菜系。吃完这顿饭就分手了,女生回到宿舍里睡觉,第二天起来觉得自己头疼,嗓子发干,像是流感症状,她没在意,喝了一杯板蓝根继续睡觉。

第三天,第四天,到第五天上,同宿舍的女生注意到她一直躺在被窝里,她们去叫她,发现她已经死了,浑身发青,脸像电击之后一样扭曲变形,非常可怕。

你肯定会认为这是谋杀。其实不是,它很可能是一次事故,一个意外,因为,那个广东人同样也死了,和那女生的死状一模一样,只不过他死在了医院的隔离病房里。没有人知道他们那顿分手饭吃的究竟是什么,是某个染了恶疾的猫呢,或者干脆是蝙蝠啦、老鼠啦、蜥蜴啦……

马尔克斯有一个小说叫《霍乱时期的爱情》,也翻译成《爱在瘟疫蔓延时》。我的这个故事叫作《爱情结束在瘟疫前夜》,你觉得有趣吗?

过去几年,我始终处于一种迷惘状态,但正如一个本来就无路可走的人在雾中迷失了方向,迷惘于我而言更像是缓冲。我读的是三年制的大专,我为自己争取到了三年时间,断裂不要来得那么快,长久地背对世界,终于决定面向它,希望它不要呈现出我完全无法理解的颜色。这么说是不是太抽象了?

我一直在寻找一个杀人犯。太惊悚了吧?为了博得你的注意,我不惜于编造这样的故事。可惜他已经被抓住了,在我还没有开始寻找他之前,他就被正义力量清除在了地球上。我还是在寻找他,既非猎奇也非无聊,我有我的谜题要解开。我不是在寻找这个人,而是在寻找那些被扭曲的东西。

即使我不去寻找,它们也会在某个地方等着我。

我们无法理解恐惧,却必须明白颤抖为何物。

我打完这些字,网吧的电脑屏幕上仍未有回应。聊天室里的乱哄哄的,有人在刷屏,有人在互骂,无数汉字像倒泻的滂沱大雨。我的倾诉对象是一个随机挑选的ID,悄悄话讲完拉倒,不指望她有什么反应。她有个很有意思的昵称叫"失去咖啡店的女招待",当然让我想起了咖啡女孩。两者会不会是同一人?也有可能,万分之一的可能。当然也不指望。结束了我的独白,退出聊天室,我又玩了一会儿游戏,接下来开始做正经事。

依旧是那家位于六楼的网吧,我把软盘交给了账台后面的女孩,她在主机上替我把文件拷下来,传到我的电脑上。软盘里仅有一个 Excel 文件,我关了 IE,打开 Excel,仔细地看了起来。

这份客户资料大概足够让我去开一家相同的中介所了。第一部分是房地产中介,第二部分是劳务和职业中介,最后一页是家教中介。上家和下家的联系方式俱在,历史记录也清清楚楚,我暗赞齐娜,够可以的,基本上把小广东的公司都搬了出来。

我在第三页上找到了小白的名字,不过,她的记录是残缺的。对应的地址是"第五街6弄1号楼",没有详细的门牌号,也没有对方的姓名。有一个电话号码,我借了网吧的电话打过去是空号。文件显示小白在那里做过四次家教,但没有具体的日期。

这个地址我用脑子就能记下来。我删了文件,到账台上付钱。

女孩一边收钱,一边问我:"还以为你毕业了呢。"

"还得有几天。"我笑笑说,"说不定还有机会再来打打游戏。"

"上星期接到拆迁通知书了。我这儿明天关张,机器都搬到亲戚家里去,本来想办一张网吧营业执照,可是太贵了。"女孩叹了口气说,"没办法啦。想要旧电脑的话,我可以送你一台。"

"我要出远门呢。"

"也对啊。"脸色苍白的女孩,目光越过我,望向我身后的网吧。在那里,几台旧电脑、几把破烂不堪的椅子组成了令人心碎的风景。"祝你顺利。"她说。

"你也顺利。对了,第五街在什么地方?"

"从来没听说过,纽约吗?"

"纽约只有第五大道,没有第五街。"我接过她递来的软盘,天知道,T市怎么会有用数字来命名的街道?

楼道里照例是一片黑暗。我摸出打火机,时不时地打亮一下,借着微暗的火光,看着脚底的阶梯,半盲半猜地走了下去。

走到一楼的时候,我再次感到了有人在暗处,这感觉非常不好。我用打火机照了一圈,除了几辆旧自行车外,再无他物。外面下起雨来,我顺势给自己点了根烟,冒雨往学校走去。

27.

    给钾肥去上坟，我选了星期四的早晨。之所以要挑日子，纯粹是想显得庄重一点，但星期四并没有什么特别的，也不具备任何纪念意义。被齐娜提醒了之后，我确实想去看看它，我没能找到齐娜，决定自己去，一个人未免太闷了，我对咖啡女孩说："我去上坟，你陪我一起去吧。"
    她眨眨眼睛，说："清明节早过了。"
    "五月才是上坟的好时光，天气不错，心情也好，"我说，"真奇怪，清明节为什么不安排在五月呢？"
    "五月的节日太多了呗。"
    我掰着手指头数："劳动节，青年节，端午节……"她立刻纠正道："端午是农历。"我继续数："母亲节，还有世界无烟日。"好像还有很多，我记不得了。她说："五月二十日是求婚节，520，'我爱你'嘛。"我心想，老星听了这个不知道作何感想。
    "去吧去吧，离这儿不远，而且是一只死去的猫。"我说。
    她露出不可思议的表情，问道："刚死的？"
    "死了快两年了。"
    她拿了钥匙，随同我出去。空无一人的小街，在晴朗的天气里像一块碎碎的蛋卷，带着香甜，以及一丝小小的遗憾。有自行车的铃声响起，但环顾四周却找不到车子的踪迹,有纯黑的野猫横穿过马路,走过它身边时,她的鞋带开了,弯下腰系鞋带那当口,黑猫静静地看着她,看傻了似的。

我们绕开了仓库区,走了一条两侧都是平房的街。转过一个弯,前面就是铁道高高的路基,路旁种着很大很密的水杉树,看不清铁轨。两年过去了,这里还是老样子,一点改变都没有。走过那家曾经收养钾肥的旅馆,她说:"咦?这里还有旅社?真想不到。给谁住呢?"我说:"卡夫卡说过,旅社总在等待着旅客。具体原话不记得了,大概就是这个意思。"

"舞厅总在等待着跳舞的人。"她说。

"鞋子在等待着脚。"

"手套在等待着手。"

这么说下去便索然无味了。我很不正经地想,避孕套在等待着阴茎。不不不,避孕套光等待着阴茎是不够的,孤独的阴茎不需要避孕套,所以避孕套还在等待着阴道。这么说的话,避孕套的人生比旅馆复杂得多,可是避孕套的下场也悲惨得多。可能避孕套根本就不等待任何谁吧。这一点卡夫卡没说过。

我带着她向树林那儿走去。钾肥就葬在树林里。五月的草已经长高了,树荫在头顶上,晴空消失,有点压抑,细小的石蛾在明暗不匀的空间里飞行,像烧焦的纸屑。感觉上这片树林比当初更大了,本身就是人工林,可能拓展过,树也长得更高更密。我失去了方位,站在原地点了根烟。

她问:"找不到了?"

"有点迷糊了。"我说,"毕竟快有两年过去了。"

"养了多少年的猫?"

"啊，忘记告诉你了，那不是我的猫，是一个同学养的。"

"看来你很喜欢它。"

"他？指猫还是指我同学？"

"当然是猫。"

"也不算很喜欢，这猫活着的时候死样怪气的，既不会抓老鼠也不会讨好主人，于人类而言没有任何贡献。就算想喜欢也喜欢不起来，而且还是个阉猫。阉猫和阉人不一样，历史上的阉人都特别有干劲，能量超出正常人许多倍，司马迁、郑和、魏忠贤，都是这样，但是一个阉猫就完全相反了，能量被彻底封锁，又不可能通过精神和社会层面转移出来，于是就蔫了。"

"有意思。"

"胡诌的。"

"还是没说清楚嘛，为什么给猫来上坟？又不是你的猫，又不喜欢它。"

我想了想，事情太复杂了，而且没有什么逻辑。我把猫的故事大致地说了一下，它神奇的力量使女主人总能在牌局上赢钱，它痛痛快快地吃掉了小仓鼠，被送到屠猫人那儿差点送命，之后又很蹊跷地死在了小旅馆的孤独时光中，被我们埋在了树林里。

可是猫的坟又在哪里呢？我在树林里走了一小圈，便明白我是不可能找到猫坟了，当初就只有鞋盒大小的一个土丘，雨水和铁道边的风早已消磨了它，很多圆叶子的小草覆盖着泥土。我微感惘然。圆叶子的小草开了很多蓝色的小花，米粒般大小，细细地铺洒在地面上。但愿钾肥能喜欢这些花。

我们一直走到铁丝网边,离铁道已经很近了。铁丝网锈得不成样子,类似爬山虎或者牵牛花的植物紧紧地附在上面。靠近铁道的树林完全是另一种气质,荒草丛生,白色泡沫塑料的快餐盒随处可见,风中有股异味。沿着铁丝网再往前走,看到大片的草,长得有一人多高,密密麻麻的根本走不进去。以前,爱好植物的女孩曾经告诉我,这种草叫作"加拿大一枝黄花",名字很长,但很好记。关于加拿大一枝黄花的故事我决定暂时先不告诉咖啡女孩。

"猫的女主人呢?"她忽然问我。

"呃,说出来你不信,和那个屠猫人在谈恋爱呢。"

"胡诌的吧?"

"真事。"

"你是来祭奠猫呢,还是来祭奠你和女主人的感情呢?"

"我和她之间没有什么特殊的关系。与其说是祭奠,毋宁说是告别。向虚无说再见。"

她说:"嗳,试过在铁道旁做爱吗?"

我想了想,倒不是要回忆是否曾有这种经历,而是在揣摩她什么意思。难不成她一时兴起……我看了看四周,铁道边没有人,也没有火车经过,阳光不错,气温刚好,是个野合的好天气,但环境有点糟糕,也许退回到树林里会不错。她说:"想必你也没有。"

"有什么讲究吗?铁道边做爱。"

"只是一时想到,火车飞速地开过,坐在车窗旁的人看着外面的风景,忽然闪过两个赤裸裸的人体。不知道看风景的人会怎么想。"

"做爱到半途忽然有一辆列车开过,不知道什么感觉。"

"以前有人这么干过,还不止一次,觉得很刺激,有一天列车突然停了下来。不知道什么原因,大概是错车啦,故障啦,要不干脆就是冥冥之中的报应。这两个人赤身裸体地,愕然地看着一群旅客从车窗里涌上来的狂笑的脸,还有人拍照。两个人手忙脚乱地穿衣服,结果车上跳下来几个乘警,把他们当流氓给抓了,送到派出所去。"

"火车会突然停下来?"

"当然会,这属于非常可怕的事件,"她笑笑说,"我胡诌的故事真是漏洞百出啊。"

猫的祭奠就到此结束了,有生之年,我大概不会再向人说起钾肥的故事。猫就让它安息吧,每说起它一次都像是打搅了它的灵魂。我们沿着加拿大一枝黄花的林线,斜向地绕过树林,向小路上走去。

走了十来步远,草丛里传来窸窸窣窣的声音,我们同时停下脚步。沿着草丛的边缘看到一只花猫钻了出来,翘着尾巴,露出肛门和生殖器,大模大样地走了。

"不会是猫又重返人间了吧……"我说。

她拽住我,指向猫走出来的地方。与此同时我感到脚下踩到了什么东西,低头一看,是一只女式的坡跟皮鞋。极静的空气中微微传来凌乱的血腥感,与野草和树林格格不入的东西。在她指着的点上,也就是花猫离开的地方,是一只安静到惨白的脚,压着几根倒伏的草茎,身体的剩余部位在草丛深处,隔着草的缝隙,看到被杀的人呈现匪夷所思的姿势,既不像是在睡觉,也不像是在运动。那是一个人被抛向空中,随后由死神的照相机按下快门，咔嚓一声，一个可怕的定格。

好日子也像一口井，有时候运气不好，掉进去，再好的天气都会成为一个噩梦。这是咖啡女孩说的。

她脸色煞白地退到树林里，抓住自己的头发蹲在地上。我用她的手机打110报警，声音很钝。在等待警车到来的十几分钟里，我们默然无语，一起抽烟，抽完了把烟蒂掐灭，塞进了我的口袋里——免得误导了警察，也给自己省点麻烦。

五月末我忽然变成了学校的红人，先是保卫科的湿疹同志把我叫去了解情况，接着，消息走漏出来，有很多人来找我，问我关于凶杀案的事。寝室成了信访办，认识不认识的人都走进来，问一通之后便又消失掉，有些沉痛，有些狗仔，有些非常专业地指出连环杀人案再度出现，因为死者同样是被钝器击中后脑，其作案模式与五月初发生在女生宿舍的那起案子非常相似。

死者是一家合资电子元件厂的女工，在警察做笔录的时候，咖啡女孩就指出了这一点。死者的上衣正是那家工厂的厂服，非常好认，是紫色的，用紫色衣服来做厂服的大概很少很少吧。咖啡女孩又告诉我，这厂里的管理层穿紫的，工人按部门分别穿蓝的、黑的、粉红的。我问她何以知道得如此清楚，她说："以前在那家厂里做过几个月，非常糟糕的地方。"

来问讯的人多了，我陷入了一种迷惘状态。有人问："你怎么会想到去铁道边的？"我愈加回答不上来。老星就打圆场说："别问了，老夏吓呆了，毕竟是第一次看见死人。"我说："不是第一次。"老星纠正道："第一次看见被杀的人。"我阴沉地说:"也不是。"

拉面头也来看了我一次,我们之间似乎没有太多的话可说。和她上床,既不是中了彩票也不是倒了霉,而是偷错了东西的感觉,我需要一双球鞋结果却偷到了一双拖鞋,并且尺码还不合适。我想,和女孩上床总难免有这种情况发生。她大概也有类似的感觉,只能意思意思,在告别之前就相互怀念吧。

她说:"嗯,是很可怕,女宿舍出事那天晚上,我是第一批冲进去的人,场面血腥,到现在一闭上眼睛还能看见那惨状。"

我双手握着装满开水的杯子不说话。

"还没找到小白?"她问。

"没有。你有消息吗?"

"也没有。"

"害怕吗?"

"什么意思?"

"敲头的杀手又出现了。"我说,"就像恐怖电影里的经典场面,明明已经结束了,胜利了,逃脱了,却在影片的最后让尸体又重新坐了起来。"

她笑笑说:"你反正是要毕业了,对我来说,恐怖电影才刚拉开序幕呢。看来我得去找个固定的男朋友了,哪怕仅仅为了壮胆也行。"

"是个好主意。"

她站起来说:"那行,我先走了。"我说等一等,我从床头拿出T市的地图问她:"知道第五街在哪里吗?T市居然有一条街叫第五街。"

"地图上找不到?"

"没找。中国哪个城市有用数字命名的街道？"

拉面头说："你这就无知了，这得要我本乡本土的人才知道。第五并不是 fifth 的意思，而是一个姓，就像张家巷王家弄杨家桥一样，'第五'是一个复姓。好像是明朝有个当官的姓第五，街就叫第五街了。"

"也就是说，没有第一街第二街什么的，只有第五街。"

"T 市是这样，其他城市我不知道，也许有人姓第一第二呢。"她用食指关节敲敲地图，略带嘲讽。"自己找吧，就在市区，很好找的。以你的智商，这不是什么难事。"

28.

深夜我独自在校园外面走。

如果我有一辆汽车，此刻一定是听着 Lush 乐队的歌行驶在未完工的高架上，或者是摩托车，或者是自行车哪怕三轮车，但这个夜晚我只是用双腿在黑暗的街道上走，Discman 里的电池耗尽能量，我把耳机挂在脖子上，双手抄在裤兜里，用口哨吹出"Ladykillers"的曲调。那调门单薄、凌乱，像树叶漂浮在一池黑水上。

学校大门已经关了，门房大爷鼾声如雷，根本喊不醒。最近管得严，即便喊醒他，我也会因为迟于熄灯时间回宿舍而被学校警告，这是一个悖论，你可以第二天清早回来，也可以不回来，但你不能晚回来。我绕着墙走，想寻找一个翻墙进去的地方。直到这时我才发现，学校的墙头不知何时竟竖起了高高的铁丝网，大概是女生宿舍出事以后加装的，非常有效，至少我是没法翻进去了。

我绕了两圈，束手无策，香烟也抽完了，按照惯例，在严查时期最好的办法是去网吧里蹲一宿，但想起脸色苍白的女孩已经把网吧关掉了，若再让我换一家，又觉得麻烦。犹豫时，听到后面有人喊我："嗨。"

我吓了一跳。在行走时，我一直处于一种半失神的状态，并没有注意到有人跟着我，我不怕敲头杀手，那家伙只敲女人对不对？我听到的也是女人的声音，很清脆，几乎就贴着我的后脑勺发出的。

回头看见一个头发遮住大半张脸的女孩，近在咫尺，悄无声息。我的呼吸停顿了五秒钟，才问："你是谁？"

她说："我迷路了。"

她穿着高中生才有的校服，宽宽大大，裤管被她挽起，露出很不错的小腿，脚上穿一双红色的匡威，背着一个双肩书包，看上去非常沉重，把校服勒得紧紧的，以至于她只能略佝着腰和我说话。我试图看清她的脸，借着暗淡的路灯光，看到的是她嘴唇上打了一个银环。

从发型上看，像个女鬼，女鬼是不是穿校服打唇环脚踏匡威就不知道了。

"你是这个学校的吗？"她问我。我点点头。她抱怨地说："我是来这边仓库听摇滚乐的，喝了点啤酒，散场以后在马路边睡了一觉，醒过来都深夜了，同伴不知道去哪儿了。想起以前有个学长在工学院念书，就过来想投靠一下，靠，没想到，大门紧闭，还有铁丝网。想离开这儿，可是绕不出去了，路都黑漆漆的。我头一次来这里。"

"跟着我干吗？"

"听见你在吹口哨，Lush 的'Ladykillers'嘛，心里想跟着你走，总能走出这片的。没想到你绕着学校走了两圈。你还打算继续走下去吗？我以为你鬼打墙了。"

我被她逗乐了，指指侧面的一条马路，说："从这儿出去，见十字路口就右转，你就能找到大马路。"

"靠，"她很不满地说，"反正也半夜三更了，我没地方去了。"

"回家。"我说。

"回家等着挨打,我傻啊?"

"你是高中生?"

"嗯,快要辍学了。"

"听过 Lush?"

"嗯,很不错的。"

"那么,我继续绕圈子,你呢?"

"我还是陪你绕圈子吧,我头一次遇到喜欢 Lush 的人呢。"

"我也是。"

夜晚很冷,五月的白天是温暖的,纯粹是出于对白昼的信任,你会在晚上也穿着单衣,但那显然是上当了,温差很大,单衣是不够的。女孩的校服里面就是一件汗衫,印着格瓦拉的头像,她的身材有点胖墩墩的,还是青春期的那种肥,格瓦拉被她的胸部撑起,很滑稽地咧着下颚。得是 D 罩杯吧,我不怀好意地想。

她觉得冷了,抱着胳膊搓了搓,接着把裤腿放了下来。

我说:"深更半夜在路上,还喝醉了睡觉,这很危险哟。"

她满不在乎地说:"每个人都这么说。你算客气的,我爸妈直接说我是不良少女。其实我也不是每回都喝醉的,又不认识什么流氓土匪,典型的良家少女。"她说着,从口袋里掏出烟,给自己点一根,又问我:"抽烟吗?"我说:"抽。"

于是我和一个如此行状尚且自称是良家少女的高中生,沿着学校的围墙,继续走。

"知道最近出过命案吗?"我说,"有一个专门拿榔头敲人脑袋的,敲的都是女孩子,在这一带活动。杀了两个人了。"

"老早以前的事了,那时候我还在念初中。"

"现在又出来了。月初我们学校被杀了一个女生,前天有个工厂里的女工也遇害了。当然,不见得是同一个人干的。可是有两个杀手同时再现,不是更刺激一些吗?"

我语气严肃,绝没有开玩笑的意思。她哆嗦了一下,说:"真冷。"回头看了一眼,又补充道:"是你的故事冷。"

"以后少来这儿,尤其半夜里。"我警告她。

"我嘛,虽然没有什么社会经验,但我直觉很准的。谁是好人谁是坏人,我一闻就能闻出来,警惕性比谁都高,不会有什么事的。"

我摇头说:"敲头杀手不是让你闻的,他跟在你身后,一锤子就敲到你的后脑勺上。你还没发现他,就已经先挂了,闻个屁啊。"

"不说话的?直接敲?"她用拳头捶捶自己的太阳穴。

"是的,就像你拍苍蝇一样,你会和苍蝇说话吗?"

黑暗中看不清她的脸色,况且被头发盖着,只觉得她在咝咝地吸气。转过一个弯,街道变窄,路灯更暗了,脚下平坦的柏油路变成了凹凸不平的石子路,已经到了工学院的后门处。那扇铁门长年紧闭,早已锈成了一团。路上没有人,我问她:"害怕吗?"她老实地回答道:"刚才走两圈都不害怕,现在有点怕了。"

"所以,以后不要出来闲逛。"我趁机说,"社会比你想象的复杂,不,不仅是复杂,而是可怕。世界比你想象的可怕。即使你有很好的直觉,外加很好的社会经验,很多时候还是会搞砸掉。最好还是回到学校里去,念书，玩，考个随便什么大学混几年，然后出来找工作。女高中生跑摇滚场子，喝醉了睡在马路上，简直是坏人的靶子嘛……"

她打断道："我看出来了，我刚才就不应该过来喊你。被你吓了个半死，又教训个半死。"

我说："这样比较好，别等我绕到第三圈的时候看见你趴在前面路上，脑袋开花了，还得我去报警。"

她说："你真是个怪人，大半夜的出来绕圈子，你也许就是敲头杀手呢。"

我本想吓她一下，说我自己就是杀手，又觉得不合适，她若尖叫起来，真的有可能把宿舍里的人都吵醒。况且，虽然是个素昧平生的女高中生，走在黑暗的夜里也会有一种休戚与共的感觉。我说："我是有点怪，但我不是杀手。放心好了。"

她说："我当然知道你不是。敲头杀手都是些内心很压抑的人，不可能听过 Lush。"

"奇怪的逻辑。"

继续绕圈子。

我问她："为什么要辍学，家境不好？"

"家境没问题，父母都是公务员，念的学校是全市最好的，我是这所学校里最差的。"她拍拍自己的脑袋，"就是读不进书，无论老师讲什么都听不明白，用功也是白用，浪费时间罢了。已经旷课三天了，再不被开除就没天理了。"

"喂，你不会是离家出走的吧？"

"正是，大哥！"

她开始对我讲她的家庭。起初是为自己的离家出走找一个理由，后来完全变成了抱怨，其主题不外乎少女脆弱的心灵被禁锢并伤害了，一百个离家出走的少女中怕是有九十九个都会说出相同的话，电视剧和小说也都是这个套路。最后她总结道："成人世界充满了虚伪，我不想长大！"

"日本漫画看多了。"我说。

"什么？"

"日本漫画里不都是这种套路吗？青春期拒绝长大，动不动就说成人世界虚伪，想要一个纯真的世界，认为是成年人污染了孩子们的纯洁。"

"难道不是吗？"

"那只不过是资本主义社会为了挣你们的钱，对你们进行的精神贿赂。事实上，这些观点都是资本家制造出来欺骗你们的。包括摇滚乐，你所喜欢的唱片也是资本家挑选出来卖给你的，顺从也好，叛逆也好，都是现行世界的合理体系。"

"听上去有点意思。"

"这是高度发达的资本主义社会才有的东西，纯属吃饱了撑的没事干，但并不意味着就适合你。你要是什么证件都不带，出门就被城管送到收容所去了。唱什么摇滚啊，现实比摇滚刺激多了。"

"我看出来了，你是个愤青！"她哈哈大笑地说。

一共走了八圈。

我开始觉得腿酸，脚发木，除了冷之外，最要命的是饥饿感汹涌而来。"饿了。"我说。女孩说："我都快冻死了，而且很困，三天没怎么睡了。"

我们停下脚步。停着的地方恰好是在杞人便利门前，店当然早已打烊了，惨白的路灯照着卷帘门，寒光闪闪的。女孩卸下双肩背包，从包里掏出一包苏打饼干给我，我顺便看了一看，包里装了不少唱片。

"离家出走带这些东西干吗？"

"我爸妈只要看见 CD 就会扔掉，还有日记本，藏得再好也会被他们找到，害得我只能带着这些东西出门——每天上学都带，乱七八糟的东西越来越多，光情书就有三十多封，后来索性连课本都不带了。"

"太不幸了。"我一边嚼着饼干，一边问她，"有手表吗？现在几点了？"

她掏出手机看了看，"快三点了。"

"给你爸妈打个电话，我送你回去，或者让他们来接你。太晚了，毕竟不太好，离家出走三天是个极限，估计你爸妈已经报警了。再不回去，家长就该急疯了。"

她把手机屏幕凑到我眼前，"大哥，停机了，看，中国电信的信号都没有了。我这个手机因为老是和男同学发短信，被我爸妈知道就不给我缴费了，平时就当闹钟，晚上还能做手电筒，就这点作用了。我的经济命脉已经被我爸妈给掐死了，现在最强烈的念头就是去打工，挣点钱，流浪流浪算了。"

我想嘲笑她，无论谁听见她用这种语气说"流浪"，大概都会嘲笑她。但有一个轻微却清晰的声音打断了我，是从身后马路的黑暗处传来的，叮叮的几声。她也听见了，回头往那儿看。

黑暗之处寂静一片，既看不清什么，也不复有声音传来。

"什么声音？"她压低嗓门问我。

"一元钱的钢镚儿掉在地上了。"

她"噢"了一声,猛地明白过来,挺直了腰杆像是被电了一下。"你是说那儿有人?"

"不能确定。"我一直没动,站在原地向黑暗中凝视。那确实是钢镚儿落地的声音,那种声音是独特的,甚至在喧嚣的街道上你都不会错过它。当然,它也有可能是一枚游戏币,一个铜板,一只螺丝垫片,它不会在深夜无缘无故地落地。

我凝视着黑暗处,我想那个人也在看我。他隐身于其中,那么,权当这黑暗就是他的双眼吧。我等待着他从暗处走出来,露出他的眼睛,即使手里抄着榔头也没什么,这点距离用冲刺的话只需要五秒钟就能杀到我眼前,而我是不会逃跑的。

一阵风吹到我身上,黑暗依旧是黑暗。没有人出现,没有榔头,只有成人世界的虚无与我对峙着。

女孩紧张得不行,我却松弛下来,还记得继续吃手里的饼干。吃完了,我把地上的双肩书包拎起来,给她背上,说:"我带你去一个地方,不过你得跟着我慢慢往后退,要是像刚才那种走法,保不齐被人敲一锤子。"

她说:"好吧,好汉不吃眼前亏。"

"现在和我一起竖起中指,用平静的声音对他说:傻逼。"

她哈哈大笑,向着黑暗,果断地做了这个动作。傻逼。真是个不错的女孩。

我把她带到了咖啡女孩的住所,这是我当晚唯一能去的地方了。咖啡女孩居然还没睡，拉开门，诧异地看着我。我把情况一说，她迟疑了一下，放我们进去了。

到了屋子里，女孩卸下书包，又跑出去上厕所，回来之后倒头就睡。

29.

"你不错啊,"咖啡女孩半带讥讽地说,"随随便便就能在街上捡一个女孩,还带到我这里来。编了个钢镚儿掉在地上的故事吓人家。"

"没编,那声音我和她都听见了。"我喝着热茶,答道。"不过,也许是风吹落了什么东西。"

"狂奔过来的?"

"且走且退慢慢过来的,总不能把姑娘扔下啊,再说了,就是一团黑而已,并没有具体的人出现,跑起来未免太丢人了。"

"看不出你还挺有安全感的,靠得住。"她嘉许地说。

"时势耍狗熊,由不得我,也许哪天拔腿就跑了呢。"

我看了看女高中生,她已经睡熟了,像只虾米一样蜷在床垫上,盖着咖啡女孩的被子,轻轻地打鼾,间或有炒黄豆一样的磨牙声。

"打搅你了。"我说。

"没关系,正好我也睡不着,乐得让一个床出来。"她说,"本来靠在床上是要睡着了,做了个噩梦,梦见凶手来敲门,惊醒过来竟真的听见敲门的声音,吓得我一身冷汗。睡不着了,咱们说说话吧,这两天心情糟透了。"

"我也是。所以出来绕圈子。"

她拉拉我的手,说:"随便聊点什么吧,讲个吓人的故事也行,只要把那个印象给覆盖了。"

一九九八年冬天,我们寝室的人异想天开地要去抓那个敲头杀手,当然不是现在这个,而是已经被抓住并枪毙的,他杀了我们学校的校花。但是我现在想想,并不能确定这一片只有这一个敲头的,你只要稍微看过一点关于变态杀手的电影,就会知道,这件事有着超乎常理的一面。

一共七个人,我,老星,亮亮,锅仔,还有两个男的也是我们寝室的,叫某甲和某乙吧,最后一个女孩叫齐娜。

那是冬天的夜晚,我们在新村的网吧里玩 CS,出来以后沿着小街往学校方向走。冬夜格外冷清,由于敲头杀手活动猖獗,路上没见一个人,和今天晚上一样的情景。那会儿大概是晚上十二点,学校已经关门了,但我们可以从墙头翻进去。

我们一伙人经常打牌,打牌有输有赢,但那几天亮亮和齐娜的手气太盛,以至于把我们的饭钱都赢走了,搞得我们都没心情再玩,只能出来上网。上网的钱是齐娜和亮亮出的,还请客吃了点心。其中只有锅仔是蹭吃蹭玩,他不打牌。

走到半路上,某甲忽然提议说,我们去抓抓敲头杀手吧,这会儿月黑风高,正是杀人的好天气呢。我们就说,别扯淡了,校花死的那天天气很好,夜空晴朗,风是又温暖又凉爽,她还不是照样被杀了吗?某甲说,你们知道吗,公安局悬赏几万块抓这个人呢,真抓到了,我们一人至少分到一万,我们有七个人,不用怕。我们说,有七个人在,傻逼才会冲上来敲人,这不是找死吗?某甲说,我们可以找一个人做饵。

做饵,当然得是女的。齐娜说去你母亲的蛋,我才不做如此愚蠢的事情。但是某甲特别来劲,他把某乙拉了过来。

某甲和某乙是 T 市本地人,并且是高中的同班同学,一起考到我们学校。我们都住校,他们两个也在寝室里占了一席之地,但经常会回家去。某甲和某乙有他们自己的圈子,都是那所中学的,都认识。在这个圈子中,某甲是个呼风唤雨型的人物,很多事情都能摆平,某乙像个跟班,矢志不渝地跟着那些大人物,既然某甲和某乙在一个寝室,那么,某乙顺理成章地成为了某甲的私人跟班。这是他们俩自己的事情,别人管不着,对不对?

某甲将某乙拉了过来,说,某乙啊,你来扮女的吧,我们这里只有你的身材像女人。

确实,某乙长得又矮又瘦,其身高大概和齐娜差不多,还没有齐娜胖。某乙起初是拒绝的,但他那种态度让人觉得,他只是在拒绝一杯敬过来的酒。某甲并没有强迫他,某甲非常友好,非常亲切。于是,某乙顺从了,谁让他是跟班呢?某甲又说,鉴于某乙做饵,如果抓到敲头杀手,某乙应该多拿点奖金,给他三成怎么样?我觉得这件事虽然无聊,但就像一出烂片,我已经退回到观众席上,自然也只能看他们演下去,我点头同意,其他人也嘻嘻哈哈地表示没有意见。

给你三成,董事长走前面去。某甲说。

你知道这只是个游戏,你在游戏中是不能发怒的,也不能横加指责他人的残暴,这和 CS 不是同一个道理吗?

某甲其实早就考虑好了,他说,某乙这身装束太不像个女人,建议他和齐娜换身衣服。齐娜穿的是一件白色带毛领子的羽绒风衣,过膝长。某乙穿着棉夹克。齐娜瞟了某甲一眼，说，好哇，要玩就得玩真的。她和某乙交换了衣服。某甲又把自己那顶阿迪达斯的绒线帽戴在某乙头上，这下某乙从后面看过去就完全像一个过路的女人了。

往哪里走？我们已经走到学校边上了。老星说，某甲，你是不是要把我们带到仓库那边去？某甲说，不是我带你们去，是我们一起去。

我们走到了靠近仓库区的地方，听到远处火车开过的声音。

某乙走在前面，我们跟在他身后二十米远，有路灯照着。某乙时不时地回头看我们一眼。某甲说，不要回头，回头就露馅了，你在前面走着，有事我们会冲上来的。这时某乙总算雄起了一点，骂道，我靠，某甲我他妈的要被你玩死啊，我不玩了。某甲过去安抚他，连损带捧的，好像某乙不参与这个游戏，他就会被立即排挤出他们的圈子。我不得不承认，某甲的态度是友好的，所谓谑而不虐，但我想不通他为什么要玩这个游戏，到底有哪儿让他觉得有趣呢？是这个游戏好玩，还是某乙本身好玩呢？

某乙继续在前面走，说实话，他走路的样子还真有点像女人，带内八字的。我们跟得很紧，二十米的距离显然是太近了，敲头杀手要敲某乙的话，恐怕得插队插进来。这个距离被我们自觉地拉开了，某甲没有怂恿，而是我们自觉地意识到了，自觉地将某乙撂在了前面。最后某乙收缩成了一个很小的白影子，我们呢，谈不上是在跟他，我们只能是遥遥地望着他，甚至连望都望不太清了。锅仔说，这点距离又太远了，真要是有个杀手出现，某乙必然是被敲死，然后凶手被我们捉到。某甲说，你们都不知道吧，死掉的校花是某乙的暗恋对象，爱得死去活来都没找到机会表白，他这也算是为爱付出。

在我认识某甲的两年时间中，他就是这么一个人，爱挤兑人，爱出风头，并不幽默但自以为很幽默（我是多么受不了这种人），有时你觉得他什么都明白，有时又觉得他是个不通人情世故的白痴。

鉴于某甲和某乙之间的关系，我没有多说什么。其他人也抱着一种看热闹的心态，只有锅仔对那几万块的赏金有点动心，不过他很快也明白了，这是一个游戏，真要撞上杀人狂的话，赏金未必会有，医药费是肯定少不了的。至于某甲，他是最投入的人，他一直在对我们讲某乙暗恋校花的事情。

直到跟丢了某乙，这件事变得不好玩了。

我们沿着仓库区外围的一条街道走着，我们没有进入仓库区，那里的道路呈棋盘式，墙也好，房子也好，看上去都差不多，走进棋盘里，人会有种茫然之感。再往里走就是铁路，铁路将这里硬性地划分出一道边界。路上没有行人，一度有几辆卡车排队开过我们身边，车灯闪耀，喇叭震天，它们过去之后，整个世界无可挽回地陷入寂静与黑暗中，这时我们发现某乙消失了。

我们喊他的名字，除了招来仓库区里狼狗的吠叫之外，没有任何回音。我们站在原地做了一番推论，有说某乙已经偷偷回去了的，有说某乙可能躲起来的，但没有人说某乙遭遇了不测，因为，这是显而易见的答案。总之，无论是什么结论，这件事都变得万分麻烦。某甲说，某乙这个混蛋肯定是溜走啦，我们也回去吧，这儿不太安全的样子。齐娜就骂道，都是你这个笨蛋想出来的馊主意，万一某乙出了什么事，难道我们就这么回去？再说了，白色羽绒服还在某乙身上呢！

我们都听齐娜的，某甲当然也就不好独自回去了，一则太难看，二则独自回去更可怕。我们站在原地看了看，道路通往货场，往那儿有一条通道可以跨过铁路，右侧则是仓库区，某乙去货场并穿过铁道的可能性很小，也许他是走进仓库区了。有人提议分头去找，但被否决了，六个人在一起比较安全，要是分开了，怎么聚拢又是个大麻烦。

我们决定进入仓库区。那年冬天我们都还不知道凶手就是仓库里的保管员，我们只知道至少有四起敲头案发生在这一带，以铁道为界线，凶手似乎不愿意跨过铁道到另一边去，我不知道这意味着什么，至今也不知道，它可能和变态犯罪心理有一点关系。

仓库区很大，但围墙与围墙之间的道路并不宽，也没有灯，那道路不是用来走车的。那地方其实有很多人，各个不同的公司租下的仓库都有专人看管，还有很多搬运工和保安，并不像人们所看到的那么荒凉，要真没人的话，库区的货岂不是都要被偷走吗？但库区之间的道路，我们可以自由进入的，那确实是杳无人迹，漆黑一团。

我们向里面走去，围墙极高，带着铁丝网。在那样的围墙下走路有一种压迫感。脚底下坑坑洼洼的，是一条土路，冬天的泥土都被冻硬了，风在这夹弄里猛窜。不断有十字路口出现，都是相似宽的小路，这个棋盘格的区域像个迷宫，不，不是迷宫，而是一个被压得扁平的异次元空间，道路清晰，却无限扩展，只有点和线，却不存在面的世界。

某甲还在说，某乙肯定是回去了，某乙看上去很老实其实是个非常变态的家伙（这种说法后来被我们认可了）。我们一起说，闭嘴。于是就沉默地往前走。后来某甲说，看，某乙在前面。

我们直走到仓库区的最深处，看到了铁道边的铁丝网，但没有看到铁道，一片黑色的树林拦在铁丝网后面。那儿有一点灯光，是从围墙后面映射过来的。就在那里，某乙背对着我们，像壁虎一样贴在铁丝网上。我听到他在笑，从喉咙深处发出的呵呵声，直到这时我还认为这是个玩笑，现在我们找到了某乙，这个寒冷夜晚的无聊游戏终于可以结束。唯独齐娜不满地说，我的羽绒服都弄脏了。

某甲走过去拍拍某乙的肩膀，调侃地说，在这儿小便啊？某乙猛地回过头，某乙头上的绒线帽已经不知去向，他非常古怪地变成了长头发，波浪形的长发遮住了他半边脸，剩下那半边是狰狞变形的，泪水和鼻涕沾在脸上。某甲大叫一声，退回几步，被这个样子的某乙吓坏了。

某乙大哭，说：你不就是想让我被敲死吗？看，我在路边的垃圾桶里捡到了一个假发套，我把它戴在头上，敲头的杀手不就是专门敲长发女人吗？看，我现在就是一个长发女人，我和校花看起来一模一样。这下你满意了，如果你觉得不满意，我还可以涂点口红，抹个胭脂，我还可以穿裙子出来，要不要戴个胸罩？

我们先是被某乙的古怪模样吓倒，接着又被他歇斯底里的样子吓倒。我看出来了，某乙崩溃了。我们一起扑过去按住他，他奋力挣扎，扑向某甲，但他并不是要去打某甲，他那样子像是要扑进某甲的怀里。某甲大声说，你丫真他妈的恶心！

后来某乙被我们架出了仓库区，在路上，他继续大哭，说他在念高中的时候，学校附近有个机关养着一条恶狗，每每在放学时蹿出来咬人，某甲那伙人也怕狗，就让某乙走在前面，他们在后面跟着，某乙每每被这条狗追得满街乱窜，某甲那伙人在后面看着，为某乙加油喝彩。这就是某甲和某乙之间曾经玩过的游戏，这件事情并不高深的谜底。我们冷冷地看着某甲。某甲尴尬地说，后来我帮你把那条狗毒死了，对不对？我为你报仇了。某甲好像忘记了，是他把某乙推到前面去的。

这就是那天晚上发生的事情。

咖啡女孩问："后来呢？后来他们是不是闹崩了？"

"没有，他们又和好了，就像没有发生过那档子事一样。某乙不能离开那个圈子，某甲也不能失去一个跟班，他们像是两种共生的动物。后来某甲还是会捉弄某乙，某乙呢，还是会偶尔崩溃一下子，但都像调情一样，也不复有那天晚上的恐怖感了。寒假之前，某甲在广州找到了一份不错的工作，他继续罩着某乙，把他也带到了广州去。"

"真不知道，将来是某乙死在某甲手里呢，还是反过来。"

"我也这么想呢。"我说，"看到他们，我经常会觉得，人们的内心是凌乱的，像一个胡乱搭建起来的攻防系统，胡乱地射击，胡乱地挖些陷阱，筑些篱笆，对于真正的黑暗却一无所知，也束手无策。"

30.

我醒来时，女孩已经不在屋子里。这是上午，阳光照在我的身上，暖洋洋的像加了一层棉被，无论是我所经历的黑夜还是我所讲述的黑夜都已不再。

咖啡女孩的屋子里只有一张床垫，我记得女高中生睡在上面，我是靠坐在墙边，和咖啡女孩一起，抱着膝盖说话。我喝了一杯热茶，我对茶过敏，喝少许一点就睡不着，我头脑清醒地讲了很多话，但咖啡女孩告诉我，这不是茶叶，而是一种芦苇的叶子。听到这个，睡意当头而来，天快亮时，我趴在自己膝盖上睡了过去。

这个睡姿简直要把我的颈椎骨弄断，我站起来，在屋子里来回踱步，摇头晃脑放松脖子。低头时，发现床垫上有一张纸条，是女高中生留给我的。

我走了，谢谢你，还有你的女朋友。你的 Discman 里那张 Lush 的唱片我借走了。

另外从你口袋里掏了一百块钱。我经常会去仓库区听摇滚，来找我。

我把纸条塞进口袋，想了想又掏出来，揉成一团从窗口扔了出去。Lush 的唱片我幸好买了两张，拿走就拿走吧，但那一百块钱是我目前仅有的零花钱，掏走以后，我连公交车都坐不成了。我得回宿舍去拿存折提钱。

一晚上只顾走路，没吃什么东西，此刻又体会到了饥饿感，汹汹而来，带着战鼓声和低血糖的晕眩。我走出去，顺便将咖啡女孩的箱子拖过来顶着房门，防着它再次被风吹上，然后走进厨房找吃的。

厨房在过道对面，正对着卫生间的门，同样是两户人家合用。咖啡女孩曾经带我来这里参观过，非常破旧，与时光没有任何关系的破旧，倒是能折射出使用者的强大破坏力，并且像一个史前的双头怪物，有两个煤气炉，两只水壶，两套锅碗瓢盆，两个电冰箱。

她的冰箱里什么都没有，连冷气都没有，我饿慌了，打开对面的冰箱，那儿储备丰富，但主人显然不是精于家政的人，因为他把火腿香蕉方便面等等不需要冷藏的东西一股脑儿都塞在了冷藏室里。我拿出一盒桶装方便面，又拎过一个热水瓶（管它是谁的），泡开，五分钟之后揭开盖子，吃了个半饱，再将纸桶连同残羹一起扔到楼下，咣的一声巨响，毁尸灭迹。

咖啡女孩还没有回来，我回到走廊里，一种沉入寂静沼泽的感觉再次包围了我。我走到楼道口，向下看了看，水泥砌成的楼梯上有淡淡的阳光，灰黑色蒙尘的玻璃窗那儿照进来的，在每一个楼梯转弯口都有着相似的格子阴影。不知谁家将一个瓦盆放在窗台上，其中的植物已经完全枯死，剩下一段秆子，以及龟裂的泥土。这个瓦盆好像有一种魔力，让我看了很久。尼采说长久地注视着深渊，深渊也会回头看你，我等着这破瓦盆向我咧嘴，但它毕竟是沉默地睡在阳光中，它并没有与我对峙。

我需要给自己找点事情做，最简单的那种，既不思考也不判断的事务。咖啡女孩的屋子里只有一张床垫，除了做爱之外，一切都被预先免除了，这让我想起监狱或者是按摩房。我去了趟卫生间，办完事之后，看着那个脏得像出土文物一样的抽水马桶，决定给她洗马桶。既为了她，也为了邻居家的那碗方便面。

程序很简单，打水，找到半包深藏在马桶后面的洁厕粉，调开了，用刷子猛刷。每一个边边角角都不放过，力争使它焕然一新，我一边洗马桶一边哼着"Ladykillers"，像一个快乐的清洁工。这感觉比在地下室修他妈的电脑强多了，也许我真的应该和亮亮一起，走街串巷，上门服务，也许会和学长一样找到一个寂寞的女人呢。即使在刷马桶的时候，我的思路还是没有停下来，并且更为直接了。那些顿悟的人常常是在简单体力劳动中找到人生的真谛的。

马桶光洁如新，我满意地吁了口气，站直了身子。手上的皮肤由于浸在化学品中，变得滑腻而浮肿，我在裤子上擦干净手，回到咖啡女孩的房间，把她的箱子踢开，拉上门，离开，回到宿舍去拿存折提钱。

我去第五街。

我说过，T市在地图上的轮廓犹如一个荷包蛋，还得是散黄的那种。蛋黄是人口密集的市区，蛋白是城乡结合部，涣散的蛋黄正在向外蔓延，蛋白在被蛋黄覆盖的同时也在一圈圈地扩张。有一种来自中心点的力量将它向外推，这个态势，预示着它的中心地带将像火山爆发一样震荡降起。

我坐上公交车往市区去时便感觉到了，到处都是工地，拆到只剩骨架的多层楼房，像剃头推子平推过一样的平房，巨大而密集的土坑，连根拔起的大树，新栽的小树，某一栋高层楼宇像穿套头毛衣一样逐渐向下延伸的玻璃幕墙，连片的工地围墙上无不刷满各个建工集团的名号。场面很奇异，谁都知道，一座新的城市正在拔地而起，更新，更快，更温暖。可惜，在这座并不属于我的城市里，没有过去和将来，看到此情此景，既不曾有记忆被伤害的痛苦，也没有因日新月异而产生的美好憧憬，甚至没有猎奇感。这就像在游戏房排队等着玩游戏，看到前面的人玩出了华丽的招数，但你已经没什么耐性了，你为了这个并不特别好玩的游戏排了太久的队，你不想换一台游戏机是因为你只会玩这么一种游戏，或者是别的游戏机前面排了更长的队。你对华丽不华丽的场面不感兴趣，只想快点上机，快点投下仅有的硬币，玩到符合自己水平的那一局上，稍微超常发挥当然更好，但并不奢望能通关，然后，结束，离开。

　　我这么胡思乱想，公交车停在一个荒凉的站头上，司机回头对我喊："你到站了！"上车之前我曾问过他，第五街在哪一站下，我满嘴普通话显示出了外地人的身份，这位一看就是劳模的司机满有把握地说："到站我会喊你的！"结果，我下了车之后，发现周围没有任何车站的标志，沿着道路全是掘开的土，行道树像经历了暴风雨般齐刷刷倒下——我压根不知道自己在哪里，也不知道究竟是哪一站。

　　五分钟之后，我在开膛破肚的街道上遇到一个残疾人，他坐在一辆自制轮椅上，该轮椅的轮子显然是用自行车车辐辘做的，故此两个轮子的钢丝数量不一样，左轮是曾经的前轮，右轮是曾经的后轮。残疾人戴着一副电焊墨镜，手臂上还绑着个红臂章，看不出什么来路。我走近了才发现，红臂章上用毛笔写了两个梭子蟹一样的歪字：指路。

　　他隔着墨镜注视着我。

我问他第五街在哪里，他用手遥遥一指，穿过一片围墙（围墙中我猜是废墟），没有道路，只有方向。

"给我两块钱。"他说，"我就告诉你。"

我掏出两块钱硬币，放在他手心。他的手立刻指向另一个方向："看见前面的岗亭了吗？左转，一直走，看到一个公共厕所，不要转弯，继续走，有很多大盖帽和推土机的地方就是。"

"拆了？"

"还没有，正在打。"

"懂了。"我说，"你这红臂章是怎么回事？戴红臂章问路还收钱？"

"我私营的，红臂章显得比较有公信力，自己做了一个。这一带拆得厉害，生人到这儿没有不迷路的，要不是戴个红臂章，哪个外地人肯来找我这个瘫子问路？"

"你应该去火车站，挣得多。"

"那是人家的地盘，我去过，被人拆了车轮子，我一个瘫子扛着两个轮子和一把椅子，从火车站爬回来的。惨不惨？"

"惨。"

"弱势群体啊，我连群体都找不到，我弱势个体。"

我指指他的墨镜，问："这个多少钱，也卖给我。"

"二十块。"

我递给他二十。他把墨镜摘下，这时我发现他有一只眼睛是瞎的，凹入眼眶，他用独眼看着我。

"你现在的样子更惨了，"我说，"开玩笑的，别生气。"

"在南边滚地雷滚的。"他说,"开玩笑的,别当真。"

是的,我们只是在盲目地穿行。我为什么会用到"我们"这个词呢?我认同了谁?又抛弃了谁?

沿着低矮的建筑工地围墙向前走,我一再地跨过倒毙在地的树干和枝杈,透过墨镜,看到一个深绿色的世界,阳光被过滤,整个像暴雨来临前的景色。闻到淡淡的焦煳味,像是有谁在烧荒草。这不是烧荒草的季节。我停在路口闻了闻,那气味来自我要去的地方。

按照独眼瘫痪的指路者所说的,我走过一个公共厕所,那儿的墙上没有通常写着的"男"和"女",而是两个杀气腾腾的大字:拆。在我的记忆中,这种字体出现,通常意味着有谁要被枪毙了。我又想,在电脑字库里怎么没有枪毙体或者拆迁体呢?完全可以开发一个嘛。

我走到了第五街上,门牌上显示是第五街68号,往前走,数字应该越来越小。我要找的是第五街6号1单元楼,这个不会忘记。

街道有点年头了,从沿街的房子能看出来,木结构的居多,也有一些用水泥预制板搭起来的小楼房,老式理发店里的理发师正在用老式的手推子给人剃头,杂货店的柜台尚且还是木制的,都很有年头了。石板路面上大量的建筑垃圾,看来环卫部门已经率先撤离了。这条街道颇似我少年时代居住过的县城,沿街的房子后面就是大片的农田(这里则是废墟),在本质上成为一个边境。

我走到杂货店门口,里面坐着一个高中生模样的少年,我买了包烟,并问他:"前面是筒子楼吧?拆了吗?"他冷冷地看了我一眼,说:"你现在赶过去还来得及。"

无论如何，在你的青少年时期，保持冷漠是个好习惯，你犯不着对一个照顾你几块钱生意的人太热忱。我拿了烟，一边抽着一边往6号那边走，直走到场子里。我当时没有意识到，他是在看我的墨镜。

我说它是场子，因为它已经不再是纯粹的居民区了，里里外外堵满了人。小区被一道并不是很高的水泥围墙拦起来，有一扇铁门可供出入。这会儿人都堵在铁门口，另有一部分站在街上，背对着我，拦成人墙状。我没看清他们的对面是什么架势，也不想看。我挤开人群，穿过铁门向里走去，里面照样人满为患，都站在楼底下。我数了一下，一共八幢筒子楼，地方不算大，都是建造于六七十年代的房子，其外形和咖啡女孩的住所非常相似，只是格局小了点。由于拆迁工作正在紧锣密鼓地展开，地上全是碎砖乱瓦，围墙破了几个大洞，各处都刷满了"拆"字。有一个柴油桶里正在烧橡胶轮胎，我所闻到的焦煳味，正是来自这里。我略感幸运，要是晚来那么几天，恐怕这地方就被推平了。

听见有人在喊："滚出去！滚出去！"我知道那不是喊我，我扒开人群，找到了1单元楼，门洞口全是老幼妇孺，稍壮一点的都在外面呢，听到街面上传来电喇叭的声音，具体说了些什么，也不是很清楚。我压根没听，走到门洞口，把烟掐了，这时我知道事情出了点岔子。

我只有一个并不具体的地址，我不知道斜眼少年住在哪一层哪一户，也不知道他叫什么名字，房子大概很快就要从地球上消失。作为一个势单力孤的业余侦探而言，我想不出还有什么更好的办法，除了问讯以外。

我找了一个八九岁的小男孩，低声问："小朋友，你们这儿有没有一个高中生，是个斜眼。"我想做一个斜眼给他看，但我戴着墨镜，就算了吧。小孩看了我半晌，忽然大哭，喊道："这儿有个奸细！他要找斜眼！"说完撒腿就跑。我不明就里，抬起头看，已经被七八个妇女围住，其中有人说："早就注意到你了，快滚到你同伙那里去！"我说我哪有什么同伙，立刻有两个中年男人过来，左右架住我，生拉硬拽到大铁门那儿，再架出去，把我往前一丢，这下我什么都看到了。

远处的街道上是一块大空地，都推平了，停着两辆带抓斗的履带车，也是灰头土脸锈迹斑斑。这种车子，你很难搞清楚它到底是民用的还是军用的。履带车后面站着三种人，戴安全帽的，穿迷彩服的，架着墨镜的。安全帽最多，都是些建筑工，看热闹似的躲在最后面；迷彩服较少，都是二十来岁的小伙子，面色凝重地围在履带车旁边；架墨镜的最少，仅有十几个人，其相貌外形各异，都叼着烟。我差点笑出来，我的样子和墨镜们非常相似。

电喇叭在喊我："回来，回来，还不到时候！"人群对我发出一阵嘘声。我就像身陷两军阵前的谁谁谁，与两派全无关系，也不知道该往哪边跑。墨镜本来是为了挡脸，此时却令我万众瞩目。举着电喇叭的是个上唇留着胡子的墨镜男，穿一件烂糟糟的皮夹克，站在三十米开外对我大吼。我试图退回人群，但他们举着木棍戳我，这样我只能向墨镜们跑去。刚跑到位，举电喇叭的胡子重重地在我头上拍了一巴掌，骂道："乱跑个屁啊！"我捂着头回答道："上厕所去了。"胡子对我吼道："后面待着去！"我走到后面时，有个和我年龄相仿的迷彩服拍了拍我肩膀，很友好地说："当心点，不要乱跑，第五街这里全是下岗的，他们正想找人垫背呢，落单了让你死得难看。"

那是下午,太阳偏西,但还在我头顶,白昼正在逐渐消逝。我躲在人群里抽烟,冷眼看着他们的举动。胡子一直在看太阳,这让我联想起古战场的将帅,古代没有手表。与此同时,胡子不停地打手机,手机上当然有时间,但他好像是对太阳的位置更敏感。我不无悲凉地想,今天竟遇到了一个如此古典的流氓。对面的居民换了一班,男人们撤下去,一批女人上来,双方都没有实际的行动,在太阳下面耗着。胡子夹着双腿在原地踏步,很像是尿急的样子。过了一会儿他果然跑到墙边,拉开裤子尿尿,身后的人也都跟过去尿,几十个人一起尿尿的样子颇为壮观,也引来对面的嘲笑。我预感到事情就要开始了。谁干事之前都得把自己尿干净才行。

居民们在对面聊天骂娘,女的打毛线,男的搬来一张折叠式麻将桌,开始打露天麻将。与之相比,拆迁人员这边显得沉闷而严肃,毕竟是客场作战。胡子尿完了,回到抓斗车旁边,又打手机。

我问那个迷彩服:"社区里还有这么多人,真用推土机推过去?"

迷彩服说:"咦?你刚出来混的,这都不知道?这玩意只能用来吓唬吓唬他们,不是推房子,是推围墙的,推平了,把路都掘开了,把水电都给断了,白天黑夜地在旁边开工,他们就只能搬走了。"

"冷兵器时代的围城战。"我赞叹道。

"其实都没用,人要是遇到拆迁,都会比平时坚强一百倍。我见得多了,一幢房子里只要有一个坚强的,你就不能把房子给推平,关键时刻还得靠我们。这片街道上全都是我们打跑的,断水断电有什么用啊。他们都是下岗的，饭都吃不饱，对水电的需求很低的。这种人饿得久了，会产生幻觉，以为穷人是这个社会的管理阶层，他们只有挨了打才会明白，今天的世界是谁做主。"

我点点头，佩服，我想看看他们怎么收场。

胡子收起手机，命令抓斗车开向小区围墙。车子轰轰地启动，迷彩服和安全帽们微微弓着身子，跟着向前走，有点像古德里安将军指挥的坦克战，对面是斯大林格勒缺兵少将仅仅拥有轻武器的苏军战士。苏军战士们推开麻将桌，全都站在第一线，砖头瓦片雨点般地飞过来。这场面我见过，我们和 Loft 的装修工打仗也是这样。听见有人喊："不许推我们的围墙。警察来啦！快去报警！"抓斗车继续向围墙开去，一片轰鸣，一片稀里哗啦，和我说话的迷彩服脑袋上挨了一砖头，血流满面地撤了下去。苏军战士中冲出几个老太太，往围墙边一躺，喊道："有种就压过来！"抓斗车停了下来，德军战士和苏军战士近距离扭打在一起，卓娅和柳德米娜们尖叫，瓦西里和伊万诺夫被一群海因里希围住了痛打。打麻将用的折凳像风筝一样飞上了天，一名戴墨镜的党卫军战士被绒线针戳中了私享部位，惨叫着穿过人堆向街道上跑去，大概是去挂急诊了。

战局在三十秒钟之内就向着冲锋的一方倾斜，大部分的墨镜都还没有动手，迷彩服已经将局面控制住了，人群退回了小区里，躺在地上的老太太并不能成为抓斗车的障碍，她们被抬起来，但并没有被放下，她们就被三五个人抬着，既不能反抗也不能自残，紧跟着，抓斗车像武侠小说中的化骨绵掌，轻轻地拍向围墙。温柔的国家机器仅仅是擦碰了这个违章建筑，它便应声倒下。

迷彩服和墨镜们欢呼，手一松，老太像没抓稳的萝卜一样掉在地上。戴安全帽的农民工喜出望外地举着铁锤铁锹奔向围墙的残骸，仿佛是丰收季节奔向稻浪滚滚的田野。

31.

"后来呢？"咖啡女孩问。

后来全都撤退了，因为大盖帽来了。场面非常混乱，迷彩服们跳上卡车扬长而去，我跟着墨镜们上了一辆面包车，胡子开的是一辆凯迪拉克，早跑了，剩下一些安全帽留在现场，负责交涉谈判。胡子丢下一句话："一个星期之内，你们会主动要求搬家的。"这句话是说给一个躺在地上昏死过去的人听的，再后来，救护车从我身边开过。我坐在面包车里，强忍着惊恐和惶惑，去了一家酒楼，吃了点冷菜，到热菜上来的时候我认为自己快要露馅了，找了个借口溜了出来，回到了这里。

"太可笑了，"她说，"怎么会感到自己要露馅呢？"

"很简单，他们吃饭的时候都把墨镜摘了下来，我却忘记了。有个家伙过来骂我傻逼，然后很疑惑地问，你这个墨镜哪儿搞来的，和我们的好像不太一样啊。"

"你既没有做侦探的天赋，也没有当卧底的素质。"

"这一点我承认，幸好溜得还算快。"

"马桶是怎么回事？"

"出门之前觉得要干点什么，找不到任何事情可做，心脏像低血糖一样犯潮。擦马桶是一种调剂。我擦得不错吧？"

"古怪。"她说,"走的时候连房门都没关。"

"关了。"

"没关,翕开着。"

"我记得是关了嘛。"我嘟哝了一声,有点迷惘,人们大多记不清自己是不是关了房门,那顺手的一下子在记忆中总是模糊的。

我披着衣服走到她的窗前,夜还没深,目力所及之处,很多人家都亮着灯。就在刚才做爱结束之后,我把小白失踪的事情讲给她听,讲得支离破碎的,接着又讲了我在第五街的遭遇,我把事情讲出来其实是在梳理我的思路,但这件事仍然没有头绪,并且越来越模糊,很像是带上门的那一下子。

咖啡女孩走过来,站在我身边,问:"怎么会想到要找那个女孩?"

"有点担心她被敲头的敲死了。"我说。

"会有尸体的。"

"并不是每一起凶杀案都有尸体,有时候什么都没有,尸体也没有,凶手也没有,一丝一毫的痕迹都没有,人却不见了。这辈子再也没有他的消息,而这个人可能是被砌在了某一个建筑工地的水泥柱子里。啊,这是小说里写的。"

"敲头的都有尸体。"

"这个世界上并不只有敲头的。"我说。

我来说说草丛吧。

我说:"那种草的学名,叫'加拿大一枝黄花'。"

她抬起头看我，不明白我说这个什么意思。我仍自顾说下去。

"是三十年代从北美洲进口的，当时作为观赏植物对待，大概和郁金香、鸢尾花之类的差不多吧。没想到，加拿大一枝黄花的生命力超强，实际上是物种霸主，和水葫芦是同一种类型。水葫芦当初是作为猪食被引进的，尚且还有点实用价值，加拿大一枝黄花则没有任何实用功能，完全是用来看的。我至今仍不能明白，它那么丑陋，开出来的花还不如稻子好看，当初为什么会被认为是观赏植物。它在花鸟市场有个很滑稽的名字叫'幸福草'。

"上个世纪的三十年代，对物种入侵当然没有概念。加拿大一枝黄花逸生为恶性杂草，又是多年生植物，繁殖力强得吓人，所过之处，成片连野，本土的植物都不是它的对手，有的就此灭绝。半个世纪之后才意识到它的危害，喷药、焚烧、生物抗衡，都没有很好的效果。它还继续长着，公路边，河滩上，还有那个凶杀案的现场，它步步为营地吞噬着其他植物的生存空间，只要你稍不注意，它就会像亡魂大军一样复活，占领了全世界。

"我家乡也是，麦乡到处都是这种草，甚至长到了屋顶上。念中学的时候，上劳动课就是去操场上、公路边拔草，那时候还不知道它叫'加拿大一枝黄花'，只知道是野草，但野草和野草是有很大的不同的，这种草拔掉了还必须堆起来烧，否则种子还是会四处传播。起初还觉得挺好玩，真干了才知道累，草都纠集在一起，比人还高，根特别深，强悍得不可思议。再后来，凡劳动课去拔草就觉得头皮发麻。

"那草丛是很难进去的，踢球的时候，要是球飞进去了才叫麻烦。里面可能会有昆虫，有老鼠，有蛇，是一个很完整的生物圈，就像珊瑚礁一样。

有一次我进去，踩到了一只死猫，猫不太可能是迷路死在里面的吧？也不太可能像非洲象一样，找个没有象的地方孤独地死去。反正很可怕，踩到猫的尸体。那时候我就想，不知道哪天进去捡球，会踩到人的尸体，这个念头纠缠着我，没想到若干年后成真了。

"这种恶性杂草的能量是非常可怕的，它不仅是物竞天择的结果，倒像是天生具有一种人格：强悍而团结，造就了一个铁幕式的世界，在这个世界中它们杀死其他的植物，却又不会使自己的同类死于营养不良，既残暴又无私地控制着它们的领域。

"有人叫它生物杀手，其实它不是杀手。那种绞杀乔木的藤蔓才是杀手，是一对一的谋杀。加拿大一枝黄花应该是生物纳粹。不同的是，纳粹自认为高贵，以高贵的名义屠杀人类，而加拿大一枝黄花假如有知，它一定会承认自己是卑贱的，无论在形式上还是具体的行动上，它都是用卑贱征服世界。"

她说："啊，这可比你讲的那个音乐老师的故事可怕。"

"不，音乐老师才可怕。"我说，"比井的故事一点都不差的。"

次日清晨，我离开了筒子楼，独自回学校。走过食堂门口时看见好多人围在那儿，有个女生扶着肚子在吐，从呕吐物中可以清晰地看到当天早餐的菜单。我有点恶心，问："是不是怀孕了？"女生在呕吐的间歇抬起头骂道："去你妈的，没看见墙上贴的什么玩意吗？"我走过去一看，墙上贴着的是一张认尸启事，被河水浸得像气球般的人体，加注一个面部特写，还是彩色复印件。女生抱怨道："都他妈的什么变态啊，把这个贴食堂门口！"旁边的人安慰道："保卫科的人一贯变态的，没贴你床头就算不错了。"

有认识的人问我："夏小凡，这是你那天撞见的尸体吗？"我说不是。他们还想再撬我的嘴，我就什么都不肯说了。我告诉他们："凶案现场的事情是不能乱说的，也许凶手就在你们中间，也许你们中间有个把变态的，就按照这个模式去作案，会很麻烦。"这伙人就说："你就装二百五吧。"

他们告诉我："听说上次那个敲头凶手被抓到了。"我说："哪个敲头的？"他们说："噢，就是在女厕所行凶的那个，够神速的。"我说："如果当成大案重案来对待，一般来说一个月之内就能解决问题。是连环杀手吗？"他们说："这就不知道了，应该不是吧，听说凶手杀了人就潜逃到外地去了，你看到的那个尸体和他没关系。"我问："凶手到底是什么人？"他们说："居然是隔壁Loft的装修工，是个泥瓦匠，天生的变态狂，刚进场第一天，还没开工就忍不住蹿到我们学校来杀人了，听说还是个惯犯。"

上帝保佑那个被锤杀的女生。在另一个世界里有天堂和地狱之分，她将不会再见到凶手，也包括校花，也包括草丛里的玩具厂女工。上帝保佑这个世界是丁字形分割的，已死的人们将不会再被伤害，而留在这个世界的我们，就只能看运气了。有时你会不明白，为何上帝不能再劳驾一点，将世界十字分割，但你再想想，丁字分割的世界已然是神对我们的眷顾了。

可是贴在食堂门口的尸体照片又意味着什么呢？根据文字描述，这具尸体发现在T市的另一头，隔着整整一个市区，为什么认尸的照片偏偏贴到了我们的眼前。如果每一起认尸启事都贴到食堂里的话，这饭就别吃了，但它只是定期出现，有时是浸泡过的，有时是宰得血肉模糊的，有时是被火车轧成零件状的。不得不承认,这个随机程序背后的意志力还是很体谅我们吃饭的胃口的。

我向寝室走去,所过之处,电线杆上,宿舍公用电话旁,乃至男厕所的走廊里,都贴满了这张彩色打印稿。有一种错觉,以为是到了资本主义国家,在搞州长竞选什么的,恐怖感消失之后,剩下的全是滑稽感。你们为什么要把事情搞得那么可笑呢?

我踢开寝室的门,还是上午,老星穿戴整齐坐在凳子上,看脸色是一夜没睡了。他身边是两个穿夹克衫的中年男人,一左一右坐在下铺的床沿上。我认识其中的一个,是那天报警时找我问话的警官。他是穿便衣的。

我问老星:"怎么了?布告上那具尸体和你有关系吗?"

老星咽了一口唾沫,用很钝的嗓音说:"齐娜死了。"在我手脚冰凉的瞬间之后,他补充道:"你那天发现的尸体,是齐娜。"

32.

　　二〇〇〇年的冬天，我曾经和齐娜一起去面试过一家公司，公司在很远的地方，位于市区商业街一条支路上的破旧大楼里，大楼外墙是土黄色的，八十年代的钢窗，窗玻璃都是灰蒙蒙的，看不到里面的内容。大楼门口停着几辆自行车，也都蒙着一层灰，疑似无主。仅六层楼的房子居然还装了一部电梯，听说那楼房以前是什么机关学校，后来废弃了，给人开公司。

　　那次齐娜本不想去的（在她看来，德国公司的文秘职位非她莫属），但面试通知发到了我和她的电子邮箱里，我要去，她便也答应陪我，纯粹是想锻炼一下面试技巧罢了。

　　那是一家广告公司，邮件上写着是6F，我应聘的职务是电脑维护，齐娜应聘文案。去的时候齐娜就提醒我，肯定不是什么好公司，好公司面试都会用电话通知，不会发什么邮件。我反驳道："传销公司通知面试的时候恨不得脱光了抱着你呢。"尽管嘴硬，但我心里也知道，这事不是很靠谱。

　　我们走进大楼，齐娜按了电梯按钮，过了一会儿听见头顶上方传来隆隆的声音，那铁皮方盒子像巨灵神下凡一样降了下来，哐当一声落定，又像八十岁的老妇人打开双腿般开启了两扇门，里面有一个中年电梯员，光头，连眉毛都掉干净了，骨瘦如柴双目如鹰，裹着一件深蓝色的棉大衣。

齐娜嘀咕了一声："这狗东西不会把我们运到地狱去吧？"

看上去确实很像地狱班车，电梯员则是地狱班车的司机。我们站在门口犹豫，电梯员说："进不进来啊？"齐娜一步走了进去，我也跟着进去，不料那电梯门忽的一声合拢，把我夹在了中间，我大骇，电梯员拼命敲打着按键面板，它总算弹开了，我差不多是掉进了电梯里。

我交叉双臂，捂着胳膊骂道："手都快给夹断了。"电梯员严肃地说："所以刚才催你们快进来。这电梯就是这样的，有一次把个孕妇夹得流产了，正好夹在肚子上。你们去几楼？"我们骇然地听着，说："六楼。"

电梯轰轰地启动，从内部看来，它简直像是撒旦的子宫，金属壁板上的油漆从中间部位磨损，形成几个黑色的旋涡，头顶上有两盏日光灯，一盏尚好，另一盏吧嗒吧嗒地闪着，几秒钟之内让人眼压升高，头晕，想睡，完全是高血压的症状，幸好我们都没有幽闭恐惧症。齐娜对电梯员说："你这工作条件很恶劣啊。"电梯员答道："小空间，大责任，条件恶劣才显出我的价值。"齐娜嘲笑道："敬业，敬业。"

我注意到面板上亮着的是5，以为他按错了键，想伸手去按6，被电梯员挡开了。他说："这电梯不到六楼，坏掉了，上不去。得按5，然后从五楼爬上去。如果你按的是6，最后会发现自己又回到了1，往复循环没完没了。"齐娜问："六楼是广告公司？"显然对拥有如此电梯的广告公司抱有怀疑之心。电梯员说："这我就不知道了，我只管开电梯。"

齐娜问我："你还想去面试吗？"我苦笑着拍了拍手里的文件夹，里面是我薄薄的简历，两张80克A4纸，还有一张大一时代获得的读书比赛奖状，学生会颁发的。用一个很不恰当的比喻，就像一个人去公共厕所拉屎，到了门口嫌脏，但谁又有勇气为了这点脏而拒绝大便呢？铁骨铮铮地号称自己可以饿死，难道铁骨铮铮地把屎拉在裤子里？齐娜明白了我的意思，说："好吧，我就舍命陪君子吧。"

在剧烈的震颤中，我们到达了五楼。电梯门打开，外面黑漆漆的，并非办公场所，而是装修剥落垃圾遍地的空楼面。我们都犹豫了，电梯员忽然伸手推了齐娜一把，齐娜趔趄着撞了出去，回头看我。我被这异常的举动惊呆了，甚至没反应过来到底出了什么事。与此同时，电梯门轰然合拢，带着巨响和齐娜惊愕的目光向下沉去。听见齐娜在电梯外面喊道："我操，夏小凡，你这个衰人！快来救我！"光头电梯员发出了尖利的笑声，倚在黑色旋涡之上，对我说："你上当了！"

我心惊胆战，疯狂地按着开启键，见它没反应，又去按5，可是电梯自顾地沉向1。电梯员对我咆哮道："不许碰我的电梯！"他扑向我，我又住他的脖子，将他推到角落里，继续按5，他再次冲过来，但穿得过于的臃肿了，被我按在地上爬不起来。电梯落地后，我跳起来按5，它迟钝地摇晃着身体隆隆向上，我继续和电梯员厮打，直到五楼。趁着门打开的瞬间，我松开手，一步蹿了出去。他想要追出来，被我一脚踹了回去。电梯门哐的合上，我就地抄了块水泥坨子，心想，这扇门要是再打开的话，我就要开杀戒了，但它终于保持了沉默，过了一会儿，发出一声巨响，满不在乎地哐当哐当向下沉去。

我回头去找齐娜。我身处一条走廊里，两旁是类似教室的屋子，门紧闭着，在走廊的一端尽头有扇窗，从那儿照进来的光线将齐娜雕刻成一道剪影，她就站在窗口。

我说:"你没事吧?"走过去才发现她泪流满面。

我们在五楼找到了安全楼梯。
"那个人是精神病,对不对?"齐娜说。
"肯定是。"
"精神病太可怕了。"
"他要真是个开电梯的才可怕。"
"我并没有否认他是个开电梯的。"
"嗯,但我肯定他不是个开电梯的,世界上没有这种开电梯的。"
"也许有。"
"也许吧。"

我看看楼梯,空荡荡的没有人。电梯是无论如何不敢乘了,至于走楼梯,会有什么样的意外,我也不敢保证。这时听见六楼有人说话,不多一会儿,一男一女走了下来。我向他们说明了情况,他们吓了一跳,说:"见鬼了,这电梯早就坏了,都贴了封条的,你看我们就是走楼梯下来的嘛。"我向他们形容了电梯员的长相,他们摇头说:"从来就没有人开电梯。"

他们是六楼那家广告公司的职员,知道我们是来应聘的,态度很友好,这让我稍稍宽心。等他们走下楼以后,我对齐娜说:"你看,我说对了吧,那家伙不是开电梯的。"齐娜说:"这又有什么区别呢?反正都是精神病。"

区别在于偶然性和必然性,我不能承认自己必然地掉入了一个陷阱,或者说,我可以接受一个精神病伪装成电梯员,我曾经见过精神病人将自己当作是教师,是交警,是总统,这种病态仍属于常态的一部分,但我不能接受一个电梯员将他的乘客推入黑暗中，无论他是不是精神病人。

事情本来应该结束了，我们跟着那对男女走下楼梯，离开这鬼地方，回到学校，然后把刚才经历过的古怪事情告诉老星他们，但齐娜却提出了新的建议："不妨上楼去面试？"我说我的简历已经在厮打中弄丢了，没简历怎么面试。齐娜说："我听说有人穿着拖鞋去广告公司面试的。"

"我是去应聘电脑维护，不是创意总监。"

"那也可以去试试，正规公司会让你再填一份履历表的，再说我也想去锻炼一下面试技巧。"

楼道里有窗，下午和煦的阳光照着我们，恐怖感散去，我觉得齐娜的建议也未尝不可，毕竟找工作是头等大事。于是就犯了第二个错误。

这家广告公司很大，占据了整个六楼，考虑到电梯和大楼都是如此破旧，还有精神病人出来捣乱，我认为房租不会很贵。公司格局和五楼一样，一条走廊，两侧都是房间，装修马马虎虎，本着一种实惠就是王道的原则弄出来的。似乎是为了省电，头顶上的日光灯都没有开足，暗暗的，走廊里堆满了印刷品和横幅。

我和齐娜被分别带进了两个小会议室。

我坐在会议室里等着面试官出现，顺便看了看周围的环境，有一个极简风格的吊灯（审犯人时常用的那种），墙角放着两盆快要死掉的龟背竹（如果是发财树就更匹配了），桌子是宜家风格的（我坐的位置上，桌面下方有一块明显的烧焦痕迹，不知是不是应聘者干的），墙上贴着销控表，一列姓名旁边按月份填写着销售数字（从锅仔办公司起我就知道这是拉广告的业绩),有一些名字上打着叉,销售数字则中断在某一个月份,我认为是那个销售员已经辞职的缘故。

过了很久,进来一个戴眼镜的青年,他先是阴郁地看了我一眼,在楼道里被阳光照过的暖意一下子从我身上褪去。我坐直了身子看着他,他却不再看我,他拉开椅子坐在我对面,低头向着斜侧方看去,又像失神,又像是在观察地上的蚂蚁。

他保持着这种姿势,告诉我说他是这家公司的客户总监,然后问我:"你的简历呢?"

"刚才在电梯里遇到个精神病,打架弄丢了。"

我想这是个有趣的话题,我认为他会接茬问关于精神病和电梯的事情,但他显然是个思路很集中的人,或者说他根本没有听我在说什么。我话还没说完,他便接着问:"没有简历,我怎么面试你?"

"应该有一张履历表让我填的,在正规公司。"我不是故意要气他,我只是觉得他斜着眼睛看地上的样子令人不爽。"我应聘的职位是电脑维护,应该是技术部门来面试我,或者人事部也可以。"

"在我们这儿维护电脑的人就是跑客户的人,跑客户的人要兼职维护电脑。"他没好气地说,仿佛是在和我赌气。

"你应该说客户经理客户助理,而不是'跑客户的人'。"

他终于决定瞪着我。

我说:"你到底想要招什么样的人呢?跑客户的,修电脑的,站街的,卖笑的,开电梯的?"

他指着门对我说:"滚出去!"

我站起来就走，我连简历都没有，所以什么东西都不必收拾，只需要把手抄在裤兜里就可以了。他大概觉得不过瘾，先于我一步冲到门口喊："保安！把这个人赶出去！"我说："你应该叫他'巡逻的'！"

我走出门，听见对面会议室里齐娜在大叫："你脑子有病啊给我做脑筋急转弯，阿拉丁的哥哥叫什么名字我他妈的怎么知道？你招文案还是招傻逼啊？"门呼地拉开，她和我打了个照面，怒气冲冲地问我："阿拉丁的哥哥叫什么名字？"我说："阿拉甲，阿拉乙，阿拉丙。"她翻了个白眼，回过头对那个智力大赛的主持人说："你真愚蠢。"

齐娜的智商，按照她自己的说法，高达141分。

"IQ的每一段都有文字定义的，低于20分称为白痴，20到50之间的是痴愚，51到60的是愚鲁者，再往上一点就是阿甘了。但是在超过100分的人群中，就没有类似的定义，好像我们这种人不具备人类学的研究价值。福柯你知道吧？他情愿研究精神病和变态的，也不愿意研究我们这种人。"

"你们这种人之中也有精神病和变态的。"我说。

"我说的是正常的那类，像我这种的。"

不幸的是，她被我们定义为EQ甚低的那类人。严格来说她和锅仔是同类型的，不过她没有锅仔的偏执，她是狂躁和愤世，我不知道该怎么样给她定义。在走出广告公司的时候她犹在给面试官的智商下结论：一个愚鲁者，居然给她做脑筋急转弯的题目。

她的面试官给她做了一串题目：35支球队打淘汰赛多余一支轮空总

共需要打几场比赛才能决出冠军请在十秒钟内计算出来,十根蜡烛点着被风吹灭了一支最后还剩几支,诸如此类,她都回答了上来。"我心想去他妈的,都是IBM和微软招聘的考题,网上都有的。他还真以为自己是比尔·盖茨了。"她说,"直到他问我阿拉丁的哥哥叫什么名字。"

"这题目也是微软招聘的考题?"

"不是。"她说,"他妈的当然不是,垃圾电视节目里的题目,我竟然卡住了。"

"他显然是被你的IQ给震惊了,出牌不按常理了。"我说,"你就翻脸了,对吗?"

"你也翻脸了,那戴眼镜的对你说了什么?"

"没什么,"我说,"我只是不喜欢他的眼神。"

"我决定再也不去什么鬼公司应聘了,我死磕德国公司,只有在精英分子的笼罩下我他妈的才不会觉得自己愚蠢。我劝你也去找份体面的工作,遇到电梯间的白痴,八流公司的傻逼,你的人生简直像他妈的一场灾难。你就算再美,照着一泡尿打扮自己,你也美不到哪里去。"齐娜的脏话频率猛增,狂躁和愤世喷薄而出,我赶紧离她远一点。她又说:"实在不行,你去广州上海也行啊。"

"你咋不去?"

"我嘛,别人给我算过命的,我很年轻的时候就会客死异乡的,所以还是留在T市比较好。"

"你不是本地人。"

"我现在将来的户口都在T市。"

"好吧,"我说,"我决定去修电脑,有个学长让我去他公司干这个,虽然也很傻逼,但至少不会被你的同事当成是傻逼,因为在那儿人人都知道自己是傻逼。"

33.

那天齐娜去了铁道另一边的电子元件厂。

那其实是一家合资公司，做 OEM 电子产品，我们学校的人叫它"电子元件厂"，如此称呼只是为了表明一种态度——不想去流水线上做工人。我入学那年，这家公司在铁道另一边的开发区跑马圈地，竖起一排厂房，厂房之上有一个巨大的紫色 Logo，斜体字母 MEC，不知道什么意思。这家公司曾经到我们学校来招过人，看上去很没诚意，不招管理人员，全招流水线工人和仓库保管员之类。我们好歹是大学生，明目张胆地去流水线上混饭吃就太丢人了。哪怕是去国营企业呢，哪怕是在地下室修电脑呢。

也有去应聘的，美其名曰做了储备干部，其实还是在流水线上。储备是什么意思？就是说你要按干部的标准要求自己，但你其实还是个工人。资本主义企业也有干部的称谓，很古怪。去的人回来说苦得不得了，尽管大专生可以相对顺利地升为管理人员，但就像前线的战士一样，不缺胳膊少腿的可别指望拿到军功章，受不了的人很快就撤了出来。个别死挺到最后的，拿了军功章，升了小组长，接下来必然跳槽——熬出头了，轮到无产阶级选择资本家了。

这样的企业当然不算最糟糕的，附近还有一家鞋厂，锅仔曾经去过，说简直是到了少管所，一水儿的童工，大学生走进去会产生一种类似女子体操运动员的悲哀——二十多岁就可以退役了。该厂每天早上由童工们到厂门口升旗,一面厂旗,一面国旗。厂旗上没有 Logo,就一个笆斗大的"赵"字,该厂老板的名号,不知道的以为自己回到了宋朝。(操他妈的不可以啊?许你松下福特洛克菲勒,就不许我们赵?)

我揣摩着齐娜走向电子元件厂的心情,那一定是很不愉快的,她被德国公司刷了下来就没能找到合适的单位。智商超高,左手残疾,性格乖僻,不谙世事,这就是齐娜。某一天她接到了 MEC 公司的面试通知,她当然不甩他们,但对方告诉她,并不是请她去做流水线工人(穿蓝色粉色工作服),而是行政助理之类的(紫色工作服),她考虑了一下,觉得事情也不坏,但并不想把这件事告诉我们。她一个人去了 MEC 公司。

在那儿她得到了一个面试的机会,面试官当然不会让她做脑筋急转弯,而她想必也巧妙地掩饰了自己左手的缺陷。以她的智商,如果不是要价太高的话,得到一个助理职位并不难。但她还是没有告诉我们。

如果不是她夸下海口说小广东一定会把她弄进德国公司,她或许会稍微谦逊一点,和我们商量一下。更有一种可能是她已经和小广东上了床,最后什么都没得到,她的脾气不容她将如此羞辱的事情说出来。

她在 MEC 公司得到了一身紫色的工作服。紫色,就意味着她不会去流水线,而是直接进入管理层。这家公司的惯例是为期一周的互动观察期(无薪,需交押金,押工作服和门卡之类),随后是为期三个月的试用期(工资七折,无加班津贴)。在头一周的头一天,她在那儿互动观察,也许是有什么事,她提前两个小时离开了工厂,下午三点,她独自一人回学校,走过开发区平坦的柏油路,道路两旁是密集的加拿大一枝黄花,天气很好,五月的下午可能还带有懒洋洋的睡意。她穿过铁道，或许在铁道口还停了一下，等一列火车开过。经过铁道，她向学校方向拐去，走上了那条小路，我曾经陪着她到这里来，把钾肥送给她旅馆的朋友，也曾经到这里来给钾肥收尸。就是那条路。

她在旅馆门口停了一下，决定进去换衣服。她对那个朋友说，不想穿着紫颜色的工作服回学校，被人耻笑，电子元件厂的名声在我们学校一向很糟糕。她放下包，从包里拿出自己的外套，这时她看见一只猫从门外走过。她对旅馆的朋友说，等一等就回来，包先放你这儿。

她大概想起了钾肥，想起了之前对我说的，要在毕业之前给钾肥去上坟。其实我认为这大可不必，她并没有离钾肥多远，她以后就得在这一带上班。下午三点半左右，黄昏还没到来，一天中最明亮的时刻她走进了树林。

如果说每一个人都有一个守护神的话，不知道她的守护神在那一刻是打盹了呢，还是在尖叫。她再也没有回来。

旅馆那个朋友以为她回学校了，也没在意，只是把她的包收了起来，里面没什么东西，一支笔，一本笔记本，一套衣服。她丢三落四惯了的，行动也神龙见首不见尾，很少事先和人打招呼。当天晚上那个朋友从旅馆下班，因为有事，隔了好几天才回来上班，发现包还在，然后别人告诉他树林里发现了一具女尸。那个人从旅馆里打电话到公安局，认为死者是齐娜。

咖啡女孩向警察指出，穿那种紫色工作服的人是 MEC 公司的职员，警察去调查，在当天的打卡记录上看到了齐娜的名字，同时接到了旅馆里打来的电话，便追查到学校。保卫科认定老星是齐娜的男友，因为他们曾经睡在一起，被我踹开了门，人所共知。老星跟着去认尸。

"警察说脸都被敲没了，别看了，根本认不出来，问有没有其他特征。"老星说。

"手，"我想了想说，"她那手被车压过，变形的。"

"我就是这么对警察说的。"

老星问便衣："是连环杀手吗？月初学校里也被干掉过一个女孩。"

我说："不是。"

便衣说："那个已经被抓到了，杀人之后就逃亡出去，基本排除了连续作案的可能。"

老星说："手法很像。"

我说："模仿犯罪，或者是为了误导警方。"

便衣说："你还懂的不少。"

我说："警官，我知道你们为什么来找我。我是第一个发现尸体的人，结果呢，这具尸体是我认识的人，谋杀案中经常有凶手报案假装撇清的事情发生，不过我有充足的不在场证明，案发那天我没有去过铁道边。"

便衣突然问："你怎么知道案发是在哪天？"

我从桌上扯过一本台历，说："五月二十一日晚上，我最后一次见到齐娜，她来找我，说要给猫去上坟，后来又说不去了；五月二十四日，星期四早上，我和另一个姑娘发现了尸体。作案只可能是在星期二和星期三的下午。那个两天——"我指指老星，"下午我都在和你们打牌。"

"有其他人可以证明你们吗？"

"全宿舍的人都可以做证。"老星说,"我也是嫌疑人吧?我动机最明显,刚被她抛弃。"

便衣没有回答我们,其中一个飞速地在笔记本上记着什么,稍作沉默后,另一个问我们:"齐娜平时和什么人来往?"

"小广东。"我们异口同声地说。

便衣们走了以后,我和老星去外面吃饭。

"有一天她说,她会客死异乡的,所以不去上海广州找工作。"

"你听她胡扯。"老星说,"她这个人很没谱的。"

"那片树林你去过吗?"

"去过,很安静,凶手不可能那么容易地接近她。你别看她傻头傻脑的,可警惕呢,她对我说过,以前也被敲头杀手跟踪过,这方面有心理阴影。"

"这个事情她倒是也对我说过。"

"所以凶手一定是熟人。下午的时候,树林里很安静,如果有陌生人跟踪了接近过来,随便什么傻子都能感觉到的。"

"不一定,火车开过的时候呢?"

老星默然不语,过了好久才说:"我真没想到她会去电子元件厂上班,小广东到底还是在骗她吧,没去成德国公司?"

"去不了,她自己说的,手压坏了,打字不行,那公司把她刷下来了。"

"去德国公司打字啊?"

"去哪儿都得打字。"

"我用两根中指都能盲打,早知道就把这门手艺教给她了。"

"人都没了说这个。"我说,"要是她事先告诉我,我会劝她别去那家公司上班。"

"不,你会嘲笑她,所以她没告诉你。"

"我不会,我知道她跟小广东上过床,我不会拿这个事再去嘲笑她。尽管我经常嘲笑她。"

"她应该跟我去上海找工作。"

"坏就坏在你扬言要给她在上海找工作,她这个人,脾气古怪得很,不吃你这一套的。"

"她倒吃小广东那一套。"

我严肃地说:"老星,我再说一遍,人都没了,你就不要埋汰她了。"

"好。"老星说,"会不会是小广东干的?"

"看不出杀人动机。就算小广东在骗她,那也应该是齐娜杀了他,而不是反过来吧?也许真的又遇到变态杀手了。"

"不太可能吧?"

"都有可能。"我说,"你知道大学里犯罪率最高的时间段是什么吗?是毕业之前。寻仇的,殉情的,发泄的,到处都是。任何人都有动机去犯罪,只是我们看不出来而已。比如你,你就可能杀她,你的动机太明显了,尽管你没有作案时间,但并不说明你没有嫌疑,警察没有说草丛就是第一案发现场,有可能你约了齐娜在晚上吃饭,把她干掉了又抛尸到草丛里。当然,这只是推演。"

"这么说你也有作案时间。"

"是的。"我说,"其他人也有作案可能,亮亮可能是个性倒错,锅仔可能从精神病医院逃出来了，连你的前女友李珍蕙也有动机，出于嫉妒。你不会已经忘记李珍蕙这个人了吧？"

"你丫到底想说什么？没有人杀了她，还是所有人杀了她？"

我沉默了好一会儿，问他："老星，难道齐娜死了我们就一点都不难过吗？"

一瞬间，像是被投入了异次元空间，扁平，惊愕，缺乏心碎的维度，只剩下呼吸的能力。

34.

我再次发烧是在喝过酒之后的晚上。我知道梦又要来临，它一定是个旋涡般的黑梦，带着无数人的尖叫，带着迷惘和笑容将我淹没。

我走进了那幢楼，那幢拥有狂暴电梯和精神病电梯员的大楼。它在梦中已经不是六层楼的建筑，而是一幢破败发黑、没有任何窗户的摩天大楼。在荒芜之中，它高耸入云，看不到尽头。天空像世界末日般呈现为紫色，MEC 的 Logo 嵌在大楼的外墙上，我仰望着它，一列火车倒挂着驶过云端。

没有门卫，不需要打卡，我直接走进了大楼。与我预料中相反，这里人头济济，像是到了某个火车站大厅。来往的人群肩负着某种使命般大步行走，无不踌躇满志，无不风华绝代，只是与环境不配，那依旧是破败不堪的大厅，与时光无关的暮气和混浊。人们像是水中的倒影，与我擦肩而过时毫无重量，仅仅是轻巧地荡漾开了。

有一门电梯在转弯地方等着我，我慢慢走了进去。

一个按钮都没有，无法去向什么地方。穿紫色工作服的电梯员背对我站立着，长发垂在她的肩膀部位，如此熟悉又陌生，我不敢去碰她，生怕她也变成水纹，变成扩散又合拢的虚无之物。我只是站在原地呼唤她，齐娜。她微笑着向我回过头来。电梯门在此时合上。

她看起来很好。

过得怎么样？她问我。我摇摇头说，我嘛老样子。我觉得这种回答过于干燥，便又讪讪地说，你保养得不错啊。她说，想看看真面目吗？我说，你可别吓唬我，还是这样挺好的，我还是喜欢看到你好好的样子，尽管，我目睹了那一幕，但在我心里那并不是你，我始终无法将草丛里的尸体和你对应起来。

她说，好吧，看在曾经爱过你的分上，我就不吓唬你了，吓出一身冷汗可不好。

我说，吓醒了咱们就没得聊了。她又笑了一下，问：你还没找到凶手？她的语气仿佛我是在寻找一只拖鞋。我说我干吗要去找凶手呢，既然来了这里，就该由你来告诉我真相嘛，就像你讲过的那些校园聊斋一样。

她说，万一我也不知道真相呢？我说，你已经是在异次元空间了，过去发生的一切都应该知道的嘛。她说，可惜，异次元空间的档案室也有专人看管，档案有限，还不给人随便进去，科技不发达，也没有几千万亿个摄像头来监控曾经发生的一切，你想想看那得多大一个硬盘啊，过去所有时间中宇宙发生的一切，可能吗？

我说神的力量是无穷的。

神让我现在开电梯？她问道。

我无语，我觉得这更像是一部关于虚拟世界的电影，与其说有神存在，毋宁说是一个由意志力操控的能量场。这么说她也不知道凶手是谁。

她说，即使知道也不能告诉你，除非你跟我一起坐电梯上去，什么时候下来可就没谱了。

显然她还是知道的。

知道，但不能回答，你和梦的距离，等同于你和现实的距离，你在世界的黑暗和内心的黑暗之间拦起一道屏障，如果回答了你，这道屏障将不复存在，非常可怕，你会变成一个无法超度的亡魂。

不懂。我说。

你追凶这么多年，这道理应该懂的。

我摸摸头，追凶？这么多年？

看看镜子吧。她指指我身后。我转身，在不锈钢电梯壁上照出了我的模样。噢，我已经很老了。我秃头，胡子拉碴，裹着臃肿的棉衣，脸上还多了一副眼镜。我像是一个钻故纸堆的老夫子，又像是被流放戍边的罪犯，精神萎靡，面如死灰，心怀往昔。

这就是你。她说。

我奇怪，我是怎么会变成这样的呢？我经历了什么事情导致我变成这个样子？我想这是件恐怖的事，但这是梦，梦里的我永远都是平静的，带着不可思议的类似半麻醉之后的清醒。我在这面镜子里看到齐娜走近一步，她的头颅出现在我的肩膀后侧，仍然是很好的，永远是很好的。她轻抚我的背说，你该走了，电梯要开了。

不不，我还没到走的时候，你并没有把问题说清楚，请问我为什么会去追凶？我并没有打算替你报仇雪恨，我这辈子都逃避这种事，难道我后半辈子又换了一种思路？

麻醉失效了。她说。

我努力干笑。因为这样，所以你不会告诉我谁是凶手，以免影响我的后半辈子。我懂了。这个梦可真他妈的有意思，我还以为你会像聊斋那样托梦给我，让我给你申冤报仇呢。

那又怎样？告诉了你，你此生仍然不得安宁。

凭什么啊？我望着镜子里的她，几乎要喊起来。她深深地叹息，有一股冰凉的气息吹进了我的后脖子。我感到一阵轻微的失重感，电梯启动了，也许过了几秒钟，也许过了很多年，它震动了一下，停住了。镜子变成了门，左右分开。外面已不是大楼的过道，而是一片由加拿大一枝黄花组成的丛林，草像狂暴的巨人，狰狞地向着天空生长，用不了多久它们就能把这个空间给塞满。我知道我们的对话将要结束。

我问她，你打算去哪里呢。

去找钾肥，我以前对你们说过的，有一个战场，很多猫在抵抗怪兽轿车，我去那儿。她向着密林跨出一步，走出了电梯，我想跟着她出去，却被一把推了回来。她说，你留在这里，电梯会带你回去的。

我说，那么，路上小心了。

她忽然露出了迷惘的神色，说，噢对了，临别前问问你，我是不是死得很邪恶？一点也不美丽，也不哀伤，也不可怜，也不神秘，只是邪恶。

我想了想说，不，不邪恶，当然也不像你平常那么臭屁罢了。我想这是我对她唯一能说的安慰之词了。她笑了，说，这种死法实在是太不臭屁了。她就此转身，向着密林走去。在电梯门合拢之前，我还来得及问她：这是最后一次见面吗？

不，在你死的时候，还会回到这里来。

我起床穿鞋子，踩到一只拖鞋，另一只怎么也找不到了，徒然地光脚磨蹭着脏兮兮的地面。寝室里黑咕隆咚，不知道是几点钟。我浑身是汗，烧大概退下去了一点，头继续痛，总算没让我蓝屏，还留有思考的能力。我坐在床沿上想了半天，没搞明白这个梦的意义所在，我记住了一些模棱两可的词，麻醉，屏障，后半辈子，邪恶的死。想想有点可怕，不能将其迅速忘记掉，干脆把梦里的细节全部拷进脑子里，打包下载，文件太大可能还有病毒，不敢安装，只能先存在硬盘里了。

  我喊了老星，没有人回答，拉开他的蚊帐才发现人去床空。我从床头拿过电筒，照了一下，老星的行李箱子还在。我生怕他走掉，尽管我认为他不太可能在这种时候离开。我估计他会彻夜失眠吧。为什么在刚才的那个梦里只有我呢，应该也有老星才对。我拍拍自己额头，那毕竟不是牌桌，而是属于我的梦。这事儿太当真了不好。

  起风了，风把寝室里残留的各类杂物吹得四处乱跑，像一只无形的手在黑暗中翻弄寻找着什么东西。我用手电筒又照了一圈，发现自己的另一只拖鞋在床底下，肯定是被人踢进去的。我把脚伸进去够它时觉得有只老鼠从脚背上蹿了过去，吓了一跳。

  我睡不着了，一脑门子汗，枕巾也被汗水浸湿。我从晾衣绳上摘下挂了不知有多久的内衣裤，在黑暗中将自己脱得精光，套上干净衣裤，再把脏衣服挂上去。等到我忘记它是否被洗过的时候，它们就会变成干净衣裤了。这也是人生的魔法之一。

  夜晚并不冷，刚够我穿着衬衫长裤出去的。我趿着拖鞋到水房里，喝了几口自来水，洗了洗脸，然后撑着水池边缘发呆。

  去哪儿？

我在看台上遇到了拉面头。我根本没认出她来,是她喊的我。明月当空,深夜的操场像爱伦·坡写的什么旋涡,被某一幅油画定格住了,既涌动又平静的样子。她坐在看台上当然可以顺势形容为礁石上的妖女。

我问她:"现在几点钟?"

"十二点刚过,还不算太晚。你肯定要说这么晚了别出来闲坐,对吗?"

"陈词滥调罢了。"

"全校都知道了,死掉的那个是齐娜。"

"认识齐娜?"

"上次去你寝室见过,把装修工逼得脱光了满校乱跑的也是她嘛,学校的名人啊。"

"说起来上次在女生宿舍杀人的还真是装修工。"

"必然是这些人。"

我不想反驳她。我坐到她身边,感觉非常虚弱,喝了生水以后肚子也不是很舒服。我说:"我还没找到小白。"

"警察已经来我们寝室调查了,最近失踪的女生全部都要登记在册。工作做得相当细致,问了好多问题。不过很麻烦,我们学校失踪的女生可不止小白一个,有的住出租屋,有的住到男朋友家里去了,有的从来就没来上过课,有的跑到外地去实习了,还有的根本就是在夜总会里做鸡的。怎么查?我提醒他们,女生失踪的要查,男生呢?万一也有个把被不知所谓地干掉了呢?警察说这个问题值得研究,脸都青了,男生找不到的至少百把个吧。"

"学校太乱了，顶得上两个火车站。"

"听说下学期开始要搞军事化管理了。"她说，"完蛋完蛋，学费又要涨了。"

"军事化管理当然会使成本提高，这也无可厚非。"

"他们说，用军事化管理培养出来的学生，找工作更容易一些，因为有很多公司也是搞军事化管理的，以后会普及到各行各业，如果不能适应军事化，就要被彻底淘汰掉。与其散漫无聊地读几年大学，不如从此就开始军事化训练，锻炼坚强的意志，培养良好的习惯，团队合作啦，进取精神啦，都是军事化。反正到最后，你总要被军事化的。"

我托着腮帮子说："嗯，实在找不到工作还能去坐牢，那儿也是军事化管理。"

拉面头说："你这话还不算绝的。我们班上有个女生说，实在不行去做鸡，现在夜总会的鸡也是军事化管理，跟军妓差不多，来的客人也都是带星带杠的。"

"我靠，门儿清啊。"

"讲完这话就被教导处叫去洗脑了。"

我忍不住笑了起来。拉面头本来好好地坐在我身边，忽然拉拉我的胳膊，说："哎，我想做爱了。"

我也有点想。尽管我烧还没退，尽管没吃什么东西还有点肚子疼，但之前的那个梦像是一把起子，一下子撬开了我身体下面的某一个开关。我本来想去咖啡女孩家里的，但此时拉面头的胸脯贴在我的胳膊上，我的性欲如同一个指向遥远之处的雷达忽然探到了近在眼前的猎物，警示灯亮起，蜂鸣器呼叫。是的，我曾经比喻过，说我需要一双球鞋但拉面头是个尺寸不合的拖鞋，那只是比喻罢了，性欲来了你才知道这是怎么回事。

尽管如此，我还是努力克制自己，说："我有点发烧。"

拉面头看了我一眼，说："不喜欢和我做爱，对吗？"

"真的是发烧。也许还有别的原因吧，比如齐娜死了……"

"和她做过？"

"从来没有。挺好的牌友，如此而已。"

拉面头轻轻地拉过我，我们吻在一起。那是带着搏动的性欲，未能宣泄的苦闷和虚无，即将军事化管理之前的放纵，即将去什么地下室做蟑螂之前的非军事化绝望。她的嘴唇是冰凉而干燥的，我想我会温暖一些吧，因为发烧，但我比她更干燥。她说："到看台后面去吧，我还从来没去过那里。"我被这句话彻底征服。我告诉她："树被锯掉以后，这儿就不适合做事了，会有什么东西狂叫的。"她说："你还不知道啊，是墙外面的废品站，晚上住着一个精神病人，这边嘿咻嘿咻，他听见了就会大叫。上个月抓到了，十几个男生把他暴打一顿，两条腿全都打断了。现在这儿又恢复了生机。"

我无语。她站起来，跳下看台，反身等我。我也跟着站了起来，我们既像是挽着又像是扶着进了那个门洞。拉面头没有骗我，这儿已经有很多用过的套子，以前是在树上，现在全都扔在树桩下面，月光照着荧荧闪烁。

我们做了一番简单的前戏，那地方又窄又矮，并不适合做太规范的起承转合，况且我们早已湿了呢。前戏的意义不大。我让拉面头背过身去，试图从后面插入，但她说这样会让她有点难受，她想从前面来。我说，前面来的话，只能把她扑倒在地了，传教士体位。拉面头很不屑地说："你以前带来的那些女的，韧带都没拉开吧？"她用手勾住我的脖子，一只脚蹬在对面墙上，差不多摆了个倒踢紫金冠的姿势。我还没来得及惊讶，就在她的迎合之下顺势滑入沼泽。

我没戴套子，已经有过一次经验，这件事就被自动忽略了。说实话，前半段我的表现不错，我他妈的就像一个结核病患者，一边发烧，一边亢奋，后半段却显出了体能上的问题，觉得头昏心跳，精神涣散。拉面头大概也知道我不行了，她在欢愉之中努力寻找着高潮。再后来，她那条踏在墙上的腿忽然从我肩膀上抬起，跨过我的鼻尖，她的身体在交合的情况下拧转过来，变成了背对我的姿势。我退回到墙上，靠在那儿，由她运动。这个拧法很恐怖，假如她再举腿翻过去的话，我整个根部大概会被她拧断了。我说："你马戏团出来的？"她说："噢，到了！"

二十秒钟后轮到我说这句话。射精之前我犹豫了一下，是不是该射到外面去，有点像扭过头去吐痰，很不好看。我还是按照上次的方式做了一个内射。事毕，她蹲下身子弄干净自己。

我说："别怀孕了。"

"不会，我来着例假呢。"

我再次产生一种被拧过的感觉，总算还能保持镇定，"以后来例假要记得告诉别人，对你自己也不好。"

"没什么不好的，要不说性欲难熬呢，有的女的是在例假之前起这个，我呢，偏偏是在例假期间想要。你说我有什么办法？"

我看着自己那条血淋淋的东西，里面有点黑，看不清，但我能想象得到，它是血淋淋的。我从来没见过这么不把自己当回事的女生，当然她也没把我当回事，我曾经被她用红笔写过 SB，这早已预兆并解释了一切。

"怕倒霉？"

"不会的啦，已经够倒霉的了。"我说。顺势撸撸她的头，没什么的，这点小事我就像走路趔趄了一下，即使你是个女妖，我也只能原谅你。她的头发很有手感，刚才我竟忘记了将自己的脸埋在那头发中，现在用来擦擦手是再好不过的。我摸过下体的手上也是湿漉漉的，不知道是精液呢还是经血。

拉面头已经弄好了衣服，见我靠在墙上不动，她颇有俏皮地说："来，我帮你弄干净。毕竟不好意思哇。"说完蹲了下来。

35.

　　致幻物有很多种。对我来说，除了品尝过一次大麻之外，迷幻摇滚、酒精、睡到半夜起来抽烟，都有着不同的致幻效果，具体来说，迷幻摇滚是散步式的幻觉，酒精是狂奔，半夜醒来抽烟则像是驻足于十字路口。

　　发烧是另一种形式的幻觉，那就像是被内部的力量抛出去，不知道会飞行多久，也不知道会掉落在哪里。这让我想起了锅仔那封著名的遗书，天空中飞行的石子答案或许就在小石子最终坠落的地方。我靠，锅仔，你难道不是精神病，仅仅是发烧吗？

　　我带着烧去找咖啡女孩，她仍旧是坐在空屋子里唯一的床垫上，见到我的第一句话是："那天你到底带上门了吗？"

　　"什么带上门？"

　　"那天你擦了马桶，去了拆迁工地，混了饭，噢对，还有一个女高中生住在我这儿，早晨走了。你还记得吗，我说过你出门时候忘记关门了。"

　　"那天发生的事情真多啊，非得借着这些特殊事件，我们才能记起一些平淡无奇的事情。"

　　"我不要你在这儿抒情，你到底关上门了吗？"

　　我用力拍我的额头，这件事即便在当时都想不起来了，像一粒盐溶化在海水里，无影无踪，不可追寻。我说我正发着烧呢，脑子是一条弯弯曲曲的死胡同，什么都想不清楚了。"丢什么东西了？"

"什么都没丢，倒是多了些东西。"

"什么？"

她从枕头下面拿出一个小纸包，从练习本上撕下来的白纸，打开，里面是一堆铰下来的指甲，半透明的，很细碎，看不出是谁的。当然，我从来没有在她房间里铰过指甲。

"这不是我的。"我说。

"也不是我的。"

"有可能是那高中生的。"

"那姑娘涂着那么黑的指甲油你没看见？"

"真没注意到。"

"早说你是个不合格的侦探。"

"我在发烧呢。"我说，"也就是说，有人趁我没关门的时候，到你房间里来剪指甲，然后，什么都没碰就离开了，也没关门。对吗？"

她站起来，从包里掏出身份证，走出去，把门带上了。片刻之后，房门咔嚓一声被推开，是她用身份证撬开的。"看，就这么容易。"

"换把防盗锁吧。虽说你房间里没什么东西可偷，但贼不空手，你不在家还好办些，万一在家就惨了。"

"这不用你提醒我。问题是哪个贼会跑到我这儿来剪指甲？"

"贼都是超乎常理的，书上说有个贼每次作案都会紧张，就会想大便，可是他又偏偏是个污秽狂人，所以每次都会蹲在人家餐桌上大便。这个就成了他的作案特征。后来被抓到了，DNA检测反正想赖也赖不掉。你这个贼可能是个剪指甲的狂人，不如把这堆指甲送到警察局去吧，也许正好是某个流窜犯的呢。"我有气无力又滔滔不绝地说。

她没理会我，继续说："这个人是在窗口剪的指甲，都在窗台上，剪得很碎。他的指甲并不长，为什么要剪它？话说回来，即使长了，也不应该有这个雅兴在我家里剪指甲。他肯定是站在窗口，看着外面的景色。对了，那天天气不错，你是上午走的，我是傍晚回来的，下午是个空白点。他可能是在下午阳光很好的时候，对着光线剪指甲，然后把剪下的指甲归拢在窗台上。"

"模拟得相当像回事，不知道的还以为你是侦探。"

她从窗口回过头来，缓缓地说："我想大概是我姐姐来找我了。"

她给我倒了一杯凉水，之前做咖啡女招待的感觉又回来了。她从旅行箱里拿出一盒药，说是退烧片，让我吃了，然后就可以讲一些不愿意讲的事情给我听。

我说："这个箱子让我觉得，你随时都可能离开这个地方。"

"就是这么打算的。"

"去哪里呢？"

"攒钱买张飞机票去英国听 Radiohead 的演唱会。"

"去听演唱会，还是去攒钱？"

"你又猜对了。"

她接过我手里的空杯子，见我不说话，便又转了话题："退烧片吃下去一个小时之内就能发汗，让你舒服一点，我这儿只有一盒了，都给你。"

说着把药盒子塞到我的口袋里,"一天最多五粒,不可多服,多喝水,少抽烟。附近所有的药房都有卖退烧片的,但不一定都是这种,记得不要混着吃,会肾亏的。"

"记住了。"我心想,发烧时还性生活,还野合呢,不知道这会不会肾亏。

"我来讲故事给你听,比井的故事更可怕的一个。"她说。

井就在我爸爸的厂里。我爸爸是那家工厂的工程师,搞机械的,他是个很聪明的人,手也巧,巧到什么程度?他自己做了一台手摇式的绞肉机。那东西市场上有得卖,但因为他早在八十年代初就给自己做了一台,所以,我家里到九十年代用的还是他自制的绞肉机。我妈妈是扬州人,扬州的大肉丸子不是很有名吗?都是那台绞肉机绞出来的。

我姐姐把我推井里那次,我爸爸得到的是两个完全不同的答案,我说是姐姐推我下去的,我姐姐说是我自己疯跑了掉下去的。对我爸爸来说,要么就是我姐姐在撒谎,要么就是我在撒谎,不,我不仅仅是撒谎,我没必要把这件事的责任推到姐姐头上,那么就是我产生了幻觉。

不幸的是我姐姐从来不撒谎,至少她的谎言从来没有被戳穿过,而我从小就有幻觉。我睡着的时候会突然坐起来,说死去的外婆在对我说话。我会看见隔壁的人在做不好的事。学校组织去动物园春游,别的小孩都对着猴笼子起劲,我呢,蹲在树丛边,愣说有猴子在里面。我从幼儿园开始就是出了名的幻觉女孩。

我爸爸是个一辈子都遵守纪律的人,重视集体利益胜于一切。他当然知道撒谎是不对的,撒谎是道德品质问题,同时他也知道,幻觉这个东西非常不利于集体生活。一个人产生了幻觉，他的道德观自然就分崩离析了。

如果是你，你会信谁呢？两个女儿，一个十二岁，一个八岁，一个品学兼优，落落大方，一个迷走在现实和虚幻之间，眼圈总是青的。你一定也会选择相信那个比较可靠的。

那你就反证了我是个精神病。

如果是拍电影的话，大概会说这对姐妹从小就不合，但在我这儿这个要素不存在，我和我姐姐关系很正常，从小就这样，虽然不是很要好但也绝对没有不好，她是个有距离感的人，比较高傲，我是个闷葫芦，如此而已。至于在这外表下面隐藏着什么，我可就说不清了，既说不清她，也说不清我自己。

这件事过去了好几年，因为当时年纪太小，我自己的记忆也模糊了，尽管我说是姐姐推了我，但由于她和我爸爸都一口咬定是我产生了幻觉，很长时间里，连我自己都认为那是幻觉。只有卡在井里的恐惧感，太深刻，深刻到淹没了其他的记忆。再后来，我长大了一点，可以稍微理性地思考这件事了，我找不到姐姐有什么动机推我下去。什么事情都要讲动机，对不对？在简单的事实之下总是有着复杂的原因，对不对？她没有理由杀我，或者再极端一点地说，如果她想杀我，在此后那么多年的时间里，她有充裕的时间动手，再来一次。但是没有，她没有动手做这件事。

直到我十六岁那年看到了她的日记本。

她小时候不写日记，她念了大学才写的，日记本在她的学校里。有一年"五一"劳动节我妈妈带着我去南京看她，她和我妈出去逛街了，我躺在她床铺上，从枕头下面摸出了那本日记。其实不是日记，她好像是一个暮年的人，在写回忆录，把二十年来经历的事情掺杂了当时发生的事写在一起，很像一部先锋派的日记体小说，有很到位的风景描写，不知所云的对话，人物都是按照某种节奏出场退场的。她把过去和现在的日常生活按照小说的节奏重新排列。

在她的日记中我看到了一个故事。

一个姐姐和一个妹妹。妹妹总是能产生幻觉，梦见死去的外婆，她们那个无神论的父亲根本不信这一套，但偏偏她们的母亲是个坚定的有神论者。妹妹把外婆在梦里说的话转述给母亲，母亲就会去张罗着给外婆烧纸钱。姐姐觉得受到了冷落，姐姐羡慕妹妹的幻觉，有一天姐姐偷偷地告诉母亲，自己梦见外婆了。但母亲根本不相信姐姐。母亲大概也知道，幻觉，只能是唯一的，就像你不能同时找两个巫婆跳大绳。

故事没有说，姐姐到底是不是也有幻觉，也许有，因为姐妹的基因是相似的；也许没有，也许姐姐只是妒嫉妹妹受到了母亲的关注所以模仿妹妹。总之，最后的结果是姐姐把妹妹推到了一口井里，妹妹死了。

这是一个用第三人称写的故事，你要是看到了肯定会觉得很有意思，说不定可以发表呢。只有我知道，这件事到底有多可怕。

我见到我姐姐时，问她："那个姐姐妹妹的故事，是怎么回事？"我那年十六岁，如果我再长大一岁就不会问这么愚蠢的问题了，我会把这件事按死在心里，但我当时竟然有点义愤填膺。于是，我姐姐微笑着说，那只是她近期在写的一个小说素材，小说都是谎言。她笑归笑，那表情恨不得想杀了我。她当然知道那日记里都写了些什么，除了井的故事之外还有她和两个男人同时上床之类的故事，她尽可以告诉我那都是小说，但我不是她的读者，我是她妹妹。

我明白了，在我和她之间有一场角力，类似拔河。但并不是真实和谎言之间的角力，而是幻觉和谎言，两者对峙。真相，在中间。谁赢了，真相就归谁。

回家的路上，我问我妈，小时候姐姐也梦见过外婆，她告诉过你吗？我妈说，还真有这件事，不过我妈根本就不信。我问她为什么不信，她竟然说，灵媒这东西还是要相信比较小的那个孩子。我靠，就这么一个理由，令我无言以对。

这件事之后，说起来也奇怪，我身上所谓的幻觉部分渐渐消失了，我变成了一个比较正常的人。大概青春期过去了，身上那种制造幻觉的激素也就没有了。我听说精神分裂完全就是一个内分泌的问题。

第二年我姐姐从大学毕业回来，我们又住在了同一个房间里。她在电信局找到了一份工作，大学期间还曾经在什么刊物上发表过三个短篇小说，当然，没有那个关于幻觉和井的故事。三个短篇小说和一个电信局的差事差不多就是她读大学所有的成就，这已经足够让我爸爸觉得荣耀了。

说实话，我一点都不喜欢她的小说，家长里短，磕磕绊绊，工作以后她总算会写一抹城市的夜色了，陆续又发表了一些东西，小有名气。小城市的青年女作家，尽管那年头作家已经不值钱了，但姿色尚可的女作家还是很受瞩目的，对不对？有一天我去一个高中同学家里，他在大学里读中文系，他竟然是我姐姐的读者。我和他聊起，我说我一点都不喜欢她的小说，历数了种种缺点，我那个同学就把她写的一个关于幻觉和井的小说拿出来给我看，那就是我在她日记上看到的故事，她确实把它写成了小说，写得更丰满了，但仍然没有说出姐姐干这件事的动机。我那个同学说："她其他小说都写得不错的，这篇尤其好，是她的成名作，难道你以前没看过吗？"我问他："姐姐杀妹妹的动机何在？"他说："这不需要写出来。"

我把这篇小说拿给我爸爸去看了，我是带着报复的动机的，这么多年我爸爸并不喜欢我，他只喜欢我姐姐。我这么做，有点呼应我姐姐的意思，当年她不也在我妈面前声称自己梦见外婆了吗？我们各自做着报复的事，打破我爸爸的幻觉，或者是增加我妈妈的幻觉。那时我妈重病住院，已经快不行了，我只能去折磨我爸爸。我爸爸显然也是第一次看到这篇小说，他看完了什么都没说，做菜的时候把自己的手指绞到那台绞肉机里去了。左手食指上的肉给绞下去一大块。他很幽默地对我说："绞肉机也是一种井。"

那天吃饭，我姐姐知道了这件事。她很直截了当地说："你有被迫害妄想症，你应该去治治了。"我分毫不让地说："既然你诚实而正常，为什么不把你的成名作拿出来给家里鉴赏鉴赏，还等我去翻故纸堆？"

所有的都是谎言，或者所有的都是实话，只有妹妹死掉了是一个谎言，仅仅是一个谎言便抵消了所有的真相。我用她的小说去和她对质是件极其愚蠢的事，因为小说也是一种陷阱。但我也有我的井，她不肯把这篇小说拿出来给我们看，这就是她的失策，尽管这个井是笨拙而可笑的，但它管用就可以了。我姐姐无法回答，最后她只能说："我就是怕这个小说刺激了你的脑神经。"我爸爸这时总算说了一句公道话："你妹妹不是精神病。"不过他毕竟是宠爱我姐姐，又被我妈的病情弄得筋疲力尽，他到底还是做起了和事佬，让我们都忘记这件事，谁都不要争了。

这怎么可能？两个成年女人之间的仇恨是怎谁也劝解不了的。我们在饭桌上剧烈地争吵，相互嘲笑，她说我是精神病，我说她是变态。吵翻了，桌子上的菜都掀了，我爸爸躲自己屋里，结果接到个电话，说我妈妈在医院病危。

妈妈就是那天走的。肝病，病毒进了脑子里，什么人都不认了，拖着拖着终于走了。她死了，我和姐姐之间刚挑起的战火只能暂停。但是我做了一件非常疯狂的事，我在吃豆腐饭的时候把这个小说拿给了家里所有的亲戚看，假如没有我提醒，亲戚们差不多都快忘记我曾经掉在井里的事情。这下我姐姐坐不住了，她疯了，把我的头按在我妈的骨灰盒上，抄起一个花瓶，后面的亲戚一拥而上把她拉开。就这一下，她输了。

我离家出走之前去看过那口井。那次为了救我把井掘开了，成了一个漏斗形的大坑，为了防着有人掉下去，就把这废井给填平了。很多年过去了，厂都快倒闭了，变成一个记忆的遗迹，我找到了井的位置，那里已经变成了花坛，种着一圈冬青树。我没敢走进去，我知道那个漏斗还是存在的。我在花坛边站着，走过来一个老工人，我就问他，当年是不是有个女孩掉进去过。老工人说，对的，掉进去死了。我说没死，救上来了。老工人就说，明明记得是死了嘛，女孩的爸爸是厂里的工程师，反正就是死了。

我无言以对，我想要是我姐姐在这里就好了，这个谜底其实是我死了，正如她在小说中设定的那样。我们可以不用争执了。

后来我就走了。

我姐姐有个非常奇怪的习惯，她构思小说的时候会剪指甲，因为这个，她的指甲永远都留不长，稍微长出来一点点就会被她剪掉。她喜欢站在窗台上剪，剪完了，风吹过来，碎指甲自然就被吹落到不知什么地方去了。

我当然不是因为她而离家出走的，不完全是，还有其他原因。但她一厢情愿地认为，我是因为她而走的，她觉得我真是幻觉得无可救药了。我出去得久了，出走变成了游荡，到处打工，没什么目的，偶尔还会回家看看我爸爸。我妈死了以后，我爸变成了一个佛教徒，念佛吃斋，非常虔诚。我问他，在井的事情上，他到底相信谁的说辞？我爸说："答案在神明那里。"

我爸爸还告诉我，以后少回来。我知道他的意思，我姐姐不会放过我。假如我的确是被她推到井里的，则我这辈子都不会安生，她一定会来找我的。反过来说，假如我的确是产生了幻觉，则可以证明我是一个妄想症患者，我这辈子还是不得安生。

这故事有趣吗？

"我感觉你还是很正常的，思考问题的方式都很正确。"我说。

"你这个话，已经把自己预设在正常人的位置上了。"

"好吧。"

"问题在于指甲。懂吗？假如我是个精神分裂，那我的判断就是错的，我姐姐不会来找我，这堆指甲不是她的，那可能就是我自己剪的放在了这里。但我竟然不记得了，我在我不记得的情况下模仿了我姐姐做过的事。我不但曾经是个精神分裂，而且，继续是个精神分裂。"

"如果你没有精神分裂那就是你姐姐来找你了。"

"她构思小说的时候会剪指甲，那么她难道会站在我的窗口构思小说？你猜猜看她在构思什么？"

我想了想说："谋杀也需要构思，对吗？"

"对。"

"推理无效，存在太多的假设。"我努力启动着头脑里的发动机，"比如，即使你是个精神分裂，即使你是在幻觉中被你姐姐推到了井里，她仍然可能来杀你，谋杀的动机各种各样，谋杀者也有各种可能性的。又比如，即使你姐姐曾经企图杀过你，但这堆指甲并不一定就是她的，可能也是你的，可能你仍然存在幻觉。你的推理链上有太多的必然性，却忘记了偶然性才是驱动宇宙运转的法则。"

她默然不语。我说："其实，想知道你姐姐是不是来杀你，最简单的办法是打个电话回家，问问你爸爸，这两天她在不在家。她要是在家，当然就排除了嫌疑。"

"我想告诉你的是，我就是T市人，那口井也在T市，我爸爸和姐姐现在离我只有三公里远。"她说，"这个故事就发生在这里。"

我开始出汗，发烧的沉重感消退下去，脑袋稍微清醒了些，但身体却有一种步入云中的感觉。我取过她手里的茶杯，到厨房去倒了点水，穿过走道，回到房间里。一杯喝完觉得还不够，又去倒了一杯。

"今晚上住在这里吧。"她说。

"你就是不请我住，我大概也走不回去了。不过很难说可以保护你，只能派派炮，做个标靶，一锤子敲死了我，你就可以逃掉了。这也不错。"我仰面朝天倒在她的床垫上，"偶然性万岁。我得睡会儿，我不行了。"

"睡吧睡吧，睡醒了再说。"

"从来没见过像你这么冷静的妄想症患者呐。"我说。

我的头挨在枕头上，在柔软的枕芯深处有一股力量将我的意识向下拖拽，灵魂出窍，但不是向上飞腾，而是被什么东西抱着，一股脑儿地沉入了海底。

36.

我曾经去那家公关公司找过小白。那是五月中旬,我从学长那儿出来,带着无限的郁闷走进了附近的一幢楼。小白留给我的地址,公关公司就在这楼上,高达28F的甲级办公楼,明亮的电梯,贴满大理石的大堂,衣着比警察还光鲜的保安,绝无可能有精神病人冒充电梯员的古怪事情发生。每一家公司的名号,都用不锈钢的黑体字贴在大堂的看板上,28F一栏上轻而易举地找到了公关公司。我正想上去,保安把我拦住了。

登记。

不是每一个人都需要登记的,保安也是见人下菜,这既是一种势利,也是一种洞察力。正如火车站的民警总是会找那些衣衫褴褛或者贼头贼脑的人抽查身份证,没别的原因,就因为你看上去可疑嘛。我向来不认为抽查是侵犯了我的权益,抽查是一种价值观的体现,它基于数学原理又富有经验主义色彩,大体上是一门技术活,没这门技术的人会抓住一只狗熊打得它承认自己是兔子。

我出示了我的身份证和学生证,保安记录得非常认真,然后放行。我坐电梯到顶楼。电梯和走廊里都有摄像头,让我意识到自己在某一双眼睛的监控之下,不要紧,这仍然是一门技术活,隶属于此种价值观。我很凄凉地想,在长达半年的找工作的经验中,还从未踏进如此装潢的办公楼,我所经历的，要不就是拥有精神病电梯的广告公司，要不就是地下室的电脑装配台，再高级一点的无非是什么厂房里用预制板搭建起来的办公室。不值一提。

28F有五家公司，我找到了公关公司，有一个前台挡住了视线，里面到底有多大，有多少人，完全看不到。前台是金色的，Logo墙也是金色的，乍看有点恶俗，但你反过来想想，用银色的或者灰色的就更高雅吗？不见得。在这里，金色并不是装饰性的东西，而是警示性的。俗归俗，但不恶。

我终于见到了那个嗓音柔美的前台，非常诧异地发现，她是个四十来岁的女人，长得矮墩墩的，皮肤也很糟糕。"找哪位？"她抬起头来对我微笑。他妈的嗓音真是好听，用这嗓子去战场上招降美军德军苏军都绰绰有余，少校以下的官兵没有不举手投降的。

前台前面有两把红色皮椅，我挑了一把坐下。我不想站在那儿显出气势汹汹的架势，我知道这样只会使自己倒霉，还是坐着，显得比较正式。

"我是工学院的学生，有一个学妹叫作白晓薇的，曾经在你们公司做过……做过兼职。她叫Lisa，拂晓的晓，蔷薇的薇。"

她打量了我一番，什么都没说，站起来给我倒了杯茶，里面飘着正儿八经的立顿红茶包。我有点想不明白，我一身皱巴巴的衣服，不可能是她心目中的金主，我怎么就能让她给我泡茶。她一语道破天机："是Lisa介绍你来的吧？欢迎你，看一下身份证和学生证可以吗？"我赶紧说："我是大学生，不是你想的那种。"她说："你们工学院有好几个男生在我们公司兼职，这是正规的公关公司，不是你想的那种。"我立刻好奇，问道："我们学校还有谁？说不定我认识。"她忍俊不禁："这可不能说，商业机密。"

好奇害死猫。我把学生证和身份证掏出来给她，她复印了一份，把原件交还给我，还说："噢，你叫夏小凡，是麦乡人，Lisa 也是麦乡人。"

"没错，我们是同乡。她最近有来过吗？"

"好久联系不上她了，打她的手机也不通。我们需要相当多的大学生。"

"干这行有危险吧？"

"纯粹交友性质的，你可以陪别人逛逛街，喝喝酒，聊聊天。至于你们之间发生了个人的感情，那就是你们自己的事情了。"

"劳务费怎么计算？"

"有比较详细的时间计算法，通常来说，半天的收入一百到三百元不等，是由我们支付给你的。要是对方为你买了什么东西，或是请客吃饭呢，那就完全归你了。你可以带他去看电影，去酒吧，最好是去购物，记得一定要开发票，有些奢侈品是可以凭发票折价退款的。当然，我们不主张你离开 T 市，或者是去对方家里，那会比较不安全。公共场所最好。"

"那就好，我希望是女字旁的她。"

"放心，不会强人所难。"

我心想，这下扯淡了，为了找小白我怎么把自己给搭进去了？学校要是知道了，会不会把我给开除掉？所幸还有没几天就要毕业。履历上我甚至可以写上自己在某公关公司实习呢。女的一边填表格一边问我："手机号是多少？"我说我没手机。她怪同情地看了我一眼，说："去买一个吧，否则联系不上你。现在手机便宜，这点钱很快就能挣回来的。"

填好了表格，她带我走进办公室。里面并不大，但布置得相当不错。十来个格子间，一水儿的 IBM 手提电脑放在桌上，脚下踩着柔软的地毯。

再往里是会客室，她带我走进去，一圈米黄色真皮沙发，茶几上是七彩琉璃烟缸，墙上挂着马蒂斯的人体画。我一看就明白了，小白的那张照片就是在这儿拍的。我在沙发上坐定，她招呼了一个穿白衬衫脖子上挂着皮绳的小伙子过来，此人走路扭臀，显然是个屁精。屁精说给我拍张照，手里拿着一台富士数码机，瞄了我一眼，说："不错，小帅哥。"女的说："衣服有点糟糕。"屁精说不要紧，让我把衬衫脱下来，我照办了，里面还有一件汗衫。屁精托着腮思考着，并且把他的思考告诉我："我在想，应该让你单穿衬衫呢，还是单穿汗衫。"我说："无所谓，随便。"他说："哪一种更符合你的气质呢？"想了想，告诉我："把汗衫也脱了吧，你不属于型男气质，还是用衬衫来塑造你邻家小弟的形象比较合拍。"

我把汗衫也脱了，拎着我的衬衫说："料子不错的，可惜太皱了。"屁精把衬衫拿过去，用力绞了几把，这下皱成了玻璃糖纸一样。他说："这就像 Issey Miyake 了，相信我的搭配水平。"总之一通折腾，留影若干，看到一个扯开领子露出胸膛的我，嘴角带着嘲笑和哀怨，很不羁，很农村，虽然有着封面男星的元素但用光和造型完全就是到此一游式的照片，屁个邻家小弟，邻家马仔还差不多。

"我可以走了吗？"我被他折腾得哭笑不得，在整理我衬衫的时候他的手指一直在戳着我的胸口，衰人两根手指像他妈冰棍一样冷。

女的从外面进来，说："真巧，刚才接了一个电话，有一位女士在明典咖啡馆，离这儿很近。她是我们的老主顾了，说要找一个男大学生陪聊，你愿意尝试一下吗？"

"尝试什么？"

"喝咖啡，聊天呗。"屁精说，"凡事总是有第一次的。"

"我这就算上岗了吗？"我莫名诧异地说。

屁精乐呵呵地把手搭在我的肩膀上，说："不，只是开始游戏罢了。"我释然，作为回报，同时也乐呵呵地把手放在了他的臀上。

在那家灯光昏沉的咖啡馆里我还是点了啤酒。对面坐着两个女人，出乎意料。不知道同时对付两个顾客是如何计价的，幸而我只是玩票罢了，不需要对职业操守或是行业规则做太多的计较。其一是打电话到公关公司的女主顾，四十来岁，微胖，脸颊两侧有浅浅的褐斑，穿着很考究的衬衫，很有深意地坐在靠窗的位置上，时不时摆弄一下手机，看来是个女大款。其二是个戴眼镜的女人，三十多岁，长得相当不错，颇有知识分子气息，怎么看都不像是需要花钱买欢的——如果和我聊天也算是欢的话。

"你是大学生？"女知识分子问我。

"有学生证的。"

"给我看看。"她说，"你们这行里有相当多的人冒充大学生。"

我有点不悦，说："学生证不能给你看，如果你需要有人聊天的话，我可以保证我比一般的大学生聊得更好。当然，我仍然是大学生。"

"一本还是二本？"

"大专……"我立刻泄气。

"什么专业？"

"计算机。"

"有意思，"她摸了摸下巴，说，"你们这行应该是学文科的或者学艺术的更多些吧,现在理科男生也做兼职三陪了。"

"生存压力太大了呗。"说实话我完全不了解所谓这行的内幕,只能胡编编了,虽然是第一次上岗,但不愿意让她看出我是个新手,也是为公司负责。"其实我觉得体育系的更适合些,你觉得呢?"

旁边的女大款噗地笑了出来。

女知识分子说:"你还挺有幽默感的,虽然我最不喜欢的就是IT男,但你是个例外。怎么称呼你?"

"夏小凡。"

"我叫王静。"她又指了指女大款,"这位是胡姐。"

我站起来,毕恭毕敬地举杯,"胡姐,幸会,幸会。"

胡姐的眼睛比王静毒,说:"你做兼职应该不是很久吧?"

"说实话,第一次。"

"看你的衣服就知道,说话也劲儿劲儿的。"胡姐淡淡地说。

"如果很介意的话,我可以退场。"我说。

王静说:"不用,你这样挺好的。"

聊天的过程比我想象中有趣,女知识分子很健谈,经常问些出乎意料的问题,比如我的兴趣爱好是什么,找工作是不是很艰难,对社会问题怎么看,对交友中介是怎么看的。我一一作答,聊到一半觉得有点不对劲,好像我在召开记者招待会。胡姐一直没怎么说话,这中间她走开接了一个电话,回过来对我们说:"我有点事儿得先走,你们聊着。"王静说:"你忙你的去。"

剩下我和王静。我一厢情愿地想,她会不会带我去购物什么的,哪怕看一场电影呢。她好像并没有这个打算，这让我稍稍失望，但这毕竟是第一次出演，也可能是最后一次，只要没演砸就算我大功告成。

轮到我问她了："为什么不喜欢 IT 男？"

"乏味，固执，野心勃勃。"

"这个时代要是 IT 男还不具备野心的话，那就没天理了。朝阳产业啊，虽然有点泡沫的嫌疑，但不可否认还是朝阳嘛，遇到下雨天算我倒霉。"

"动辄就说这个时代如何如何，是你们 IT 男的特点。内心觉得这个时代属于你？那为什么还出来做兼职呢？"

"你这叫偷换概念，你见过乏味固执野心勃勃的鸭子吗？都很聪明吧，都有点情趣吧，都知道哄你开心吧。难道这个时代属于鸭子？"

她乐了。"就行业论行业嘛。这个时代还真说不定就是属于鸭子的。"

"乳沟时代。"

"什么？"

"有个女孩说过，我们生活在一个乳沟时代，乳沟只是一道阴影，连器官都算不上，但要是没有乳沟的话，那就连乳房都不存在了。"

"这个说法挺有意思。"

我拿起桌上的餐巾纸擦嘴，纸在她面前，拎起来发现下面还有一个黑色闪着红灯的小玩意。我学电脑的当然知道那是录音笔。我说："喂，这个，是什么意思？"

她像挨了烫一样把录音笔揣到小包里去了。

"你是公安局还是记者？"

"猜对了，记者，报社记者。"她索性递过来一张名片，T 市晚报的王静,电话手机 E-mail 一应俱全。这份报纸我经常在报摊上蹭看,买一张《环球时报》蹭看五分钟的《T市晚报》,看看本地新闻有没有谁被榔头又敲死的消息。

"你是要做报道吗?关于 T 市的鸭子?"

"不,是关于 T 市的大学生的深度报道,鸭子是其中一个选题。我知道胡姐认识一些这样的人,就让她带我过来了,没想到你是第一次干这个,倒也挺好,更真实一些。"

"类似破处直播,对吗?"

"这个说法不太好,应该说,更容易使人们产生同情心,在猎奇方面则稍弱。"

"鸭子中间有大学生,是可以理解的,但要是大学生中间有鸭子,就不太好了,不利于精神文明建设。"

"那可以写成报告文学给什么法制时代报的。"她故意寒碜我。"那种报纸最爱刊登这类故事。"

"可不可以不写我?"

"放心,用化名的。"

"有稿费吗?"

"当然没有,不过我可以请你吃顿像样的晚饭,想吃什么?我可不想在这种地方吃铁板牛扒。"

"那就海鲜吧,我要吃生蚝。"

我想我真是完蛋了,和那次广告公司的面试一样,我总是在做错之后还会再错一次,错到自己连后悔的心情都没有。

后来我们去了更多的地方，一次自助海鲜大餐，一段在市中心回旋的步行路程，一间冷清的酒吧。T市的中心地带显得平静而有序，所见所闻的事物像流水滑过我的身体，有一点陌生，有一点惊喜，瞬间就消失去了另一边。我以一个贫困大学生的典型、未来风月场所的隐形人，或者必须提前向时代道歉的IT行业Bug男，陪同着资深美女记者王静，似是而非地流连于夜色中。非常像异次元世界，我入戏了，在这样的场所中，我根本不是我自己，也许从一开始我就没有找到自己呢。但这感觉非常不错，近似于幻觉，近似。在酒吧里我一下子跌到了很深的地方，那里只有我和她，但是灯光、音乐，以及某些遗留下来的气味却仿佛这里有很多隐形的人存在。我从包里拿出那张《Love life》，让侍者塞进CD机中，音乐将我拉到我所熟悉的地方，我们不再谈任何事情，就着吧台喝了很多酒，所说的话像散落的珠子四处蹦跶。我想我要是能在所有的场所听这张唱片，不是通过耳机，而是用喇叭，但周围的人却都失聪，或根本不存在，那该有多爽。王静喝高了，身体随着音乐前后摇摆，她说那首"Last night"相当不错，我说这首歌常让我看到自己在空旷的地方奔走，整个世界空荡荡的，只剩下我和另一个人。她问："是什么人呢？"我说我也不知道，我从未能够知晓，却常常触摸到了他。她误解了，她说我可能有点孤独。我说不是的，"那个人不是什么女孩什么爱人，是一个从井里爬出来的杀人狂"。她尽管有点醉，还是哆嗦了一下，转过头看了我一眼。我伸手搂住她的肩膀，她显然更不安，我用手抚摸她的头发说："你念大学的时候一定是校花吧？"她从高脚凳上滑下来，退到一边打手机，片刻之后有个男人走了进来将她扶了出去。临走前她还记得埋单，并且扔给我一张二十元的纸币，说："打车回去吧，你这个小男娼。"我笑了起来。

男人穿着灰色的夹克衫，沉默高大，即使在酒吧昏暗的光线下仍然可以看到他脸上无数的坑坑洼洼。我看出来了，他是一直跟在她身后保护她的，显然她对男娼并不放心。灰夹克男子很轻但很有力量地推开了我，我感受到了警惕和轻蔑，同时判断他应该是一位警务人员。就这样，他扶着王静走出酒吧，我独自听完了整张唱片，让酒意稍稍散去，这才拿回CD去街上找出租车。

出租车很快将我带离市区，穿过层层工地，穿过高架桥的阴影，又回到我徘徊兜转了三年的地方。水流消失了，硬得像石块一样的夜晚笼罩着我。我不知道自己为什么会对王静说这些，我只知道自己被她拧过去了，所以必须要拧回来，哪怕是用一种错误的方式。

在我毕业的那天，T市晚报刊登了一篇关于大学生现状的报道，其中有一个做三陪的男性大学生，他的名字叫夏小凡，并且在文章很不起眼的位置注有：以上均为化名。

全校都看到了这张报纸，不过，我已经毕业了。留了个做鸭的名声在学校里。

后来我还去过那家公关公司，我去拿劳务费。前台看见我，脸色都变了，非常坚决地将我拦在了外面。我不知道自己哪儿露馅了，前台说："上次的客人投诉你了，说你对她动手动脚。"

"我靠，我本来就是干这行的，动手动脚不就是我的本分吗？"

前台说:"不,她投诉你是个变态,不适合干这行。对不起,你被淘汰了。"

这太伤自尊了,尽管我的本意不是来做鸭的,但我还是不能接受自己被鸭店淘汰的结果。我说:"妈的,她自己是个记者,而且出言不逊。"前台说:"不,她是个很有钱的企业家。"我说:"她他妈的带了个记者来!"前台显然已经搞不清状况,不过她还是很坚决地将我拦在了外面,屁精也闻声出来,后面还有一个穿灰西装的光头,我估计再闹下去没好果子吃了。前台很同情地说:"你还是需要去补修一下个人素质,满口脏话的,女客人不会喜欢你的。我们要的是能够让客人解闷的小朋友,不是流氓和色狼。"我说:"好,抱歉,我想看看白晓薇的业务记录,可以吗?"

前台回头,对光头说:"把这个神经病给我叉出去。"

37.

　　那天晚上在咖啡女孩家里，是我守着她，还是她守着我？好像都有。我躺在床上出汗，她给我绞毛巾擦汗，用体温计量热度，上半夜她一直坐在我床边，有一种非常古老的气息，我睁开眼睛看到的就是她，除此以外，这屋里什么都没有。我喜欢这样，当我躺在床上仰视着她们的时候，她们中的任何一个，俯身与我对视，都会呈现出异常温柔的样子。

　　后半夜她熬不住了，和衣睡在我身边。我注意到她睡下去之前用旅行箱顶住了门，我想明天可以到楼下锁匠那里去买把插销装上，比较安全些。

　　窗开着，这是四楼，不太可能有人从下面爬进来，考虑到她姐姐是个女的，尤其不可能。风隔着窗帘微微地吹到我脸上，头顶上的灯泡静止不动，她侧着身子睡，把头深埋在臂弯里，我平躺着，觉得灯光耀眼，便起身把灯关了，坐在床垫上抽了根烟。我忽然睡不着了，倾听外面的动静，隔壁有人起来上厕所，楼道里有谁哐当哐当地把自行车扛了上来，过了片刻忽然什么声音都没有了，世界卡在寂静中，像一张唱片放完之后的瞬间意识停顿。

　　齐娜，她曾经说过，寂静是一种奇怪的东西，寂静可以让你躲避危险，在寂静中的绝大部分动静都能被听到，同时寂静也带来更大的恐怖，忽然打破寂静的某些，或者根本是在寂静中走向你的。她说，这一点和黑暗不同，黑暗是彻头彻尾的危险，别以为那些人在黑暗中找不到你，他们的嗅觉可灵敏呢。黑暗，是拿距离在赌博，而寂静是过度地信赖自己。与其说我们的内心黑暗，不如说它是寂静一片。

我预感到这是难熬的一夜。

后半夜烧又起来了，我用体温计测了一下，就着打火机的火光看，整三十九度。我从口袋里摸出退烧片，掰下来一粒含在嘴里，去厨房找水。出门时觉得头昏，四周一片黑，眼花的感觉不那么强烈了。我轻轻踢开旅行箱，拉门出去，觉得有什么东西从我面前一闪过去，看不见，但却几乎要触摸到了。我立刻紧张起来，伸手去摸走廊里的开关，我是第一次在这儿过夜，一应物件在黑暗中都是生疏的，摸了半天才摸到，昏黄的灯光亮起，照着我，仅仅只是照着我，在走廊的两头都还是黑漆漆的，想看清那里除非是走过去按下其余的开关。

我站在原地没动，寻思了一下，到底是有人走过呢还是我的错觉，最后还是无法确定。我穿过走道，推开厨房的门，给自己弄了点水，站在走廊里把药吞了下去，再回到屋子里，关门落锁，推上保险，顶上旅行箱。这一系列的动作在我喝水的时候就已经考虑好了。我没有关走廊里的灯，通过门缝可以看到外面有一丝光亮，有点像黑夜中的霓虹灯。我坐在床垫上，从厨房里拿来的菜刀正别在我的后腰，将菜刀放在手边之后，我默不作声地注视着这一道光。

以前有人告诉过我，假如回家时怀疑家里进了贼，第一件事不是去查看各个房间，而是去厨房找菜刀。因为贼进屋子的第一件事通常就是去厨房拿菜刀，如果厨房菜刀不见了，那就说明真的进了贼，那就赶紧出去报警；假如菜刀还在——请把它拿在手里再去查看房间，不是每一个贼都必然拿菜刀的，有人用榔头。

大约半分钟之后，那道光亮被门外的阴影挡住了。我的心脏收缩了一下，拿着菜刀摸到门边，被脚下的旅行箱绊了一下，动静不小，阴影立刻消失了。

确实有人。我没把握是不是该打开门再看一下，说不定打开门就有什么东西落在我脑袋上了。片刻之后外面的灯光消失了，起初我以为是那人把灯关了，等我想打开屋子里的电灯时才发现整个没电了，估计是他把楼道里的电闸给拉了下来。

现在我相信咖啡女孩说的话了，她姐姐找上门来了。不过看上去不像是寻仇，倒像是恶作剧。我隔着门说："喂，别闹了。这儿并不像你想得那么空旷，楼里全是人，喊一声全都出来了。"门外没有人答应我，我当然也不敢冒险跑出去推电闸，心想还是捱到天亮再说吧。

我摸出打火机照了一下，咖啡女孩还好好地躺在床上，没有被这一切惊醒。她换了一个睡姿，之前是趴着的，这会儿是平躺在床上，听到她睡梦中嘟嘟哝哝的声音，像什么夜鸟在叫。我就着火苗又给自己点了根烟。

四点钟时，外面的鸟真的叫了起来，天还是黑的，我的两边太阳穴像是不断有人用锤子在敲打，身上奇痒难耐，起初是脖子和手臂，后来身上痒成了一片，自己用打火机又照了一下，起了一排红疹子，不知道什么原因。天一直黑着，五月的早晨到底是几点钟放亮，我强忍着继续坐在床垫上，给自己抓痒，任凭头颅被钟锤敲过来敲过去。仿佛是过了很久，听见楼道里有个男的说："哎大清早的怎么停电了？"过了一会儿又是这个人的声音:"我操哪个缺德的把电闸给拉了?"房间里的灯倏忽亮起,与此同时,外面的天空也从墨黑变成灰蓝色,新的一天开始了,我从卡住的井里爬了上来。

她醒了。醒来第一句话是:"做了一晚上的噩梦。"我问她梦见什么了,她说:"梦见那片草丛。"我心里一紧。她说:"先去吃早饭吧。"我拉开衬衫给她看身上的疹子,"这是怎么回事?"她只瞄了一眼,说:"大概是过敏,以前有过敏史吗?"我说好像没有,她说:"要不去医院里看看吧。"

我很认真地说:"我觉得我快要死掉了,熬了一个通宵,想睡睡不着,痒得发疯了,要是烧再起来我就从这儿跳下去算了。头一次体会到身体崩溃的感觉。"她说:"你先躺一会儿,我收拾一下出去吃饭洗澡看病。"我说:"出去洗澡?"她说:"对啊,我这儿怎么洗?没法洗。在离开之前我得洗个澡。"我说:"哪儿洗?"她说:"市区有不错的浴场。"说罢走下床垫,我一把抽走地板上的菜刀,递给她,"把这个带到厨房去。"她拎起菜刀看了看,只说了一句:"邻居的菜刀以后不要拿,当然,我没有菜刀。"

我半躺在床上等她,听见门外刷牙洗脸的动静,趁这个工夫给自己抓痒,过了一会儿她走了进来,看看我的脸,说:"哦,还没睡着啊,我们出门吧。"我揉眼睛,足足揉了有半分钟,好让自己把即将崩溃的大脑给夯实了,然后从床上站起来,跟着她出门。

她带着她的旅行箱,我说:"被子不要了?"她说:"没错。"这就下楼去,旅行箱的滚轮在破碎的水泥道路上发出奇妙的节奏声,像某一首歌的开场。看她的样子,步履轻快,如在云中,我却完全是另一副模样。说我被人敲过一锤子也不为过。

我们在新村一角的小摊上喝豆浆。隔壁的小学里，大喇叭放着"我们的祖国是花园"，越过围墙看到花团锦簇的教学楼，我问她："今天什么日子？"她掏出手机看了看，说："果然是儿童节。"

"好日子。"我说。

确实，天气像是被预约过的那么晴朗，出逃也好，庆祝也好，嬉戏也好，都是好日子。这种天气让我的身体稍微舒服了一点，想到这里身上又痒。她问："好点了吗？"

"没好。"

"我的意思是，更厉害了吗？"

"也没有，老样子。你不介意的话我想挠挠屁股可以吗？"

"随便你。"

我们猜硬币，到底是先去洗澡还是先去医院，最后我赢了，我主张先去洗澡。她说："我是无所谓的，我巴不得先去洗澡呢，你挺得住吗？"我说我已经好几天没洗了，就算去医院，也不想冒着一身的汗臭味给医生看我的胴体，他会以为我是个农民工。她叹了口气说："胡诌吧。真想和你一起逃亡。"

我们去了市中心的一家浴场，去的路上我给她讲了学校澡堂的一些笑话，比如说有个学生会的干部喜欢在澡堂里洗内裤，这不是什么可笑的事情，可笑的是有一次被管澡堂的老头发现了，按照规定学校澡堂里不能洗任何东西，于是他的内裤就被没收了。我这么说，仍然不可笑，很多可笑的事情是无法言说的。我只能形容说，你想象一下，一个凶巴巴的老头缴走了一个赤身裸体的男人手中的唯一一缕布条，而那布条上有着后者的点点精斑……

比如说，有一次有人在澡堂里发现了一个用过的避孕套，里面有那么几毫升的DNA，这件事诡异得让人发毛。作案动机、实施过程、时间地点人物三要素，一概都没有，也不知道是第一现场还是第二第三现场，只有一个用过的避孕套梗在那儿。你要知道避孕套最不应该出现的地方就是澡堂，到底是被带进来的还是就地使用的，用在谁身上，你就去推理吧……

比如说某一天外面的装修工跑进来洗澡，恰好那天是女生洗澡日，尽管大部分女生都不愿意去澡堂洗澡，但还是有人着了道……

在那个封闭窄小的场所内，任何事情都显得可笑。有时候人多，你会看到好几个人聚在水龙头下面，一个人在洗头，一个人就着洗头水在冲脚，另一个人伸手从洗头那位的头顶上截下一捧水来揉搓自己的包皮。它本该被荒弃的，像一座碉堡，一座已被盗墓者光顾过的坟墓，可是并没有。它肩负着洗澡的重任，比那条新修的高架更有实际的价值，因为这种存在，固执，难搞，不肯死，不能自拔，遂将历史感沦为了猥琐。

她说："现在去的大浴场，以前是我爸爸的工厂，我就是在那儿被推下去的。"

"这倒是出乎意料。"我说。

出租车停在浴场门口，不必费神去描述了，什么浴场都是差不多的，无非堆砌一堆名词，雕塑立柱水池马赛克瓷砖等等。从外观来看，丝毫没有工厂的气息，一切已被推平、重建、粉饰。这个充斥着古罗马的哥特式巴洛克风格的包豪斯建筑怪物就耸立在我眼前，它的真实内在应该是一幢工厂的办公楼?

我走进男宾部,她走进女宾部,相约在餐厅见面。不料我刚脱完衣服就被一个服务生给堵住了。

"您有皮肤病?"

"起疹子,过敏。"

"烈性传染病不能下水池。"

"冲一冲也行。"

"也不能。"他非常客气,很快经理也过来了,二五个人堵着我,"像您这样的就不能出现在浴区。"

"我都脱光了,出去能退钱给我吗?"我说,"不对,退钱也不行,我约了人在餐厅呢。"

经理拿过来一件类似日本和服的衣服给我,还有一条类似沙滩裤的玩意儿,说:"您可以开一个单间,做做按摩,这里有泰式、中式、日式和全套。"

"上午也有按摩?"

"都有。"

"不怕烈性传染病?"

"不是每个按摩师都不怕的,但我肯定有不怕的按摩师。"经理微笑着绕口令。

我听明白了,不过还是婉言谢绝,"算了,不怕的那位恐怕比我还烈性吧。"

我穿上和服和沙滩裤去餐厅,把香烟打火机揣在兜里。经理亲自在前面带路,大概深恐我瞅冷子扎到浴池里,变相地监视着我。走过一条微暗的走廊，前面是一道楼梯，铺着柔软的灰色地毯。他把我带到餐厅，全是自助餐，随拿随挑。我既不饿，也不想坐在那儿看人吃东西，提议他带我去楼上看看。他倒也很周到，带着我上了三楼，这儿是商务区，有电子游戏网吧桌球录像，走上四楼是雅间。我以为雅间就是按摩房，他说这儿是做普通按摩的，我就懂了。五楼贵宾室，六楼才是做全套的，我都没上去。太累。经理感叹道："确实当初少装了一门电梯。很多顾客反映洗澡洗软了爬不动楼梯。"

我发给他一支烟，他谢了我，一起在楼道转弯处抽烟。

"一应俱全，什么都有。很多客人情愿不住宾馆，晚上住到这里来，浴资带自助餐三百多元，住宿加八十，比宾馆合算而且好玩。"

"以前有人说过，浴室弄成这样是不务正业，忘记了自己的身份。"我弹了一截烟灰在旁边的盆栽植物下，"不过这是偏见，农民式的偏见。好比你们大浴场，就是一个小宇宙，一辈子不出去都没关系吧？"

"嗯，理论上绝对可以成立，当然代价不菲，不是每个人都住得起的。"

"完全可以把公司啊、学校、政府机关都开到大浴场里面来嘛。一边上班一边洗澡，这个主意怎么样？"

他疑惑地摇摇头，"没人会这么干吧？"

"古罗马人就是这么干的。市中心一个大浴池，男人都在里面泡着，泡爽了出来开个会，搞搞选举，回头再泡，搞同性恋也在浴池里，非常方便。你们这儿有鸭吗？"

他吧嗒吧嗒眨着眼睛看我，愣了好久才说："目前还没有。"然后把烟掐在花盆里，烟只抽了一半，看来他已经没心思再抽下去了。我估计，他肯定非常想搞清楚我一身疹子到底是什么病。

我咬着香烟过滤嘴对着他绽放一脸狞笑,顺手给自己抓痒。

于是连雅间都不给洗了,经理一直跟着我,随我吃随我玩,就是不给我下水。打了半个小时的电子游戏,我觉得有点不舒服,跑到休息厅里要了一杯白开水,躺在45度角的沙发躺椅上,吞下最后一粒退烧片。经理愁眉苦脸地注视着我,这药片显然让他联想得更多。我说:"像我这样你们应该一拳打出去才对啊。"经理说:"您别开玩笑了,我们毕竟不是黑社会,像您这样还敢大模大样出来招摇的,肯定是有来头的。您就别下水,也别上去找小姐,成吗?我叫你爷爷,成吗?"我说:"你太客气了!"

后来在休息厅里,咖啡女孩穿着近似的一套衣服走来,她说:"你好像没洗过嘛,头发怎么还是这么乱?"我说:"没洗,一身红斑狼疮,你看经理都陪着我呢。"经理转过头去看她,她嫌恶地说:"看个屁,我又没有红斑狼疮。"

我主张先去洗澡的另一个原因是不想在澡堂子里和她告别。任何告别,任何场所,大概都比澡堂子里强一些吧。我说:"洗完澡,应该亲亲热热地回家,而不是说再见。"她点头同意,于是拖着箱子去医院。显然,医院也不是一个很好的地方,但我们别无选择了。

我去皮肤科挂了号,被医生诊断为药物过敏,拿到了一马甲袋的药品,中药、西药、内服、外用,全是抗过敏的。到黄昏时,我和她喘着气,伸长舌头瘫坐在医院的长椅上,我把腿伸直了,她把腿架在旅行箱上。不久过来一个穿保安制服的人,勒令我将腿收回,因为有很多腿脚不便五官失灵的病人可能被我绊死。

我们两个，开始数马甲袋里的东西，接着又把所有的药品说明书看了一遍，我把所有的药按剂量吃了下去。时间仍然像一部闷片般的缓慢，来自发烧和瘙痒的两股力量快要把我撕裂了。后来有个五六岁的孩子，头破血流号啕大哭着被大人送进了急诊室，护士的动作慢了点，抱小孩的大人就照着护士的脸上打了过去。总算找到了一点可以分散注意力的事情，我拎着马甲袋跑去看热闹。

她说："哎，好可怜，六一儿童节被打。"

"说小孩还是说护士？"

"都可怜。"

"在这个节日为了小孩去打大人，应该是合法合理的事情吧？"我说，"每个人都应该有一个这样的节日。"

"前提是你得先要头破血流。"

"那也值得。"

直到这出戏看完。

她跑到超市里去买了很多饮料，装在另一个马甲袋里。我说这么多喝不掉，她说："留着车上喝。"

"什么时候走？"

"差不多就现在吧。"

"我就不送你了。"

"一身皮炎，好好回去睡觉吧。"她从口袋里摸出钥匙给我，"我那房子还有一个星期租约，你可以一直睡在那里，到时候房东会来找你的。把钥匙给他就可以了，另外还有水电煤我已经交了押金八百块，不会超过这个数字，退钱给你你就拿着自个儿去花吧。"

"我怕你姐姐进来把我给弄死。"

她打开一听可乐，若有所思地沉默了一会儿，说："其实也不一定是她。可能真的是我精神分裂呢？"

我一时说不出话来。

她说："刚才在浴场里，看着水流到排水孔里，觉得自己在缩小，缩小，整个儿被吸了进去。以前那个井可能还在那儿吧，一百多米深的井怎么可能填平？始终是存在的。"

我说："别怀疑自己了，我确信昨天晚上有人在你家门口晃悠，不是幻觉。"

"真的？看到那人的样子了吗？"

"没有。"我说，"确实有人，这就够了。"

"昨天晚上，"她捧着头说，"昨天晚上我又梦见那个死去的女工了，我梦见她至少有一百次了，她就在我的梦里走过，我想我的幻觉可能和她有关吧。真不该和你去祭什么猫，我脑子好好的一下子又掉井里去了。不过这也不能怪你。"

我的血一下子涌上头顶，又一下子退去，像浪潮一样拍打着脑神经。"那个女工，"我说，"她有对你说过些什么吗？"

"不记得了。这个幻觉太可怕了。"

"那不是幻觉，只是梦。"我说，"不要去想了，你很正常，看到了尸体所以受了刺激，这没什么的，会过去的。我言辞贫乏，不知道怎么才能解释清楚。我们内心的黑暗与世界的黑暗是隔离的，中间的屏障就是你自己。这两者，必须界限分明。"我握住她的手，"我会来找你的，还有最后一点事情办完了就来。至少等我搞定这一身疹子吧。"

"和我在一起？"

"没错。"

"不问问我去哪里？"

"这不还没到最后分手的时候呢吗。"

"去南京，看有没有适合我的职业，大概还是会去做咖啡店女招待吧，不过也说不定。来找我就打我手机。"

"一定。"

"去给自己配个手机吧，不然找不到你。"

"一定。"

"还有一刻钟。"她说，"这是第一次和你度过完整的二十四小时，最后一刻钟怎么度过呢？"

"要不，我讲个故事给你听吧。用一刻钟刚刚好。"

38.

    我回到学校时正是吃晚饭的时候，退烧片吃光了，不想再去买，吃下去的抗过敏药让我瞌睡连连，坐在公交车上几乎就要跌入混沌，不过我还是坚持住了。我在食堂里买了二十个包子，装在放药的马甲袋里，又去小卖部买了几瓶纯水，打算去咖啡女孩的家里。至于是去坐禅还是打埋伏就完全看我的运气了。后来想想，什么娱乐都没有，可能会挺不过去，于是回到寝室去拿几张唱片。

    老星在屋子里等着我。

    "出去旅行？"他问我。"买这么多包子和水。"

    "不，应该说是出去面壁。"我放下马甲袋，爬到床铺上收拾我的唱片，听见身后塑料袋窸窸窣窣的声音，回头一看老星已经抓着两个包子，嘴里还有半个。

    "当心噎死。"我说。

    他满嘴粮食含混不清地说："来，坐下，打牌。"

    牌局是我大学时代永恒的主题，甚至超过了网吧，超过了摇滚，超过了我对长发校花的怀恋。只不过物是人非，锅仔疯了，亮亮去了地下室，齐娜被一锤子敲死，剩下我和老星两个人，世界已被海水淹没了大半，剩余的部分正在继续沉沦。我说我不想玩，他说："你非玩不可。"

"两个人怎么玩？"

"玩跑得快。"

"那个没劲，小孩子玩的。"

"在最简单的游戏里有着最深刻的智慧，摈弃技术，只看运气。你觉得没劲只是因为赌得不够大而已，一张牌一根手指头怎么样？"

"我不喜欢运气游戏，那不是真正的输赢。"

"错！如果我和你，坐在这里玩一辈子的跑得快，最后出来的结果就是真正的输赢。"

我估计他脑子出问题了，齐娜的死对他影响不小。我放下包，坐在他对面。他开始洗牌，这时我注意到他的手上全是伤，那是用拳头砸在什么硬物上造成的。我没问他，静静地看着他发牌，三堆牌发在桌面上，他没摸，我也没摸。

"赌什么？"我问。

"输的人去面壁，赢的人去旅行。"

"挺好。"我伸手摸牌。

第一局我被他全关，一张都没跑掉。我洗牌，他点了根烟，说：

"那天在公安局我还是去看了齐娜的尸体。手看了，脸也看了。"

"怎么想起来现在说这个？"

"之前不想说，是因为觉得，告诉你没有意义。"他说，"不过那个记忆无法洗掉，告诉了你，至少对我有一点意义吧。"

我发牌，没问他看到了些什么。

他说："只有怀着巨大的仇恨，才会把人敲成那样。"

他把烟灰随意地弹在地上。第二局我再次被全关。

"之前我说是小广东干的，你说，任何人都有可能是凶手。"他说，"你喜欢讲究动机，对不对？"

"杀人都是有动机的，我看不出小广东有什么动机杀齐娜。我还是那句话，相比之下，你比他更有动机。这年头杀一个陌生人可以没有动机，但杀熟人那一定是有预谋的，不可能没有动机。而且，最重要的是证据，比如说凶器，作案时间，现场的脚印，衣服上的血迹，这些都掌握在警方手里。你能检测DNA吗？古典推理只存在于小说中，科技已经发展到这个境地，不会再有一个侦探运用推理法在我们中间挑出一个凶手，还能令其自己招认。没这回事。"

"你又错了。为什么排查法可以找到凶手？从几万人里找出一个敲头的，排查法简单来说就是排除法，是没有DNA证据的前提下做的概率计算，只要凶手被列入了嫌疑名单，他就一定会被审讯出来。DNA是后设的证明。"

"你有权保持沉默。"

"你外国电影看太多了。"

第三局，我输了一张牌，龙头没扳回来。我开始抽烟，给自己开了一瓶纯水，喝水。

老星说："如果我现在杀了你，你猜猜我有什么杀人动机？"

"猜不出。但你会留下证据,跑不掉。"

"如果排除掉所有证据的因素,通过动机你能把我列入嫌疑人名单吗?"

"不能。"我说。"看不出你杀人的动机,也看不出你有精神错乱的迹象。"

"我有动机。"

我扔下手里的牌说:"不玩了。"

"继续继续,我话还没说完。"

"有话就说完。"

"那就陪我打牌。"

老星说:"你知道吗?有一种传说,两年前那个仓库管理员并不是真正的凶手,他只是被用来顶罪的。不过,自从他被枪毙以后,这儿确实太平了很长时间,说明真凶是被抓到了。"

"理论上没有一个司法机关会用顶罪的方式来处理连环杀人案。"

"是的。可是五月初我们学校有女生被装修工敲死在厕所里,一度成为敲头狂复活的证明,谣言满天飞。齐娜被杀那天,凶手用的也是同样的手法,但装修工却几乎是同时被警察在异地抓获。这说明什么?难道敲头是很流行的杀人手法吗?为什么不用绳子勒死?"

"这一点和我设想的一样,凶手很可能是熟人,用锤子敲是因为想制造连环杀人的假象。"我想了想,补充道,"但也不排除是模仿犯。换句话说,即使是熟人干的,你难道能确定嫌疑人的范围?齐娜身边有多少熟人,有多少半生不熟的人,你清楚吗?"

"我刚才说过,只有怀着巨大的仇恨,才会把人敲成那样。"老星站起来,平举起左手,用右拳击打着手背,说:"还记得杞杞说过的吗,凶手是从后面摸过来,一锤敲在后脑,立刻逃跑。两年前所有的敲头案都是这样的模式,也因为这个模式,很多人是重伤,只有我们学校那个校花比较倒霉,一锤子就敲死了。"他转身面对着我,把右拳伸到我的眼前。"而齐娜,她是被敲了无数锤,后脑,太阳穴,脸,凶手是怎么敲的你用屁股都能想明白。她挨了一锤倒在地上,凶手像敲一个桩子一样把她敲成了肉泥。"

我默然不语。继续喝水。

老星说:"怎么会那么巧?她去祭猫,就撞上了凶手?这种概率低到什么程度?假如有变态狂存在,凭什么一个总是在晚上动手的家伙会选择在下午行凶?如果他见人就杀的话,为什么没有疯狂到跑去市中心随便敲人?你看过一些犯罪学的书,我也看过,不比你傻多少。简而言之,作案模式根本不一样,这是一起独立的案件。"

我打出了手里的最后一把牌,说:"我懂你的意思了,谋杀,对吧?你输了,洗牌。"

第五局牌开始。我捏了一手好牌,一把顺子,四个尖,但还有三张杂牌,想关他不那么容易。

老星说:"接下来的问题就简单了。谁,知道她去那个鬼地方上班了?你知道?我知道?谁在她下班的路上伏击她?"

"小广东知道。"我说,"不一定是伏击。真有仇家的话,也不排除跟踪她的可能。"

"如果她只是随便被人敲死在街上,如果她是被人敲死在宿舍里,如果她像那个女生一样上厕所时候着了道。但你不觉得,死在那边树林后面,太像是有预谋了的吗?假设你要杀她,你怎么会知道她在那天下午会忽然想到去树林里祭猫?你有那么好的运气吗,让她死在一个没人知道的地方?晾了一个晚上!"

第五局,关了他三十张。

他说:"你不喜欢玩运气游戏,对吗?我也不喜欢。"

"齐娜死了以后,我一直神志恍惚,发烧,皮疹,闹到今天。很多事情不能掰开了想。我手里没有任何刑侦方面的证据,想要也要不到,如果只是凭空想象的话,我大概会疯掉。"我说。

"所以你只能去地下室修电脑,你没有编程的天赋。"老星说,"二十二日那天她说要你陪她一起去祭猫,后来又说不和你去了。你觉得她会一个人去那里?"

"这个没有想过。"

"想象一下嘛。"

"我知道你的意思,她约了另一个人去祭猫,最有可能的是小广东。"我说,"你进入了纯推理的境界,可是证据呢?如果能证明她约了小广东一起去祭猫,那么他就是最大的嫌疑人,不管他有没有到过现场。"

"没有证据,但这个推论合理。"老星说,"如果由警方来做,完全可以通过血样、脚印这些确认他有没有去过。"

"首先需要一个不在场证据,那天下午他在哪里。"

"他一个人去看电影了,有票根为证。"

"你去找过他了,对吗?"

"别急,我们牌还没打完。"

"很多时候,动机是由凶手自己说出来的,假如他不说,你就是想破头也不知道他为什么要杀人。为钱,为债,为女人,为一次口角,杀人虽然是件严重的事,但杀人的动机却可以微小到让你发笑。杀人,本质上和自杀是一样的,自杀者会留下遗书,说明动机。在你看来,他们杀死自己的理由无论怎么样都是不合理的。因为这件事本身就不在常理之内,好比你的电脑中了一个病毒,你认为它是病毒,其实它是一个很不错的程序,它只是违背了你的意志罢了。"

我点头,承认他说的有道理,不过这一切和破案没有什么关系。"你别卖关子了,把你知道的都说出来吧。"我说。

"为什么要让齐娜去偷小广东的资料?"他摊开手里的牌,四个K,一对J,一个2。

第六局我再次输掉。

"因为想找到小白的打工记录,小白失踪到现在还没回来,她做家教是在小广东那儿挂着的。我去找小广东要,他不肯给我,正好齐娜在和他拍拖就利用这个机会了。"我犹豫了一下,问,"你怎么知道这件事的?齐娜告诉你的?"

"齐娜要是告诉了我,我还用在这里问你为什么吗?"

我一下子陷入了另一种混乱中,"不可能,小广东不应该知道这件事,齐娜做得很隐蔽。"

"他知道了。"老星说,"事情就是这样,你让齐娜去偷资料,齐娜自以为没有被小广东发现,但他却发现了。你知道做家教中介房产中介职业中介还有卖淫中介,一切的中介,最忌讳的是什么吗?是客户资料被偷。这是他们的第一生产力。我就是想知道,你为什么要让齐娜去做这么危险的事。"

"当时并没有觉得危险……"

"你知道那个人是个变态,对不对?你利用齐娜,结果却害死了她。"

我扣下了手里的牌,"如果要给我安这个罪名,你务必拿出铁证。"

他从床头拿过一支录音笔,"为了这件事特地去买的。"又搬过一台手提电脑。我问他:"电脑也是特地去买的?二手货啊。"

"二手的就够了,我没打算用太久。"他打开电脑,将录音笔里的声频文件导入进去,问我:"其实没什么好听的,我刚才说的就是小广东说的,不过可以让你顺便欣赏一下他的惨叫。"

"你把他怎么样了?"

"我把他四根手指掰了下来,用这个。"他从床头拿过一把血迹已干的尖嘴钳,放在一堆扑克牌之上。

"本来想去搞一台摄像机,把这个场面拍下来给你看的,一时搞不到,也买不起,要逮到他不容易。临时抱佛脚,只能用录音笔将就将就了。"老星说,"我向你担保这是真的,声音有点变形。"

"你是在哪里干的?"

"在他家里。"老星说,"你从来没有假扮过抄煤气的吧?"

"这么简单?"

"当然也是有风险的。在他还没有反应过来之前,先从后面把他打翻了。"老星说,"记住了,越是安静的地方,越是要与人保持距离。尤其不要把后脑勺对着陌生人,不然挨了棍子算你倒霉。"

"看来你下手很利索啊。"

"嗯,本来想把你拉去的,让你也见识见识的,结果没找到你,你好像有另一个窝啊。"

"我要是在边上,你未必能那么如意地动手杀人。"

"我没有杀他,杀人不是我的专长,我只是想尽快地找到答案。你也听到录音了,这家伙心理素质非常好,嘴硬,脸色不变,居然还反问我有什么证据证明他是凶手。我打他,打得自己手都快断了,他居然嘲笑我是个疯子。警察要是逮住他,都不一定能审得出来,当然,我不是警察,我用了这个。"老星指指桌上的尖嘴钳。

录音在第一段五分二十秒的时候发出了第一声闷叫。

"堵着嘴把他的手指铰下来第一根,惨叫太厉害的话会把人招来,所以你听到的就是这个不太充分的效果,毕竟不是广播剧,将就点吧。"

"我至少能说出五十种刑讯逼供的手段,可以让他生不如死但却看不到太多伤痕。"

"不,我不要他生不如死,我要他看着自己身体的一部分正在离开他,而且,还有那么多部分尚未离开,即将离开。"

"的确富有想象力。"我数了数,一共八个声频文件,中间是有断点的,

"这活你干了多久?"

"一夜。"老星说,"很累。"

"现在小广东在哪里?"

"我放他走了。"

"为什么?"

"给你听这一段。"他打开其中一个声频文件,在一阵静默之后,里面的人用一种无法形容的嗓音说:

只要我活着,一定会杀了你们。

接着是老星说:

那就不好意思了,我得把你的两根大拇指也掰下来。

我洗牌。洗完了把扑克牌垒在一边,说:"这牌不能打了,有几张背面弄脏了,被你钳子上的血迹弄的。"

"你再去找一副。"

"还有必要再玩吗?"我说,"我以为游戏结束了,没想到才刚开始。"我给自己点了根烟,"一定会杀了'你们',指谁?还包括我在内吗?"

"应该是的吧。"老星微笑着说,"有一点我可以向你保证,他再也不可能用榔头来敲你的脑袋了,他的大拇指和食指都没了。"

39.

老星走了,把手提电脑留给我。我在电脑前面把八个声频文件又依次听了一遍,很难想象当时的场面,那只有声音而缺乏画面的景象在我的脑海中形成了一个类似宇宙黑洞的东西,存在,可以判断,可以描述,却无法真正进入其中。它看似凌乱无序,缺乏逻辑,但最终支离破碎的却是我。

电脑里还有其他文件,老星的毕业论文,简历,照片,大量的流行歌曲,还有一张完整拷贝进去的 Radiohead 精选集,我知道他不爱听摇滚,这张唱片最早是我推荐给齐娜的,齐娜视若至宝。我挑了一首"Creep",选了重复播放,插上耳机,一边听歌,一边浏览他文件夹里的照片。有一部分是数码相机拍的,还有一部分是胶卷冲印出来后扫描录入,每一张照片上,都有一个齐娜。

小广东杀死齐娜唯一的原因是,她开启了他的电脑,拷走了一套客户资料。她不是在事后被发觉的,而是当时就被发觉,他跟着她,看到她来到男生宿舍楼下把我叫了下来,并交付了一张软盘给我。

齐娜说过要和我一起去祭猫,最后不欢而散,她错误地选择了小广东。不过,这也许不是什么太严重的错误,因为照小广东的说法他迟早都要杀她,他用了一个很古怪的词:背叛。与此同时老星在声频中嘲笑道:"你一定是想起你的前任女友了吧?听说她出国以后你把她的猫煮来吃了。"

小广东说，他很清楚齐娜并不爱他，只是为了一份好工作罢了，他不喜欢被女人利用的感觉，当然他也得到了补偿，他睡了她。但他不能容忍任何女人调走他的客户资料。

为了这句话，他失去了第二根手指。

MEC的工作也是他介绍给齐娜的，齐娜接受了，面试很顺利，一份行政助理的工作看上去还可以，至少，看上去没有被他白白地睡过。第一天去上班，她约了他下午去祭猫。那地方他去过，觉得还不错，周围是树林，没有人，一侧是铁道和荒草。他决定在那里动手，不过有一件事他没料到：齐娜竟然在旅馆里逗留了片刻。她告诉小广东，自己把衣服什么的放在旅馆里了，等会儿回去拿。小广东问她，旅馆那个朋友知不知道她约了他一起来这儿。她说不知道。于是他决定动手。她连喊都没喊出来就倒下了。

他说自己用的是一把很普通的榔头，木柄已经被磨得发亮，锤头部分都生锈了。选择锤子作为凶器，是因为学校里不久前刚发生过一起敲头案，看上去会更像是连环杀人案。干完之后他本来想把她的尸体再拖到别处，破坏现场，制造一些假象，但想到她在旅馆里的朋友有可能会出来找她，这让他担心，于是就抛下尸体走了。他去了市区，买了一张电影票，票根一直存在钱包里。

凶器，衣服，鞋子，包括齐娜的手机（这一点似乎被所有人遗忘了），都扔到了河里。

老星说："你他妈的就为了这点事情，竟然杀了她？"

小广东说："我是个有点古怪的人。"

在我整个贫乏、枯燥、防守的大学时代，老星或许可以算是我唯一的朋友，最初我们只是牌友，后来成为了比较好的朋友，我们一起去找过工作，听过摇滚（他很快厌倦了），参与过锅仔的创业计划，但是到三年级临近毕业的时候，我们的关系忽然又倒退到了牌友的水平上。我想人们总要分道扬镳，这是定律，而老星认为这是一种类似软件升级的事情，他用2.0版，我还停留在测试阶段。

在老星离开之前，我问他："你把小广东放走，就是为了让他来杀我吗？"

"也不完全是，"他说，"我说你缺乏编程的思维，不是没道理的。你想明白了吗？如果我杀了他，我就会因为谋杀而被捕，最起码死缓；如果我把他扭送公安机关，或者他投案自首，我就是故意伤害罪，而且是重伤，判十年是没有问题的。我唯一的选择就是放他走，然后，把这个游戏继续玩下去。"

"你把你的疑点告诉警察，警察也能审出来。"

老星说："我急于知道答案。我从一开始就知道是小广东干的，这不是你那种狗屁犯罪学知识能解决的问题，必须靠直觉，或者更准确地说，是预判能力。"

"你有没有想过，万一不是他干的，你这一钳子下去是什么后果？"

"那就当是为齐娜挽回一点名誉吧，毕竟她为了找一份工作而出卖了自己，最后竟然还没能如愿以偿。实话说，假如小广东不是凶手，那么昨天晚上他被掰下的就不是四根手指了。"老星微笑着用食指敲敲自己的脑袋，"你太高估我的理智了，你难道看不出我也是个变态吗？"

我继续看照片。

电脑里存着齐娜大学时期的若干次留影，有她抱着钾肥坐在牌桌前的，有手上裹着纱布在操场上的，有生日那天在蛋糕前面吆五喝六的，像一部微型的电影，充满了伤感，充满了可以呼吸的空气。我像是途经宇宙黑洞的时空旅人又回到了地球，在这些照片中，一百年轻易地过去了。

该往何处去？我想那个梦是做反了。梦里的齐娜告诉我，追凶将是我后半生的命运，而现实是我被老星拖进了一个悖反的陷阱，我将被凶手追杀，后半辈子恐怕永无宁日。程序就是这么设计的，诚如老星所说，我不具备编程的思维，我是一个使用程序的人，某种程度上就是程序的奴隶罢了。

预见到这样的未来，是件可怕的事，正如你在用一副被血迹污染了的扑克牌赌博，某几张牌上的印记双方都知道了，一部分隐秘，一部分公开。公平，但无趣，它既违背了打牌的技巧原则，也不太像是一个用运气来赌输赢的游戏。它唯一的作用就是不停地嘲弄你的人生，假如你恰好拿到了那几张有印记的牌——在漫长的游戏中你又怎么可能避免这种情况发生？你们出于什么样的困境，竟不能换一副干净的牌玩玩？

"唯一的办法，洗牌，你去公安局报警，警察只要能抓到小广东，就会把我也逮进去。你就解脱了。"老星在出门之前对我说。

"警察迟早会抓到他的，十年，也许十天。也许明天他就把你做掉了呢？"我说，"放心，我会让你玩得尽兴的。"

在"Creep"的歌声和齐娜的注视下，我按下了Delete键，删除了那八个文件。

七天后，当我来到学校拿毕业证书时，第一件事是别人拿着报纸告诉我，有一个关于大学生做鸭的报道出现在T市晚报上，而那个鸭的名字叫作夏小凡；第二件事是小广东消失了，令这桩本来就疑点重重的凶杀案变得更为扑朔迷离。

我们来到教学楼前面拍毕业照，很多人都没来拿毕业证书。有个老教师叹息道，以前的学生，毕业之前都抱头痛哭，难分难舍，现在的这些人都是怎么了？老师们坐在凳子上，我们站在他们的身后，稀稀拉拉的几个人，看上去不像大专毕业，而是拿到了博士文凭。我看了看，我们寝室只有我一个人在，感觉有点孤独。过了片刻老星从旁边钻了出来，站在我身边。我抬头看看，中午时分的大太阳照得明晃晃的，顶光太强，估计拍出来的人都是头发雪亮还带着仁丹胡的阴影。

老星低声问我："这几天你在哪里？"

"窝着。"我说，"你呢？"

"和你一样，找了个地方等消息，要是把小广东给抓住了的话，我想我就去投案自首算了。他还挺争气的，带着两只残手都能逃掉。"

"现在你只能指望他逃得越远越好了。"我说，"这几天我想了很多。我做了个数学分析，发现你的损失比我惨重，我最多是被小广东干掉，而你呢，既要担心被小广东干掉，又要担心他被警察抓住了告你重伤，还得防着我去举报你。最无聊的是，小广东干掉你的几率比干掉我的大了至少十倍。我觉得你也不太像个程序设计者，你是一个把简单游戏玩复杂的人，怪物越多你越兴奋的自虐型玩家。"

"靠，竟然被你看出来了。"

摄影师半按快门。茄子。我们在齐声吟唱中结束了大学的生涯。

老星拖着他的旅行箱要走，我说送送他，我们穿过学校的操场，从边门那儿出去。六月的操场上已经长满了野草，一群低年级的学生穿着一色的国米球衫在玩足球，球踹到我们脚边，一个戴队长袖标的10号小胖子跑过来对我们喊道："喂，踢过来。"老星说："你哪部分的？我们学校什么时候有足球队了？"10号说："新成立的，前阵子搞联防队，哥几个熟了，现在没事干了就弄支足球队玩玩。"老星说："自己玩自己？"10号说："各处找人搦呢，有兴趣一起玩玩吗？"老星说："没看见我拖着旅行箱吗？老子都毕业了。"10号说："操，再敢自称老子，爷爷我叫人来抽你。"

我拖着老星离开，在学校边门口抽了根烟。我说："我就不送你过去了，你好自为之吧。"

老星说："平时要联系吗？万一被干掉了，剩下的那个心里也有个数。"

"没必要，对你来说这算作弊。"

"也对。"老星说，"看来你这七天想明白了不少事情，真的是去面壁了。"

"输的人去面壁，赢的人去旅行，你自己说的。"

"万一我坐牢了，那就倒过来了。"

"也可能是我们都被小广东干掉。"我猛吸了一口烟，想了想说，"其实有件事我一直没有告诉你，我觉得当时齐娜是喜欢小广东的，我说我讨厌小广东，齐娜竟然还为之辩解，实在是出乎我的意料。你想她那么一个爱猫的人，怎么会为一个吃猫的家伙辩解呢？世界上的事真是说不清，也许你以后也会爱上一个不懂编程只会管着你吃喝拉撒的女人。我这几天一直在想，齐娜，她确实也没有料到会是这种后果吧。"

"你的意思是说，小广东误会了齐娜？"

"我们谁都没想到，从他电脑里偷一份资料就会引来杀身之祸，警察也想不到吧，这个杀人动机太古怪了。要是小广东当时知道齐娜喜欢他，也许就不会杀她了？"

老星把烟蒂扔在地上，踩灭，说："反正我知道，齐娜是从来没有真的喜欢过我。"他用脚碾着烟蒂，说："但这不妨碍我为她做的一切。"

"依着齐娜的脾气，她会为你喝彩的。"

"我想也是。"

"接下来去哪里？"

"还是去上海谋职，假装自己什么都没干过。"老星说，"我也有一件事忘记告诉你，那天在屋子里暴打小广东，有一段我来不及录下来了。他说，你拿到那张软盘以后，他一直跟着你去了网吧，等你下楼以后，他进去了，网吧里就只有一个女孩子。那是家黑网吧，你经常去的吧？"

"是的。"

"你忘记删文件了，他让网吧的女孩打开你先前用过的电脑，在桌面上就看到了自己的业务资料。这个让他无比愤怒，你就算偷了他的业务资料，也不能随便乱扔，对不对？"

"对的，我太缺乏职业素养了。"

"实际上，他在先杀你还是先杀齐娜的问题上还犹豫了一下，最后他选了齐娜。想知道为什么吗？"

"说吧。"

"他说，你充其量不过是只猫，他已经杀过一次猫了。这次他要杀的是背叛他的人。"

我再次觉得莫名悲哀，"你们这些变态的想法真是古怪。"

"你会像我一样，变成一个自虐型的玩家的。"老星说，"真有意思，你总是能想出一些很形象的概念，连自虐型玩家这种词都能想到。很准确，很虚无，好像它们可以升华你身上的罪孽。反正，小心点吧，要是你先被他干掉了，我会很孤独的。"

"我等着他拎着你的人头来找我。"

老星点点头，带着点嘉许的意思，接着问了另一个问题："你到底找到小白了吗？"

"没有。"

"还打算找？"

"除此以外没事可干啊。总得把事情做完。"

"为什么不报警？"

"报警有用吗？"

"话虽如此，还是报警比较好点。"

"说来话长，这些你都不需要知道了。"我说到这里，有一辆出租车恰好从小路上开出来，是空车。老星举手拦车。我说："走你的吧，屁也不要问了，成事败事都有余的东西！"

老星哈哈大笑，出租车停在我们身边，他把旅行箱扔进后备箱之后，回过身来拍了拍我的肩膀，"这么疯狂的事情，在你嘴里说出来居然轻描淡写的，看来你是想通了。"

"我想通了,这件事倒还好,并不疯狂,只是有点怪异,有点残酷。但你的确是疯了。"

他点点头,跳上出租车。就此无话,下辈子再嬉戏吧。

我回到操场上,百无聊赖,只能坐在看台上望着一群身穿国米球衫的傻瓜在那儿扎堆踢球,十来个人围着一个球猛踢,灰尘四起,吆五喝六,看上去更像是在打群架。阳光带着淡淡的焦味,看台的高处被风吹得厉害,尚有三个女生在不远处坐着充当啦啦队,每人手里一根香蕉,连嗫带舔就是不肯咬断它。

过不多久,一个穿球衫的人从外面跑过来,喊道:"别踢啦,我把他们叫来了。"我一看,后面跟着一群 Loft 装修队的民工,服饰各异,共同的特点是满身灰尘,不知道是要干什么。

10 号跑到看台下面对我喊:"喂,哥们,我们缺人,下来一起玩。"我抬脚给他看,穿着拖鞋呢。10 号说:"没事,就缺个裁判,你随便跑跑就可以。"我说:"你要跟装修队踢?"10 号说:"找不到对手只能找装修队啦,踢全场,帮个忙吧。"三个舔香蕉的女生嘻嘻哈哈地看着我,我站起来说:"行啊。"

装修队的人比较多些,挑了十一个年轻的,后面还有一些头发花白或者秃顶斜眼的就坐到看台下面去充当替补了。一个戴帽子的年轻人显然是漆匠,看他的衣服就知道,他是带头的,站到那个想象中的中圈弧上,10 号抱着球也走了过来。

10 号对漆匠说:"喂,玩归玩,可不许撒野,要懂得游戏规则,知道不?"

漆匠从上衣口袋里掏出一包紫南京,给我和10号发烟。我说:"太搞笑了。"接过烟,我们三个在想象中的中圈弧抽烟。

"以前踢过吗?"10号问。

"没有。"漆匠老老实实地说。

"平时看电视里的球赛吗?"

"平时看新闻联播。"

10号翻了个白眼,对我说:"妈的,遇到土鳖了。"我说这没什么的,踢球就像撒尿,人们天生就会的东西,无非是站着撒尿还是蹲着撒尿罢了,只要稍微训练训练,这伙装修工肯定不差的,想想那个杀人犯吧,你们几十个人都没追上他,至少也是个边锋的好料子。10号说:"有道理。"又转头对装修工说:"喂,叫你们那几个替补的离我们班的女生远点儿,你们这帮人没几个是正常的。对,就是那三个吃香蕉的女生,离她们远点儿。"

漆匠说:"没事的,没事的,他们不是强奸犯。"10号说:"这可保不齐,强奸犯还能写在脸上?"漆匠说:"那你也没写在脸上。"10号说:"操你妈你还挺能说的。"我说:"你们能不能别啰唆了?踢球吧。我觉得我现在像他妈的拳击裁判。"

10号把球放在地上,一脚踩住球,清了清嗓子,对漆匠说:"喏,现在我说一下规则。"我说:"规则是我来说的吧?"10号说:"还是我来说吧,你不太清楚。"我说:"请便。"

10号说:"首先,踢球不能用手,其他部位都能用。"

漆匠说:"这我懂。"

10号说:"有你不懂的。其次,由于没有边裁,就不存在越位了,随便跑,懂吗?"

漆匠说:"懂了。"

10号说:"由于我们只有十一个人,而你们有二十个人,本场比赛我们进一个球算一个,你们得进两个球才算一个,懂吗?"

漆匠说:"懂了。"

10号说:"你们可以随便换人,让大家一起玩玩嘛,但是场上只能有十一个人。这是游戏规则,懂吗?"

漆匠说:"懂了。"

10号说:"由于我们人少,而且身体没有你们壮,手段没有你们狠,所以我们这边吃五张黄牌才罚下去,你们那边没有黄牌,只有红牌,懂吗?"说完转头看我。

我和漆匠一起说:"懂了。"

10号说:"开球吧。"

我想对10号说,开球你得退出中圈弧,这不是篮球。但我没来得及。漆匠把脚尖对准足球,抡腿,10号惨叫一声捂着裤裆倒在地上。球还在原地打转。

40.

　　那七天时间里我一直住在咖啡女孩的屋子里,她走了,这屋子不再是她的,她住在这里的时候就没打算留下太多的个人痕迹,把一间卧室搞得像牢房一样。在她消失后,这些本身就已衰微的印迹自然就很轻易地被抹平了。一种与时间无关的苍凉和空洞。这种生活方式是特异的,和她的幻觉到底有多大的关系?究竟是一种自我治疗呢还是自我封闭?

　　一切任凭我揣测了。

　　我在这屋子里住了下来,本打算把自己关死在这里,但显然不可能,因为厕所和厨房都在外面,塑料袋里的包子也已被老星吃掉了一半,坚持不了七天之久,更做不到完全的禁断空间,也只能如此了。

　　无须赘言我想到了些什么,无论神启抑或谵妄,那个思维的过程都是被隐蔽了的。事实上我什么都没想,我只是在屋子里躺着,抽烟,吃包子,喝凉水,插上耳机听音乐,打开窗户透气,偶尔出去一趟,像一个退休了的孤老,一切希望都已流逝,不存在梦想或理想只有一些呼啸而过的、噼啪作响的、嘤嘤低徊的记忆,既不度日如年,也不时光如梭。

　　我一天吃两次药,退烧片和抗过敏药一起吃下去,想看看两种药在肚子里会产生什么样的化学反应,会不会产生软件冲突的效果把我直接黑屏了,可是没有,它们很默契地完成了各自的任务,一天之后,烧退了,皮疹也不痒了，圣洁的光环笼罩着夏小凡，仅仅是消除了身体里的病痛我就有了一种超凡出尘的快感。我躺在床垫上，看着天花板上鳞片状脱落的泥灰，心想，到底是什么拯救了我。

　　我一直在等待着那个影子再次出现，随便什么时候都可以，在我出神的片刻，在我入睡之后，在我插上耳机听音乐的时候，甚至是我出去上厕所的间歇。无论用什么方式，且让我印证一下咖啡女孩所说的究竟是幻觉还是事实，我会让那道影子进来，和它说话，说井，说猫，说加拿大一枝黄花，说死在夜路上的女孩，我所有的异色的记忆都是如此的微不足道，如此零碎，如此凝固，像意识流的齿轮卡在了生锈的地方。说完这些，任其宰割也无所谓。

　　我等了又等，经历了数度无梦的睡眠，醒来发现自己还在这屋子里，有时白天，有时夜晚。影子没有出现，它可能是把我忘记了，但更像是躲在某个角落里微笑着看我烂下去。它信心十足，早已预见到了未来的事情。甚至在我插上耳机听歌的时候，世界在音乐中被抽空了，假如没有这些音乐我大概就会从窗口跳下去吧。你意识到自己是个面向深渊的人，但音乐把推找掉入深渊的力量转换成了抚摸，那道影子隔着门缝窥探我，发出嘲弄般的轻笑，很多指甲落在窗台上，静静地继续生长。我想起梦里看到的自己，苍老地站在某一部电梯中，在倒退的时光中逆向死亡。

　　某一天，门被叩响。

　　"我差点以为自己跑错了地方。"女高中生大声说，"你怎么会变成这样？屋子里好臭！"

　　"我药吃多了。"我呆头呆脑地说。

"嗑什么药了？"

"退烧片，抗过敏药。"

"我还以为你抽了大麻呢。这两种药在一起能顶得上大麻？"

"请尊称它为叶子。"

"我的名字就叫叶子！"女高中生说，"我在学校里被人尊称为大麻！"

她嗓门太大了，我怕她把邻居引出来投诉，再弄个警察来上门走访就太傻了。我让她进屋子。她说："我是来看看你的，让你来找我的，你没来。哎，那个姐姐呢？"

"走了。"我说，"离开了，消失了。"

"也就是说你失恋了。"

"不，我只是一个人待着。"

她怪同情地摇摇头。我发现她换了衣服，挺干净的白衬衫，身后的巨大背包也不见了。

"你还在流浪？"我问，"还是已经回家了？"

"回家了。我爸妈托了关系，学校给了我一个记大过处分，反正不会开除掉。最近我挺老实的，快要期末考试了，挂红灯是肯定的，不过我爸妈已经不在乎这个了，随便我听什么音乐，交什么男朋友，只要我不跑出去过夜就好。"她打了个呵欠说，"暑假一到，我就可以像美国的青少年一样自由了。"

"你要是在美国，早被爹妈送到寄宿学校去了。可惜啊，中国的寄宿学校都是贵族暴发户念的。"

她坐在床垫上抽起烟来。我说："我唱片呢？上次被你拿走的那张

Lush。"

"掉啦。"她说,"不小心弄丢了,觉得很过意不去,今天特地过来看看你。不是特别有纪念意义的东西吧?是那个姐姐送给你的?"

"不,没有什么意义,只是我很喜欢而已,"我叹了口气,"掉了就掉了吧。"

她站起来,叼着烟说:"你这屋子里臭死了,上次来的时候觉得像病房,这次变成牢房了,看来家里没女人是不行。我来给你打扫屋子吧,就当我赔你一张唱片。"

"请便,我倒想看看你怎么做女人。"我说。

女高中生走了以后,屋子里干净了不少,她又替我到楼下买了面包和水,还有一条香烟,用的是我的钱。临走前说过几天再来看我,我说可以,并没有说我即将要退租离开的事情,就让她空跑一趟吧,我也需要消失在某个人的世界里,即使这个人无关紧要,即使我体会不到那种消失的快乐。

当天晚上我清醒了很多,半夜里睡到迷迷糊糊的,觉得有人在挠我,立刻就醒了过来,打开灯一看是个蟑螂在我身上爬,我再看屋子里,发现有无数个蟑螂正在四处爬行,咖啡女孩所谓的打开了地狱亡魂的封印就是这个场面。可能是被女高中生打扫过的缘故,惊扰了它们。我找了一圈,除了鞋子以外没有任何对付蟑螂的武器,恶心得睡不着,只能愁眉苦脸地坐在床垫上看热闹了。

那会儿是凌晨三点,已经后半夜,但离破晓还有一段时间。我觉得饿,伸手去摸塑料袋里的面包,手上又是一阵麻痒,跟着听到秃噜噜的声音,蟑螂起飞了。

三点半，我穿上鞋子，在门外的走道里抽烟，打开属于我的那盏照明灯，走道两头仍然像洞穴一样黑。我去上厕所，看到废纸篓里有一堆沾着暗红色血迹的卫生巾，非常可怕地囤积在那儿，死亡亦不过如此。拉开门出来时，门口站着个披头散发的女孩，吓得我整个人在原地跳了一下，她倒蛮镇定的，只是皱了皱眉头，迅速地钻进了卫生间。这应该就是煤卫合用的那位，我还是第一次见到。我在走道里站着，心想，要是她出来了看见我还站在这里，八成会认为我是个变态，偷窥厕所的鼠辈。我回到了屋子里，又想是不是该把走道里的灯关了，关灯也不太好，她出来了一团漆黑的，我是不是该先回房间，等她上完了厕所再出来关灯？

合乎逻辑，但怎么着都觉得别扭。你越想让自己看起来像个正常人，你就越是会偏离正常的轨道。最后，这个关于合不合逻辑别不别扭的问题一下子卡住了我。

我听见敲门的声音，打开门，女孩站在我门口，头发大概稍微撸了撸，变得整齐些了。她弱弱地告诉我："你忘记关灯了。"

我问："有杀虫剂吗？"

"飞虫还是爬虫的？"

"蟑螂啦。"

她说："你等会儿。"说完回到自己的屋子里，拿了一罐雷达给我，并说："这儿蟑螂真多。比学校里还多。"

"你也是工学院的？"

"嗯，和你一届的。我见过你，你在学校里很有名。"

"我怎么可能有名?"

"嗯,"她沉吟着,弱弱地说,"以前没有名,最近有名了。"

我知道她说的是杀人案的事,但这件事我已经不可能向任何第三个人说起了,除了老星以外。我接过雷达,很认真地对准地板、床底下、窗帘背后进行了一番喷射,为了减轻那种群魔乱舞的恐怖感,我把屋里的灯也关了,直喷到屋子里充斥着菊酯的气味,我拎了一瓶矿泉水,跑到走道里,带上门,喝水抽烟。

"半小时以后就尸横遍野了。"我说。

"到我屋里坐坐?"她说,"天快亮了。"

我想这是个好脾气的女孩,来例假都这么温和,平时不知道好到什么程度呢。她的租屋在我的斜对面,正对着厕所,我的屋子正对着厨房,形成了一个交叉对应的合用局面。那天我吃的冰箱里的方便面就是她的。

"在这里住了多久?"我问她。

"快一个月了。"

"找到工作了吗?"

"在一家食品公司做助理,一个月一千块钱的见习工资,刚够租房子吃泡面的。我是外地人,在这儿没有亲戚朋友,靠不上谁。也想去租两居室,哪怕跟人合租呢,太贵了,以后涨工资了我就搬走。"

我沉默地点点头,表示理解。她继续说:"生活很枯燥,没什么特别不高兴的,也没什么特别高兴的,我必须一次次地告诉自己,这就是生活,做助理是生活的一部分,租房子是生活的一部分,其他鸡零狗碎的事也是。生活就是一个巨大的概念,用来捆绑你的,如果你真的获得了自由,你就不会一天到晚提醒自己这是生活。"

我说:"也是一种自我调节法。"

"糟糕的是,还没开始我就已经像个被折磨得半死的人,必须往自己身上涂防腐剂。"

"你这个比喻很不错。"我说。

"在平凡的生活中期待好运,同时祈祷坏运气不要出现,这就是我能做的。"她说,"你呢?你找到工作了吗?"

"没有,晃着。"

"很自由啊。"

"不,一点也不。"我说,"我的问题是,即使祈祷也无济于事,坏运气已经来了。"

女孩起身给自己倒水,我掐了烟。她说:"没关系,你抽吧,就当我点蚊香了。我也睡不着,我很啰唆是吗?"

"可以理解。"我说,"我饿得不行了,有东西吃吗?"其实我想说的是,能吃你冰箱里的东西吗。

她说:"我来给你下面条,我也饿了。"

天亮了,在天亮之前总能听到鸟叫,唧啾唧啾的,它像是从颤抖的梦中醒来,不能相信这是一个存身的世界,所以叫得这么弱,这么缺乏现实性。我很想每个夜晚都和什么女孩聊天,聊到天亮,在太阳出来时沉入睡眠,而所有的夜晚,是不是都可以用来说话,哪怕说的是最无聊的事情呢。

我们稀里哗啦地吃面。

"我去看看,小强应该都死光了。"我站起来。

她说:"嗯,我也得睡会儿了,等会儿要去上班。以后常来坐坐,我冰箱里的东西你想吃都可以拿。"

"你真是个好姑娘。"

按咖啡女孩所说的,第七天上,房东应该会过来收钥匙。我等着第七天到来像等待救世主降临。

某天下午我在床垫上躺着,地上全是死蟑螂,门被人用钥匙直接捅开了。

一个满脸沧桑的欧吉桑走进来,眼圈发黑,脸色青黄,一副纵欲无度的样子。看到一地的蟑螂他也愣了一下,眼神好像我是从一堆死人中间爬起来的。

"不好意思,把你的蟑螂都杀光了。"我半开玩笑地说。

"就是就是,你知道,这些蟑螂,闹饥荒那几年,我都抓来吃的。每当看见他们就勾起我童年的记忆。"欧吉桑也很有幽默感,"你全都杀光了,再闹饥荒,我只能去啃树皮。"

"早知道给你放冰箱里了。"

"就是就是,不过那台冰箱早就坏掉了。"

这时门外又走进来一个胖子,大概有两百多斤重,满脸青春痘,站在欧吉桑背后喝可乐,不停地打量着房间。我意识到他是新房客。

死胖子说:"怎么连床都没有,家具呢?电视机呢?有没有网线?"欧吉桑说:"你要什么我都给你配上,不过房租要加一百。"死胖子说:"坏掉的冰箱你也要给我修好,这个窗式空调噪音太大,我有神经衰弱,给我换台挂壁的。"我心想，你丫都胖成这样了，还好意思说自己神经衰弱。欧吉桑说："那再加一百吧？"死胖子说："不能再加了，再加我就可以去租煤卫独用的房子了。"欧吉桑咬牙发狠道："好！遂了你这个胖子的心愿！不过床我就不再另备了，你这个体重什么床架子撑得住你啊。"死胖子说："我才两百多斤，你弄个双人床，上面睡两个人也得三百斤。"欧吉桑继续贫嘴："万一你的女朋友也是个胖子呢？你知道什么叫共振吗？"

趁他们在嚼舌头，我收拾了一下，把唱片什么的都装到塑料袋里。死胖子吸溜吸溜喝着罐装可乐，又跑到走道里去看厨房，先开了冰箱，说："吃的东西不少啊。"我说这是对门的冰箱，死胖子自说自话地从里面拿了一罐薯片吃了起来，并说："薯片还放冰箱，太傻了。"紧跟着又跑到卫生间看了看，又跑出来，拍打着对门女孩的房门，问："这是什么地方啊？"欧吉桑说："这就是合租煤卫的人家。好像是一个女大学生吧。"死胖子说："嗯，还是女的好，清静。"我心里一阵悲哀，为那个女孩难过，你们好好地活在这个社会，努力工作，用心生活，其实只是陶冶了那些傻逼。

欧吉桑带着我到楼道口去抄电表，算钱，又转头问我："你女朋友走了，你怎么不跟她走啊？"

"我生病了。"

"你脸色是不太好，肿的，什么病？"

"疝气。"

"那就难怪你走不动路了。疝气这个病，你得倒立着做理疗。主要是地球引力的问题。"

"每天倒立十分钟？"

"不不,一直倒立着,出门也用手走路,像马戏团一样。你不要笑,也不要觉得难为情,以前这一带有个疯子用榔头敲人脑袋,我上夜班的时候就倒立着走出去的,榔头敲过来,敲在我的鞋底上。哈哈,好玩吗?"

"不好玩。"我森然地说。

交割完毕,他把多余的押金给我,我稍稍收拾了一下,没有什么东西可以带走。他还在说疝气的问题,让我有点心烦。我一下子想到了老星也是这副嘴脸。

"你那个女朋友……"他说。

"闭嘴吧你丫。"

欧吉桑愣了一下,随即释然,仿佛是踩到了什么东西,以为是狗屎但其实只是果皮。"你真是喜怒无常啊。"他打着哈哈说。

41.

我走到了杞人便利门口。以我的心情来说,当然不是要到处找人告别,只是想找个清静的地方。毕业是很恐怖的,我在大学里已经目睹过两次,有打架寻仇的,有失恋痛哭的(奇怪的是从来没有人在毕业失恋时自杀,大概都觉得自由在前面召唤吧),有因为工作不如意把寝室砸光的,有找个旅馆开房间做爱的。最普遍的是三五成群喝到醉醺醺,把上述的事情再做一遍也不乏其人。

杞人便利还是老样子,有几个人在柜台上买烟,我在后面等着,他们拿着烟走开,我看到柜台后面杞杞的脑壳,依旧是乱蓬蓬的头发,没睡醒的略带浮肿的脸。我说:"杞杞,生意怎么样?"

"这两天还可以。"他说,"接下来就没生意了,放暑假了。你暑假还在学校里过吗?"

"我毕业了。咱们好像说过这个的。"

"我不记得了。"

黑白电视机里播放着T市的一场文艺演出,他转过头来看我:"你要买什么?"

"什么都不要,过来看看你。"

"那就买包烟吧。"

"也行。"

我靠在柜台边抽烟。

"你找到工作了吗?"杞杞问我。

"没有。"

"你会回家吗?"

"不会。"

他安静了一会儿,忽然说:"店快要被拆掉了。"

"那就换个地方开店。"

他说:"我想出去旅游。"

我吐了口烟,说:"是个好主意。"

他说:"家长反对,问我有没有见过被掰掉了壳的蜗牛。"

"这个比喻挺操蛋的。"

"我听不懂比喻句。"

沉默了很久,我接二连三地抽烟。电视机里有一个长相凶狠的女人在唱"青藏高原",大概导播也觉得她太过不堪,画面切换到了西藏风光,黑白荧屏上灰灰的天空必然是湛蓝湛蓝的。杞杞出神地看着,街道上陆续有人提着箱子、拎着铺盖往大街的方向走去。有人过来买烟,买饮料,然后继续赶路。

杞杞说:"我进了一些唱片,你想看看吗?"

我很抱歉地说:"我已经不需要这些东西了,我要轻装出发。"不过我马上又改口道:"给我看看你进了些什么货。"

"嗯。"他从柜台下面抱出个纸箱,里面都是装在塑料壳子里的唱片,竖着排成几列，以我的经验一望而知不是什么好东西，壳子看上去五花八门，而且很旧了，有些是打口碟，有些是盗版货。我用手指搭在唱片壳子上，先抽出几张，让满满的纸箱留出一点空隙，然后飞速地扒拉。只看了一半我就收手了，都是些烂碟，死金、演歌、九十年代的港台流行、根本没听说过的爵士乐手和臭大街的RAP，再配上一些日文片假名的古典音乐，完全看不懂是肖邦还是贝多芬。我只能说："杞杞，你上当了。"

他露出懊恼的神色，说："我还指望挣了钱去旅游呢。"

"想要我的唱片吗？全送给你。"

"为什么要送给我？"

"因为我要出远门了，本来可以送给别人的，现在这些人都不在了。"我说，"你等我，我回去拿给你。"

我回到宿舍。所有的唱片，多年来积攒下来的，早已打包到纸箱里。我抱着两个沉重的大纸箱，回到杞人便利门口，撕开封箱带。在那两个纸箱里，正版、盗版、打口碟掺杂在一起，完全是我个人藏品的展览会，全部的Radiohead和Nirvana，冷门的Portishead和Cocteau Twins，精挑细选的碎瓜和Garbage，经典的U2和Osis，窜红的Lacrimosa和Cold Play，永不滞销的Beatles和Pink Floyd，以及更多更多的。包括一张Lush的唱片，我曾经找得头皮发麻的《Love life》。我被自己震慑了一下，甚至有一丝轻微的后悔，我究竟舍弃了什么呢？

"有点旧了，但可以保证，全是尖货。"我对杞杞说，"全部送给你，攒够了钱去你想去的地方吧。"

杞杞再次问道:"你为什么要送给我?"

"因为我喜欢。"

我在杞人便利门口坐了很久。我用柜台上的电话拨咖啡女孩的手机,她关机了,坐了很久之后我再拨,还是关机,我想这一天我是没可能找到她了。

"杞杞,你的店为什么会叫杞人便利?"我回头问杞杞,他正在一张张地翻看我的唱片,好像还挺好奇的。

"你以前问过的。"

"你没告诉过我。"

"因为杞人忧天啊。"他指指自己的脑壳。

"不会再有敲头杀手了,不用害怕。"我说,"嗨,这些唱片都很不错的,在卖掉之前,你完全可以听一遍,把喜欢的留下。妈的,我应该把我的 Discman 和耳机都送给你。"

杞杞说:"我听不了耳机。"

"为什么?"

"我这个耳朵被敲坏了,听不清。"杞杞面无表情地说。

我有点怀疑他的脑神经也被敲坏了,很长时间里,我就没看见过他的脸上有过其他表情。等他把唱片看完,收起,我说:"我要走了,咱们再见吧。"杞杞仿佛是刚明白过来,抬头看我。我挥挥手,和他告别。

杞杞说:"那天晚上我看见你了。"

"什么?"我又回转身子。

"你半夜里从我的店门口走过,你在吹口哨,走过了好几次,后来有个女的跟着你走,后来有个人跟在你们后面。你们走过了几次,他跟在后面就走过了几次。"

我瞪着他。

他仍旧是面无表情地补充了一句:"那天晚上很可怕。"

"等等,谁在跟着我们?"

"我看不到那个人的脸,是个男的,穿一件帽衫。"

"你怎么看见的?我记得当时你店都打烊了。"我说,"你他妈的被人打劫过了半夜里还睡在店里?"

杞杞沉默了一会儿,说:"你是不是很害怕?"

"我还好,已经不害怕了。问你,那个人跟着我干吗呢?"

"他想杀你,他手里拿着锤子呢。"杞杞说,"杀人狂又出现了。"

我走进柜台,从架子上拿下一听汽水,打开给他喝。再想了想,我给自己也开了一听啤酒。

那晚上杞杞睡在店里,我绕着学校打转,他说他有点睡不着,听到有人吹口哨走过,过了一段时间又是吹口哨,如此反复,他觉得奇怪,就透过卷帘门的隙缝往外看。店门口有盏路灯,他看清了是我。后来我带着女高中生绕圈子,说话声音很大,走了好几圈,这让杞杞觉得奇怪,以为我是半夜里练身体。

然后他注意到有个人跟在我和女孩的身后,我们走过几次,他就走过几次。以杞杞的智力大概不会明白这是什么意思,但他却明白了,因为,最后一次他看到我和女孩站在街上向后望，竖起中指骂傻逼，然后我们离去，接着，他看到有人从黑暗中走出来，手里拿着一把锤子。

"起先他没有锤子，后来有了。"杞杞说，"但是你很机灵，你听见声音了，逃走了。"

"是的，我知道有人在跟我，不过没想到他会拿着锤子。我逃到东面的新村里了。"

"他跟着你过去的，我以为你会死掉。"

"新村里黑乎乎的什么都看不见，我逃到了一个朋友家里，他找不到我。"

杞杞喝着汽水说："那时候很晚了，你只要一开灯，他就会知道你去了哪个房子。"我捏着啤酒不说话，心里凉了半截。杞杞说："你肯定开灯了。"

一点没错，我肯定开灯了，我不可能不开灯。看着这个枯草般的少年，我心想，我智商竟然还没他高，有点不可思议。不过我很快就想明白了，他不傻，他只是被敲过了脑袋所以有点偏离了正常轨道，就智商本身来说，他没有太大的问题。

杞杞说："这很可怕的。"

"我很佩服你能用这么平静的口气说这些事。"

"嗯，"他思索着，用手指敲敲太阳穴，"心里知道应该害怕的，但是医生说，我好像是脑神经被敲坏了，表现不出害怕。有时候看起来像个低能儿，坐在店里的一根木头。对不对？"

"其实还好。"

"我以前，出事以前，成绩是全年级前三名。"他喘了口气，还是那种表情,"现在变成一个不男不女的怪物了。"

"杞杞,你到底是女孩还是男孩?"我说,"你不会真的是女的吧?"

他没有回答我,他的思路又跳了回去,说:"要是我还正常,我想我一定会非常非常害怕的。"

"再想想,那个人有没有什么特征?"

"想不起来了。"

我失望地放下了手中的啤酒罐。我想他应该是小广东吧,从齐娜给我软盘的那天起,他就在跟我。应该就是他。可是又不对,那个发着烧、起着皮疹、拿着菜刀的晚上,正是老星用钳子掰下他手指的时候,他不可能在那个时候出现在咖啡女孩家门口。如果那不是小广东的话,则我和女高中生在学校门口绕圈子的夜晚,应该也不会是他。

我想我是没办法搞清这些问题了。

杞杞说:"我是女的。我以为你早就知道。"

帕斯卡尔提出过一个问题:谁更害怕地狱?是那些拒绝相信地狱存在,故此作恶多端的人,还是那些知道地狱存在,故此向往着天堂的人。

这个问题见于《思想录》,我从未认真地读过这本书,只是偶尔地翻到了这一页。我不知道帕斯卡尔有没有就这个问题给出答案。

我最后一次拨咖啡女孩的手机,我想告诉她的是,那个发烧又发疹子的夜晚,我在她屋子里感到外面有一条黑影,那黑影可能、很可能、或者实际上就是来找我的。您拨打的用户已关机。我意识到,这是一条单向的线索,它只在我的事件中起效,却无法进入她的逻辑。我并不能证明她究竟是妄想症发作呢，还是又将跌入井中。

久久地，我捏着电话听筒，来自我自己的呼吸声被听筒放大了传入我的耳中，仿佛是我在地狱里喘息着要爬向什么地方。

42.

第五街一带，第一次去那里还能坐公交车，第二次连公交车都绕着走了，我再次被扔在一个莫名其妙的场所，背靠一座正在装修的大厦，穿裙子一样从上往下套着深蓝色玻璃幕墙，对面则是一片瓦砾，死城般荒凉，只有几个拾荒者拎着蛇皮袋在废墟上逡巡。

我穿过马路，沿着瓦砾之间似是而非的道路向废墟深处走去。

直到我毕业时，小白依然音讯杳无。我已经买好了去南京的火车票，寻找小白这件事，不管付出了多大的代价，现在我只能放弃了，余下的事情就留给学校和警察去做吧。

但我还是在这个下午去往第五街，我说不清自己是去找人呢还是散漫的游逛，我有一种不到黄河不死心的念头，关于那个斜眼少年。那天我混在拆迁队之中吃晚饭时，曾听一个头上包了纱布的家伙说，有个斜眼的小子从旁边敲了他一棍子，出手非常狠毒，把他打得血流满面。我记住了这件事，我得回来找他。

我既有预谋，同时又漫无目的。

在我拿到毕业证书的第二天，T市的报纸上刊登了一则社会新闻，有一个变态打电话到家教中介要找教师，家教中介找了一个师范大学的女孩子过去，女孩独自去了。不知道中间发生了什么，她被变态杀死在屋子里。

第二天她的同学发现她没有回来就报了警，警察上门，凶手已经不在。女孩被放在浴缸里，碎了。

案发地点就在师范学院附近，离第五街也不算很远。这则新闻让我无端地想起小白。

我始终认为，那些通过伤害他人的肉体而获得精神快感的人，就是我所定义的"按键人"。最微小的权力也能导致罪恶，如果连这都没有，幻想的权力同样可以做到这一点，幻想中的权力被任意放大，他以为自己操纵着一切，事实上只是一个极端弱智的界面，一个早就被设计好了的程序，可能复杂，可能简单，这无关紧要，重要的是那个界面只需一种固定的行为模式就能完成，不用逻辑，也无须爱或恨。在罪恶行为的两端，动机，以及必须承担的结果，对按键人来说都是不存在的。

当我走过T市的废墟，我仿佛感觉到这座城市也被一个按键人的手操纵着，在寂静的表面下曾经有过的疯狂过程。

我用了半个小时的时间对穿了这片废墟，途中所见，尽是些废砖烂瓦，活像上帝的呕吐物。零星有拆到一半的旧房子，窗户都没了，钢筋毕露挺立在远处。空地上间或有几棵泡桐树，贫民区最常见的树种，绝不会出现在高尚社区内的小贱货，一半已埋在砖瓦中，一半仍绿意盎然，贱得非常没有自觉性。

我找到了第五街，这里已经被拆掉了大半条街，平房全都没了，远处的筒子楼还在，看上去也混不了几天了。推土机和抓斗车正在工作，发出巨大的轰鸣对准一堵墙壁狠命使劲，看得出这曾经是某个男青年的卧室，墙壁上还贴着半裸女郎的海报——一个穿豹纹比基尼的金发辣妹正虎视眈眈地注视着我，我心想，对不起，你就是全裸的，我也救不了你了。

在走路的时候，我会不由自主地向后看看，有没有人跟着我。这差不多已经成为我下意识的动作。我想，下半辈子带着这样的动作生活，倒也是一件别有风味的事，别人可能会以为我是跳探戈出身的。

我走到第五街6号前面，围墙已经荡然无存，曾经有过的铁栅栏大门横卧在地，四周鬼气森森的，住户们早不知去向。我朝那几栋楼望去，它们呈现出死人般的脸色，在赤裸的天空下僵持着，抗拒着。

"喂。"

我听到有人在喊我，扭头一看，是上次那个独眼的瘸子，他正坐在自行车轮改装的轮椅上看着我，依旧戴着一副墨镜，不过镜片换成暗红色的了。

"你好。"我说。

"要问路吗？"他说，"一次两块钱。"

"你还记得我吗？我上次找你买过墨镜。"

"啊，是你啊，你上次就是要找第五街的嘛。"他说，"你记性不错，还记得我。"

"以你的尊容我想忘记都难呐。"我指着几幢筒子楼问他，"这儿都拆了？"

"还没，还有些钉子户，看，窗口还晾着衣服的就是。不过也坚持不了多久了，战斗已经结束了，大部队撤了，剩下些梅岭星火，等死吧。"

"喂，我问你个事，"我说，"这地方有个斜眼的高中生，大概和我差不多高,你认识吗?"

"干吗是斜眼啊?"

"斜眼就是斜眼嘛,我管他干吗斜眼,我就是要找一个斜眼高中生。"

"没见过。"他说,"你去五官科医院,能找到一打斜眼。"

他在和我绕圈子。我说:"问路两块钱,问人几块钱,你说吧。"

他说:"不瞒你,真不知道,我又不住这里。"他伸手拍拍我的腰,说:"这片都拆得差不多了,已经断水断电,该走的都走了,到了晚上就跟乱坟岗似的。小朋友,我劝你也别在这儿逗留了,到这儿来的都不是什么好人,回头把你给劫了也说不定。死在一堆废砖乱瓦里,推土机一推,明年挖地基的时候挖出你一根大腿骨,哈哈。"

我也大笑。真是个比井还可怕的玩笑。

瘫子缓缓地启动了他的轮椅,我顺势推了他一把,助他的车轮碾过一块硌着它的红砖。他说:"你啊,一脸晦气,早点走吧。"

我说:"你还会看相?"

"不会看相也看得出你一脸晦气。"他头也没回地说。

我哪能不知道自己一脸晦气呢,不用镜子,闻都闻得到晦气。瘫子的话让我有些心惊,不是因为他吓唬我,而是感觉他什么都明白似的。

我继续在摇摇欲坠的楼房之间游荡,听到很低的位置有人喊我。我扭头看,发现是一个十七八岁的少年,蹲在一块巨大的水泥坨子旁边。

"叫你呢。"他说。

他穿着一件白T恤,质地很不错的水磨牛仔裤,蹬一双簇新的真皮耐克鞋，鞋面上连一丝皱褶都还没有。当他抬起头来看我的时候，太阳像是迷了他的眼睛，他微微眯眼用一种古怪的表情对着我，脸上有几道血杠。

"被人打的？"我问。

"没事，拆迁队打的，已经快要好了。"他说，"你要找斜眼？"

"是的。"

"他是我邻居，就住在我对门。"

"他还住在这里吗？"

"不知道，我是租房子住的，不熟。就看见有这么一号人吧，是个高中生，斜眼。我可以带你上去找他，不一定在的，有可能搬走了。这片地方现在就像战场一样，每分钟都有难民逃出去。"

我指着楼房问他："哪间房子，指给我看看。"

少年站起来，敏捷地跃过高高低低的土堆，把我带到最靠南的一幢房子前面，那是1单元楼，灰黑色的水泥外墙上用白漆刷了楼号，虽已有点模糊，但尚可辨认。他指着顶楼的一个窗户说："这是我家。"又带我到楼对面，指着一个窗户说："这是他家。"我被太阳晃了一下眼睛，四层楼高的房子，窗关得紧紧的，依稀拉上了一道碎花布的窗帘，看不清里面有没有人。

少年看着我，问："你既然来找人，为什么不上去找，要在楼下看来看去的？"

我说："怕他们搬走了，白跑一趟。"

他说："那你上去找找吧，我也正好回家。"

"你没搬走？"

"也搬了，落下了点东西，回来拿。"

我跟着他走进1号楼，阳光骤然消失，瞳孔不适应，看到一团黑。我稍稍闭眼，再睁眼时看明白了，这栋楼的格局和咖啡女孩的筒子楼几乎完全一样，大概是同一年代建造的房子，一条走廊在中间，两侧都是房间，由于拆迁，很多房间的门都被卸了，可以清楚地看到有些是卧室，有些是厨房，有些是卫生间。我说："你和他们家合用煤卫？"少年点头道："是的。"

楼道里很脏，堆着各种垃圾，臭气熏天。少年带着我向楼上走去，我注意到他那双新鞋被弄脏了，但他似乎无所谓，兀自向上走。我跟在他身后。他说："听你的口音好像不是本地人。"

"对，我是工学院的学生，外地的。"我问，"你呢？还在读中学？"

"我旁边师范学院的，也是外地的，租在这里。我看上去像中学生？"

"有点儿。"

走到三楼的时候，他小心地跨过了一团黑漆漆的东西，我仔细看才发现是个人，躺在一张破旧的席梦思上，吓了我一跳。他说："不要紧，这是个拾荒人，这一带拆迁以后他就睡在楼里。赶也赶不走。"我点点头，拾荒人蠕动了一下，发出轻微的咳嗽声，我跨过他，闻到他身上传来的恶臭。我问少年："这儿什么时候拆掉？"

"还有些人家不肯搬走，不过看这个样子，不搬也得搬了，谁愿意住在这种地方？已经彻底沦为下水道了。很像是虚拟世界的城市，你看过押井守的《阿瓦隆》吗？就是那个场面。"

"没看过。"

"新片子，很值得一看。"

"有机会我会去看。"

一直走到四楼。

我跟着他向走廊右边走去，踏过脚下不知所谓的东西，走到尽头，他用脚尖轻轻点开朝北房间的门，并指着对面的房间说："这就是斜眼家。"

对面是一扇黑色的防盗门，带猫眼和门铃，关得紧紧的。我走到门口，想了想，按下了门铃。里面没有任何动静。我又去拽防盗门，它有一个L形的门把手，门已被锁住，我只能用力拍打它，发出沉闷的哐哐声。少年说："看这个样子还没搬走，人大概出去了吧。"

他坐在他的屋子里，有一张破沙发，一张桌子，其余物品都已消失。里面倒是挺干净的，除了地上有些烟头之外。他说："你进来坐吧。我们或许可以等他回来。"

"谢谢。"

他坐在沙发上，我屁股半搭在桌子上。沉默了一会儿，他说："你来找斜眼干吗？你看上去不像是来过的样子。"

"找他问点事情。"我犹豫了一下，还是决定把小白的事情说出来，"我有个女同学失踪了，之前在他家里做过家教，所以过来问问。"

"人失踪了，应该报警，让警察来问。"

"报警没用，警察来问又能怎样呢，难道揪着头发让他说出女孩子的下落？"

他点点头说："说得也是，等这片房子拆平了，想找谁都难了。"过了一会儿又问我："你以前见过斜眼吗？"

"没有。是个什么样子的人？"

"嗯,高高瘦瘦的,很沉默,家里条件好像不是很好,爸妈都是下岗职工,现在在做保安和营业员。他左眼往外斜,样子很怪。"

他的语速很慢,像是在回忆着什么事情。我从口袋里掏出香烟,发给他一根,他把烟叼在嘴里,我为他点上火。他深深地吸了一口,随后,夹烟的右手搁在沙发扶手上,做了一个很漂亮的弹烟灰的动作。只是第一口烟。

我给自己也点了根烟。

我们聊了不少事情,关于工学院,关于师范学院。我们甚至聊起了最近发生的杀害家教女生的事情,死者正是师范学院的。他给我讲了些关于这个女生的传闻,比如说本来不该是她去,而是另一个女生,比如说她本来约了一个男生一起过去的,但那个男生临时爽约。诸如此类。

"你们工学院好像也有女生被杀了。"

"有。"

"凶手抓住了吗?"

"一个抓住了,一个还没有。"

"杀人的季节到了。"他微笑着说。

我看着他的眼睛。他也看看我。这时听到楼下传来很多人聒噪的声音,少年说:"拆迁队来了。"我们从窗口望下去,只见黑压压的脑袋,都是穿迷彩服的。有人大声招呼道:"就剩2号楼里还有两户没搬了,兄弟们,今天一定要攻下来。"迷彩服齐声虎吼,对面2号楼窗口伸出一个白发苍苍的脑袋,与我们的位置水平且正对,向着下面破口大骂,扔出了一个又一个的空啤酒瓶。迷彩服们一声呐喊,扛着撬棒向楼上冲去。

"也许我们应该撬开门进去看看。"少年说,"被你一说,我想起来了,前阵子听到他们家里有人喊救命,拍门,不过马上就安静了下来。"

我同意。我在过道里找到了一根并不是很长的角铁,试了一下,防盗门极为牢固,角铁塞不进门缝。他开玩笑说:"要不到楼下找拆迁队来帮忙?"

"你去?"

"我怕被他们一棍子敲死。"

"继续撬。"

毫无办法。

穿过北边房间的门,穿过北窗,再穿过2号楼南窗,看到对面楼里的老头将更多的玻璃器皿倾泻而下。迷彩服们已经冲到楼上,老头回身顶住门,无数铁棒敲击着他的防盗门,苍白的头颅在黑暗的屋子里疯狂地摇摆着,随后是像冲车轰击古代城门似的巨响,咚,咚,咚,乳沟时代正在惊心动魄地动山摇中离开、消逝。

少年说:"我去找根粗点的铁棍。"

我说:"好的。"

他走到过道的另一头,那边黑漆漆的看不清什么,房子里早已断水断电,不可能开灯。我拎着角铁踢开南边卫生间的门,那屋子就在斜眼家的隔壁,看到一个脏兮兮的蹲式抽水马桶,水箱在头顶上。我拉了一下水阀上的拉绳,水箱发出空洞的声音,像是有什么东西掉进了井里。

这间屋子有一扇窗,紧贴窗户的是一个搪瓷剥落的浴缸,沿着边缘有一条醒目的锈迹。我爬到浴缸上,把头伸出窗外看了看,离斜眼家的窗户并不远,并且和咖啡女孩家一样,有一条凸出的装饰条在窗台下方,那边有一个铝合金的晾衣架可供攀缘。在两间房子中间,同样有一根落水管。

大概两米的距离,这房子和咖啡女孩的看起来就像一对孪生儿。窗外是成片的荒地,更远处能看到一些新楼和旧房交错在一起。荒地上铺满了阳光。

我从浴缸上跳下来,回到屋子里。对面咚咚的巨响声停歇了下来,忽然之间的安静,连呼喊声都没有了。看来强攻不成用智取,白发老头对着紧闭的防盗门在说话,听不清内容,估计是在接受思想教育工作。果不其然,过了一会儿他大喊起来:"你们别想骗我开门!你们这群土匪,滚,滚,滚!"他冲到窗口,继续向下扔东西,玻璃器皿怕是已经扔完了,他开始扔成捆的旧报纸。下面有人大骂:"老东西,你想死吗?"老头嚎叫:"生得伟大,死得光荣!"下面人说:"你以为你是董存瑞啊?"过了一会儿大概是有人提醒了,改口道:"你以为你刘胡兰啊!"

我听见过道里传来金属拖曳在地上的当当声。

少年进了屋子,他手里拿着一根近两米长的铁管,很粗。我拎着角铁站起来。在某一本古兵器图鉴上我曾经读到,日本的武士常佩一长一短两把刀,在野外他们用长刀,室内则用短刀,因为长刀挥动时会砍在房梁上。我算是体会到了短兵器的优点,角铁无疑比铁管更称手。

他没有靠近我,说:"我还以为你走了。"

"怎么可能?"

"用这个试试?"他拎着手里的铁管。

"作为撬棒来说，必须一头敲扁了，圆的不行。作为铁管来说，好像找不到什么东西能敲扁它。要不你再去找找有没有铁锤。"

"要能找到倒好了，这儿什么都没了。"

"那就把铁管扔了吧，这玩意儿太长，根本摆不开。"

对面楼里的老头用打火机点燃了成捆的报纸往下扔。下面一片大喊："你死定了！你死定了！"

"试过从卫生间爬到那边窗户吗？"我问。

"没有，你想试试？"

我指指自己脚上的凉鞋，"穿这个不行。我们过去看看。"

他率先走进卫生间，我拎着角铁走进去。我说："我刚看过了，有一个水泥条可以踩住，到那边搭住晾衣架就稳了，砸开玻璃窗就能进去。"

他说："有点远。"

"手拉住落水管应该可以借力过去，"我说，"要不我弄根保险带给你拴着？"

"我可以把鞋子借给你。"他看着我说。

我们一起冷笑了起来。

"这要是掉下去了，此时此刻，就是一次完美的谋杀吧。"他说，"你是怎么看出来的呢？"

"总觉得你不对劲，比如你穿着新鞋子走路的样子，对面在打仗你一点也不关心，哦，对了，还有你抽烟的姿势，我见过你抽烟的，在一个烟杂店门口，那次你在跟踪小白。唯一不能对号的是你的脸，我不太擅长记人脸，你又是满脸血杠的。"我说，"你不明明是个斜眼吗？治好了吗？"

他说："有一种斜眼叫作间歇性斜眼，只要我集中注意力，我还是可以变成正常人的。"他指着自己的左眼，说："你仔细看着，像变身一样。"猛然间，他从一个神态如常的少年一下子变成了斜眼，异次元世界打开了大门。他说："可惜，总不免会精神涣散，斜眼才是我的真身。"

"很好。你要是再敢说一句谎话，我就用这根角铁打死你。"我说。

43.

对面的战局进入到典型的冷兵器时代攻坚战,老头一人坚守着门和窗,他用桌子顶住门,斜推上一根木杠,接着又把凳子从窗口扔了下去。照这个扔法,用不了多久他就不用搬家了,不过,不扔又怎么办呢?到了这个份上,只恨自己不是董存瑞了。下面的迷彩服们用砖头还击,并叫好,"扔!扔!扔完了看你还扔什么。"有人喊道:"扔完了把自己也扔下来,省得我们动手,直接挖个坑给你埋了。"

我和斜眼回到了朝北的屋子,尽管我手里拿着角铁,但还是不愿错过窗外的好戏。后来我用角铁敲敲他的脸,说:"说吧,你到底是谁,小白在哪里,为什么要把我骗上来。"

他要了根烟,继续保持着不错的姿势。"我叫张强。我是高中生,我认识白晓薇,也很喜欢她,但是我不知道她在哪里。你刚才说我跟踪过她,是的,跟过,但我没碰过她。"

"你对师范学院的情况很熟啊。"

"我爸爸是师范学院的保安,"他微笑着说,"我经常扮演大学生,在师范学院能和女生说说话,我喜欢比我大的女孩,特别像白晓薇这种类型的。"

"所以你就雇了她?"

"我爸爸雇的她，碰巧是我喜欢的类型。"

"这个概率不高啊。"

"已经换过好几个家教了。"

"你在哪个中学念书？高三是吗？"

他报了一个中学的名字，但我不知道该怎么写，可能是英才，或英材，诸如此类，不会有错。他说自己是念高三。

我从桌子沿上直起身体。对面的楼里仍在进行着恶战，我看了一眼，问斜眼："高三为什么不去上课？"

"逃课呗，要不能找家庭教师吗？"

"我再问你一句，你家里离师范学院这么近，为什么你爹居然要去工学院给你找家庭教师？"

他坐在沙发上仰视着我，斜眼从一个偏离的位置忽然又回到了正中。这变态的样子让我害怕。他说："呃，因为前几个家庭教师都是师范学院的，都不合适，所以我爸爸想换个学校。"我不得不承认，这家伙的反应非常快。诚如小白所说，一个连微积分都会做的逃课的高中生！我抡起角铁揍在他的肩膀上，他叫了一声，像烙饼一样重重地瘫在沙发上。

我说："你是高三的学生。今天是高考的日子，你还逃课？"

对面楼里传来可怕的声音，只一秒钟的工夫，那间屋子的墙壁上破了一个大洞，看不清有多少铁锤在砸着墙壁。白发老头的堡垒刹那之间就被攻破，那洞在不断地扩大。他用一根铁钎向洞外猛戳，猛然间，轰的一声墙倒壁塌，无数人从外面涌进来，将他逼到了窗台前面。

这些人开始殴打他。

"我们再来一遍吧。"我说,"你不叫张强,你也不是高中生。从头再来一遍,你是谁?"

他笑了起来:"你要是打死我,就永远也找不到白晓薇在哪里了。你是她的男朋友吗?"

"不是。"

"很奇怪啊,你和她没关系,为什么一而再再而三地来找她?"

"好,我就是她的男朋友。"我抡起角铁作势要打,他蜷缩在沙发上用手捂住头。我说:"你不是高中生,对吧?你就是师范学院的,你不能请师范学院的女生做家教,是因为她们都认识你,你是个斜眼。我这么推理没错吧?说,小白在哪里。"

"请不要一而再再而三地叫我斜眼,我会愤怒。"斜眼又坐直了身子。

"上次我来第五街的时候,你看到我了。你也认识我,对吗?"我说,"我们彼此都认识对方,但彼此都不知道对方认识自己。"

"是的,我认识你,比那次拆迁打架的时候还早。"斜眼说,"有一天晚上我在工学院的食堂里看见你和小白说话的,后来,你又出现在了这里,但那天你搞砸了,有个小孩喊了起来。当时我就在边上,我知道你是来找小白的。你当然不是白晓薇的男朋友,你和我一样喜欢她。"

"我和你这个变态是没有可比性的。"我说,"你怎么会想到在楼下等我,知道我会来?"

"我刚好下楼,看见你在和那个瘫子说话。我要是知道你会来的话,现在恐怕就是我拿着角铁在揍你了。尽管我对男人不感兴趣,不过,为了灭口,我还是乐意干掉你的。"斜眼揉着自己挨打的部位说,"我确实低估你了,你从看见我的时候就知道我是谁了,我以为你只认斜眼这个特征。"

我指指他脸上的血杠,"这是被女人挠的吧?师范学院那女生是你杀的吗?"

"你用这种简陋的推理来审问我,我是不会告诉你的。"

"小白在哪里?"

"打我吧。"他大笑起来。

我让自己不要愤怒,当然,我还是用角铁殴打了他,为的是让他知道,我有权打他。他又蜷缩在沙发上。打过一轮之后,我给自己点了根烟,说:"你的作案模式是很简单的,用随便什么假身份证给自己租一套房子,骗女生上门做家教,然后杀人。师范学院的女生也是你杀的吧?"

"这么肯定?"

"连环杀手总有他固定的犯罪模式。"

"你刚才说的,我是师范学院的学生,女生都认识我。"

"嗯,我猜错了。"我沉吟道,"你也可能根本不是师范学院的。你不是T市的口音,你是外地人。"

"猜对了。"

"杀了多少人?"

"你继续猜。"

我揪住他的头发,把手里的烟蒂塞进了他的耳朵里。他惨叫起来。

"小白在哪里?"

斜眼伸手指着对面紧闭的防盗门,从口袋里掏出钥匙,"你进去吧,她就在床底下,还活着。"

在我进入那扇门之前,我还来得及回头看一眼对面窗口的老头,他以一种奇怪的姿势倒栽着飞下窗户,我确实没看清他是自己跳下来的呢,还是被人扔下来的。只一瞬间,他就离开了我的视野,很多迷彩服扒在窗台上向下张望,有人曼声喝彩:"好,满地开花。"

我犯了一个错误,我不应该站到窗口。那些迷彩服看到我了,有人喊道:"看,那儿还有人,去把他拖下来。"

我知道我应该把斜眼绑起来再去打开那扇门,但我还是不能遏制住急于找到小白的心情,我更知道,等那些迷彩服冲上来的时候,我将不会再有机会去打开那门。我冲向防盗门,用钥匙扭开房门,再冲进去。屋子里空空如也,既没有床,也没有其他任何家具,只有两个黑色的塑料袋。我的心一沉,还没反应过来时,身后的防盗门被斜眼一把拉上。我急忙反身,他迅速将那根铁管嵌在了 L 形的门把手和墙壁之间。我用力拉门,只够拉出一条窄窄的门缝。

"结束了。"他贴着门缝对我说,"我们还有一点儿工夫说几句话。"

"到底你有没有杀了小白?"

"我犯了个错误,我应该先把你骗进这个房间的,"他完全不在听我说什么,"你一定会去打开那两个塑料袋,那是我下手的好机会。我确实还不够谦虚,有时候又过于谨慎,相信经过今天以后我会更成熟一些。现在,我们都拿对方无可奈何了,以后再见吧。"

"小白在哪里!"

"我对你的评价很高,你很有变态的潜质,对危险似乎天生就有一种感知能力。那天晚上我跟在你后面,后来去新村里找你,你都发现我了。说起来,我对你印象深刻,我跟着你在学校外面绕了八圈。"

"想杀我?"

"不不,我只对女的感兴趣。我是听说了工学院有人被锤杀,晚上过去玩玩,没想到遇到你在街上走。但我要的人不是你,是那个女学生。"

"明白了。"我说,"后来你还来找过我。"

"来过好几次。"他说,"这么做挺冒险的,我只是想找到那个女学生。"

"在屋子里剪过指甲?"

"是的。"

"后来为什么不来呢?我一直在屋子里等你。"

"后来我不是去杀了师范学院那个女生了吗?"

拆迁队的脚步声从楼梯口传来。听到有人喊:"这儿有一个。"楼下的拾荒人发出一阵惨叫。斜眼的眼珠又回到了中间位置,"来找我吧。你可能要用很长时间才能搞清我是谁。"

我说:"好吧,小变态。操你妈,小白在哪里?"

"就在你身边。再见。"

楼下传来杂沓的脚步声,很多人冲了上来,斜眼消失在门缝处。我走到窗口,拉开脏兮兮的窗帘,让阳光照进来。从这里看不到外面的风景,我推开窗,向楼下张望,外面仍然是废墟,但和我刚才所见的似乎有一点不同,具体不同在哪里,我却说不上来了。我想这最后的三十秒时间,我还有机会从窗台爬出去,沿着落水管往下走。我可能会摔死,也可能逃过一顿暴打，但我只有三十秒的时间，不会更多了。

　　我离开了窗台，回到屋子中间，蹲下，撕开一个黑色的塑料袋。窗外的阳光照着我的手，阳光中的灰尘浮动，每一粒都是如此的清晰，像是一个独立宇宙中的星球。我听到了撞击的巨响中夹杂着轻微的嘲笑声，善意而悲伤，有什么东西穿过了灰尘的星云，向着废墟之上淡薄的天空中走去。

44.

二〇〇一年六月,我,夏小凡,以一个毕业了的大学生的身份被有关部门押上汽车,遣送回我的原籍麦乡。因为我在T市没有办理任何暂住证明,而我本人的学生证也于毕业那天作废了,学校不会再来保我。我对他们说,我能找到其他人来保,但他们微笑着告诉我,先回麦乡再说,那儿有一个收容所等着我,我会住在那里,然后等着别人出钱赎我出来。这是一个固定的流程,非常简单,按手续办就可以,不会有人打我,也不会有人为难我,前提是我要老老实实、尽快找人来赎。

后来我搞明白了,被遣返回麦乡,并非因为我是麦乡人,这不是一次定向的返乡旅游,而是因为T市的收容中转站就设立在麦乡。我被押上了一辆破旧的大巴,沿着公路向西驶去。同车有很多人,老老少少,甚至包括孕妇。没有人说话,没有人要求喝水,没有人想到要上厕所。

沿途的景色既熟悉又陌生,河滩和农田,捞沙的码头,水泥厂,农村常见的小楼房。黄昏时,车子进入麦乡地界,看到有人在烧麦秸,星星点点的火光铺满了大地。公路颠簸起来,烧麦秸的烟雾很重,大巴像是驶入了云中,很久很久,外面什么都看不清,只有隐约的火光。

天快要黑时,大巴驶入了麦乡市的郊区,但它并没有进入市区,而是拐入了一条很窄的水泥路,两旁是高大的加拿大一枝黄花,在六月里长得茁壮而茂密,覆盖了所有可能的空间。T市的收容中转站就在这条路的尽头,大巴驶入一扇大铁门,围墙里面是一幢白色的房子,有点像教学楼的样子。一盏射灯忽然亮起,照着大巴,在几个人的指挥下,我们有序地走下车,到管理处去登记。

"这里有没有一个斜眼的年轻人?有没有一个少了四根手指的家伙?"我问管理处的人。他没有回答我。我走出管理处时,看到连片的加拿大一枝黄花,已经占据了墙头和屋顶。这确实是我曾经熟悉的风景,并且在这个场合下看来更为酷烈了。我又回到了麦乡。

我对咖啡女孩讲的最后一个故事就是关于麦乡的。

很多年以前我生活在麦乡,那时候它是县城,到九七年才变成县级市。和所有的县城一样,没什么特别可以描述的,我的理想也和同龄人一样,初中升入高中,高中能考上T市的大学就算不错了。那是九〇年代,盗版CD卖三十块钱一张的年月。

我父亲是麦乡一家农机厂的厂长,当地为数不多的国有企业之一。这在麦乡算得上是有头有脸的人物了。

我很早就认识小白,她和我一个学校,比我低一届。她长得很美,拥有D罩杯的胸围,当然那是后来的事情了,中学的时候她还没那么出挑。她的父亲是农机厂的工人,大家都叫他老白。他们家和我家住在一栋楼里,农机厂分配的房子。那栋楼里的人对我都很客气,包括白家的人。

老白很沉默,老白的老婆也差不多,都是那种没什么本事但比较厚道的人。我对老白的印象很好,最初我父亲在厂里管行政,负责分配房子,这是个得罪人的活,十岁那年我记得有一群人冲进我家,把我父亲的脑袋按在抽水马桶里,要他分房子。当时是老白把我父亲从马桶里拽了出来,喝退了那些人。也因为这件事,我父亲对老白不薄,一直比较照顾他。

我母亲在县医院做医生,有头疼病,老白曾经给她搞来一些据说是很名贵的中草药,尽管我那位学西医的母亲对中药不屑一顾,但还是回赠了他们家好多东西。后来我听说,父亲给老白换了一个比较舒服的岗位。

我很喜欢小白,人们都知道白家有一个美丽的女儿,性格温柔,非常懂事。后来到了初中时,她渐渐地显露出了一些缺点,她身材不太高,腿短了点,胸围却比一般女孩更为可观。我母亲曾经说过,这姑娘的脸遗传了她的父亲,身材却遗传了母亲的,有点可惜了。但我依然喜欢她,我经常去她家里玩,也曾经约她去钓鱼,去看电影。当时邻居说,看,夏家的儿子和白家的女儿早恋了。

我们都没什么朋友,这样挺好的。我吻过她,仅仅是吻过。那是高一的时候。

很多男的喜欢她,她自己也说过,她这个人招流氓惦记。那时候我还不太明白这个,我仅仅将此判别为一种生理上招致的麻烦,后来我才明白,不,不仅仅是生理特征,它是一种类似符号学的东西,假如你恰好是个丰胸的姑娘,你就会被人们的邪念所缠绕,假如你恰好是个斜眼,你看起来就会像个变态,假如你没有暂住证,没有女人,没有钱,不肯说话,诸如此类。这是一种极其粗野的幻觉,它恰好可以使那些在生活中白痴般的人们对世界做简单的区隔,缺乏了这种区隔,他们会难以忍受。

我十六岁那年,农机厂濒临倒闭,很多工人下岗。那几年麦乡的诸多企业都陷入了类似的困境，厂长在卖厂，工人在卖血。我父亲的情况，当时我不是很清楚，后来知道他也在干着相同的事情。我们家搬到了新房子里，我穿上了崭新的耐克鞋，有名牌山地自行车，拥有一台众人羡慕的Discman。

那年小白的母亲遭遇车祸，她死得很惨，被汽车拖行了很远，远得你难以想象的距离。肇事车辆逃之夭夭，三天后被抓获，是一辆货运卡车，已近报废的货色。司机一贫如洗，双眼血红，除了赔一条命给白家，再也没有别的办法。

那阶段我曾经陪着小白散心，她从那时候开始就喊我"夏大哥"，一直喊到大学。

不久以后，农机厂开始编制下岗职工名单，拿很少的下岗补贴遣散回家。经历过那个时期的人都知道是怎么回事。我记得老白曾经到我家来过一次，拎着当年秋天新上市的大闸蟹和一瓶五粮液，一份大礼。老白求我父亲不要让他下岗。

我父亲答应了。

但是翌年元旦老白仍然出现在下岗职工的名单上，我不知道父亲何以如此绝情，后来他们告诉我，农机厂其实已在筹备着破产，所有的职工都要下岗，谁先谁后根本就是无所谓的事情。他们告诉我："你爹就是个混蛋。像你爹这样的个个都是混蛋。"

我当然知道。

我还和小白见面，见面也谈到老白下岗的事情，她从不埋怨我父亲。她身上有一种很奇怪的品质，绝少会让她去埋怨别人。她问我考哪所大学，我说凭我的烂成绩，大概只能考考大专了。她说："你考什么学校我就考什么学校。以后还能常见面。"

那年春节，我父亲大年初一在厂里值班。当时工厂停工，厂里没有人，我父亲独自在办公室看过期的报纸。老白走了进来，他用一个痰盂套住了我父亲的头，用一把剔骨刀在他胸口扎了六刀。血溅得到处都是。行凶之后，他反穿着棉衣走出厂门。

他回到了家里。几乎是同时，厂里的门卫发现了我父亲的尸体，第一个电话是报警，第二个电话打到了我家。门卫不是心理医生，他很直截了当地告诉我母亲："夏厂长被人杀了。"讲完又添了一句："老天有眼啊。"

很久以来，我一直无法理解老白。为什么他要行凶杀人？下岗已成事实，杀人并不能改变什么。但这个问题不如另一个问题更为费解：为什么他要把一个痰盂套在我父亲头上？

是为了阻止我父亲叫喊？

是为了让我父亲无法辨清方向？

是为了当年他把我父亲从抽水马桶里拽出来？

无从考证。

老白成了英雄；我父亲因为被杀而获得了一笔保险赔偿，够我读完大学；我母亲于两年后改嫁；我于一九九八年考取T市工学院，一九九九年的秋天，我诧异地看到了小白，我们相对无语。

那个杀人之夜，我母亲接到电话并瘫倒在沙发上的时候，我犹不知事情的原委，只感到一阵寒意，预感到出了大事。这时有人敲门。我去开门，小白站在门口。

她告诉我：

"我爸爸把你爸爸杀了，刚才他跳楼自杀了。"

    这是我对咖啡女孩讲的最后一个故事。现在我回到了麦乡，我不知道她在哪里，我答应了要去找她，恐怕很难完成这个任务了。这个故事我对她说用一刻钟的时间可以讲完，事实上我讲了很久很久，那天我从医院把她送到火车站，整个路上我就在讲这个故事，现在它结束了。

2010 年 6 月 11 日